MIRROR
IMAGE 镜像

月下

李凤群 著

中信出版集团 | 北京

图书在版编目（CIP）数据

月下 / 李凤群著 . —北京：中信出版社，2023.1
ISBN 978-7-5217-4943-4

I. ①月⋯　II. ①李⋯　III. ①长篇小说—中国—当代
IV. ① I247.5

中国版本图书馆 CIP 数据核字（2022）第 207355 号

月下
著者：　　李凤群
出版发行：中信出版集团股份有限公司
　　　　　（北京市朝阳区惠新东街甲 4 号富盛大厦 2 座　邮编　100029）
承印者：　　河北鹏润印刷有限公司

开本：880mm×1230mm　1/32　　印张：10　　　　字数：213 千字
版次：2023 年 1 月第 1 版　　　印次：2023 年 1 月第 1 次印刷
书号：ISBN 978–7–5217–4943–4
定价：58.00 元

一个做决定的时刻，
来到了所有的人与国的面前。

目录

上卷

一

　　余文真多么渴望被看见。

　　纵然身处不足百万人口的县级市，二十五岁的女人，差不多到了这样的阶段：或趋于成熟，却仍怀天真，懂得些许国事世事男女之事，却仍混沌不明，某些思想左右摇摆，波动起伏，像市中心广场上那圈大理石砌成的喷泉。泉水不定期往外喷，时而向上，时而四散，时而寂静细柔，进而激越乱溅，染湿闲人的头发。周边居民一到夏天的晚上就聚集在此，过去是闲坐聊天，后来就地跳广场舞。喷雾与热空气融为一体，沾在人们的脸上、睫毛上、手背上，跟汗液混合在一起，凝固，挥发，混沌不清，广场舞结束时，被男男女女带到各个街巷，化为乌有。

　　余文真是本科学历——毕业于本市唯一一所本科院校，不过终究是个县级市。月城跟一线城市的差距不是十年八年，而是二十年三十年。家里的长辈看到年轻人露出对大城市的向往之情，生怕子女溜走，异口同声劝诫孩子们不要好高骛远，月城小地方好山好水好空气，应该为此骄傲自豪，言之凿凿，似乎有理。如此三番五次，月城年轻人常常主动或被动地在浮想联翩和自知之明之间摇摇摆摆。看到贫困山区生活困顿的，觉得月城人算得上体面；见到大城市街道繁花似锦，方见自己门前简陋。他们的生活，像夹心饼干中间的那一小块白巧克力：说有又没有，说在又仿佛不在。月城地处长江中下游，地理优势一般般，经济发展速度不上不下，无突出优势，亦无致命短板。月城的显要特征就是"不被看见"，这也是余文真的显要特征。从小到大，不起眼的余文真到哪里都是半透明人。初中二年级的春分时节，老师带全班同学到东郊去踏青。彼时的月城，少高楼少景点少探险路径，学生们远足郊游，唯有东郊西郊可撒野放松。大巴车开了四十多分钟，月城便似到了尽头。车子停在一处有田有林有溪有杂草的地方。同学们带好干粮和水下车，约好下午三点钟集合回城。不一会儿，三三两两，窜到各处，余文真不知怎么就落了单，她独自吃掉了妈妈做的糯米糍粑，在林子里没有头绪地兜转。其间陷进一片泥潭，鞋裤沾了些泥，她不好意思见人，埋着头在小溪边搓洗，然后找一块空地支棱着两腿任太阳晒，等裤腿差不多干了，抬眼一看，四处无熟悉面孔，才发现错过了集合时间。站在被车轮深深碾压过的杂草地上，她一阵惊慌。好在时间尚早，她凭着记忆往城里去。走了很久，看到一辆公交车，花了四毛钱，坐到月城公交总站，再转往清凉寺巷的汽车。她想到学校和家里一定炸了锅，因为她的失踪。她的心里充满了庄重感，准备受人垂怜。到家时，上小学的弟弟跟小伙伴在巷口玩电动小车，父母在厨房里忙晚饭，也没人问她郊游好不好玩，干粮够不够吃。第二天早上到了学校，大家看到她，跟昨天一样的态度。下午自习课，老师拿一沓照片过来分发，大家凑在一起，指指点点，这张好，那张不好。似乎没人发现就连集体大合影上都没有余文真。余文真羞于提醒，羞于抗议，溜出去上厕所。换句话说，合影少了余文真，返城少了余文真，其他集体活动少了余文真，都是平常事。遗忘事件等到初中毕业了，也一直没被察觉。但那天下午到底成了余文真心里的着火点，只要想到东郊，她就努力回味那块糯米糍粑的香甜，以驱赶那挥之不去的雾团。后来，但凡毕业合照，集体留影，余文真都会有意走到一旁，别人只道她是怕照相，只有她知道，她不是怕照相，她是怕那雾团。

高一时她结交了闺蜜吴利。她们初次见面是在学校的元旦晚会上，吴利穿着蓝色的蓬蓬裙，唱主旋律歌曲，唱第二句就被发现是拿着话筒对口型，穿帮之后，台下嘘声四起，有人吹口哨，有人跺脚，有人叫她滚下台，可是吴利动作不走形，表情不走形，坚持到最后一句，鞠躬退下。第二天在食堂现身，她大大咧咧，一副什么事也没有发生过的模样。她的镇静和厚脸皮使余文真刮目相看。吴利不矫揉造作，做事但求过瘾，不求甚解。至此，余文真成了吴利的小粉丝。到了大学，她们同校不同系。为了维系友情，余文真每天偷摸着到服装设计系的宿舍玩，有时晚了，她会从吴利的宿舍后窗悄然地滑下去。她像蛇一样在两个系之间穿梭。但凡没有课，她便到吴利的教室里和她并排坐着等下课，因其行动低调，又比旁人略低一头，从来没有被点名要求回答问题。

5

令人傻眼的是，吴利没有按照剧本成为一个抛头露面的明星，也没有成为主持人，大学毕业之后，立即应聘做了棉纺厂老板的秘书，后来变成老板娘……

大学最后一个暑假，幸运落到余文真头上。学校选出五个不同系的学生到杭州浙大参加职前辅导培训，有点儿激励好学生、向上托举一把的意思。余文真暗暗要求自己积极大胆一点儿，争取把闪光一刻拍成照片回来展示，结果，十三市共五十八个学生代表，个个或风度翩翩，或长相精致，社交能力超强，这回并非余文真消极自卑、不求上进，而是踮起脚尖也够不着。优秀学生星光闪烁，外向的高谈阔论，内向的成绩斐然，个个有特色长处，没有一丁点儿缝隙留给余文真表现。这个全然被淹没、忽略的人，自动坐到教室最后一排。课余溜出去，避开同学们都喜欢去的西湖，逛了灵隐寺、西泠印社、电子学院和工大等。她拍了留念照，藏在背包里，没与任何人分享。这场培训经历和证书总算使她的求职简历漂亮了一些，有助于她后来顺利拿到第一份工作。

培训结束，月城一行五人同乘一辆大巴回月城。同行的一个英语系女孩子，不仅收获了一张"优秀学员"证书，还收获了培训班另一位学员的爱情表白。坐在大巴车上，她侧身向车窗，不停地收发手机短信，丝毫不留意沿途风景，正是她的旁若无人使余文真心生恼怒，她扭头看着窗外闪烁而过的树木和村庄，肚子空空发酸，像是好几顿没吃饭。

中途一个服务区，司机停车加油，提醒乘客下去上洗手间，余文真背起随身的包下了车，径直朝服务区的超市走去。她想起一部电影的场景：一个女孩走进服务区的超市时面色蜡黄、饥肠辘辘、面临绝境，出来的时候面色红润、脚步有力，好似一瞬间长大成人。余文真在各种方便面货架跟前站了很久，仔细端详包装上的配料表，罔顾外面汽车发动的声音。等她把一瓶豆瓣酱拿起来，正面背面的字一一看完，才从超市走出来，那辆回月城的大巴果然已经开走了。她顿时一阵窃喜，如果命运有什么暗示的话，轻而易举地错过了这趟大巴车应该算吧，这似乎是离开月城的最好时机。然而，可笑的是，旅行必备的全部行李留在车上，随身小包里只有一些零钱和一张身份证，更加凑巧的是，正在她左右徘徊之际，另一辆标有开往月城的车缓缓停在她的脚边。一群中老年人鱼贯而出奔向洗手间。她耷拉着脸，等这些蹒跚的乘客回到车旁鱼贯而入之际，埋头挤上去，坐到最后一排的角落。她一直捏着自己的手机，等它响，盼望那陷入爱河的姑娘大惊失色的道歉声传过来，那时，她会为制造了一点小小的震动而愧悔，她想。然而，在滚滚车轮的轰鸣声中，她的手机死寂般沉默无声，直到到达月城汽运站，没人发现她在无声地掉眼泪。她去车站值班室打听前面一班车的去向，声称丢了行李。司机被找着了，面对面站着，既不承认见过她，也不承认见过她的行李。

"我有车票。"

"捡的吧？"

为了证明是自己，她在身上四处翻找。而与她同行的四位同学竟然也如初中二年级那群人一样对她中途下车未有任何表示，她在与司机交涉无果试图联系其中一位时，发现没有对方的手机号码。

这恶作剧般的一时冲动，除了导致失去一只装满半新不旧衣服的行李箱之外，对其他人，对这个世界，什么影响也没有产生。

没人留意她。巷子里活泼的姑娘、成绩好的学生，或者漂亮的服务员，她们总是被赞赏、被关照，简直无缘无故地，甚至因为她们的任性和自私，会被重视、高看一等，被幸运、机会和赞美包裹，当然，也会被一切的权势吸引、玩弄和利用，处于危险的边缘，但是余文真像被筛子眼过滤了似的，即使是巷子里的叔伯阿姨，也几无人留意她。作为一个始终不被看见的人，余文真觉得自己是巷子里的一把扫帚，搁置在角落里，见风被风刮，见雨被雨淋，实在无关紧要。

"这个无情的世界我恨你。"她在日记里写下来，明知不会有人发现，却又把这页纸撕成碎片，扔进了马桶。

毕业之后，余文真亦在"安稳过生活"和"勇敢闯世界"两个念头之间切换。月城有类似特征的姑娘无处不在，且日益增多：对冰淇淋、咖啡、口红、黑色的长筒靴有天然好感，但是，四肢发达而不勤，物欲重却手头紧。余文真理想中的生活档次是中等偏上，但实际里是中等偏下。工资一半交给妈妈，另一半中的一半必须存起来，如此一来，手头紧巴巴，简单地说，不算是特困户，但绝对没有水晶鞋。余文真几乎是大海里的一滴水，似有似没有。

就在不久以前，她还羞于和闺蜜私下谈性，更不敢公然自嘲。和她一同入职的同事们，脑子里只有肉眼可见的小事，话题最多的还是男女之间那点儿事……然而性的吸引力还不是生命中顶重要的东西，比起暗地里的愉悦，她更喜欢想象和白马王子牵手亮相时的万人瞩目。遇到飘着细雨的黄昏，她的心突然狂野，想奔跑起来。有时候大白天睁着眼睛梦到浪漫的事发生，梦见陌生男人在大街上捧着玫瑰花求爱，是的，很土，不要紧。或者带着她去香港、去新加坡。甚至幻想接连收到数十封没有署名的来信——反复向她倾诉相思，但没有勇气表达——她会从字里行间的蛛丝马迹侦察到写信的人，正是三年前曾与她擦肩而过，也被她反复想起的那个人，那样一来，如同一道闪电，她的生活就会"嗖"的一下腾空而起，里里外外全然不同。

二十五岁前，余文真也心血来潮过，幻想痛痛快快地加入一场战争，自然不是为了死，而是为了拯救被困在废墟里的老弱病残孕，最好对世界格局造成一定的影响。为了光荣，也为了伟大。然而，不久后，那场惨绝人寰的大地震突然而至，和月城一般大小的好几个县城及周边沦为废墟，举世震惊。好多天余文真和同事们都守在电视机边上看救援进展，恨不得扑进电视机里去扒拉人，但是最终，她只为这场惊天灾难捐献了 400 CC 血和五百块钱，而已。

正是这一年，伴随着巨大的天灾，她遇到的一个人，将彻底改变她的生活。

月城城区，从地图上看，形似弯月，面积不大，也无甚显要特征，但四方残留的残垣断壁和一条干了的护城河为证，她是有过几百上千年历史的。斗转星移，如今城里城外界线模糊，城乡分界线，或是稻田和公路。城里总共两个有湖的公园，一到周末，人满为患。二十层以上的建筑寥寥可数，狭小的巷子倒是随处可见。余文真全家生活在其中的一个——清凉寺巷，可是这个巷子既不清凉，也没见着寺。不过这城里名不副实的地方多——"鱼矶"，无鱼，无矶，无石，就是一个土丘，现在做垃圾集散地；"明府巷"，不明亮，也无府邸。月城人亦很少较真。这城里有许多的东西失了出路，没了踪迹，像一幅龟兔赛跑图——兔子溜了，乌龟还没到，画面上只有几棵不相干的草。

清凉寺巷道，长约三百米，余文真家在巷底。巷口，夏天摆着冰柜卖冷饮，冬天有油桶烤红薯；左侧拐角有一个报刊亭，兴了两三年，没等人眼红，就冷清了；修鞋的摊子是白天摊开，晚上收起来，摊得潦草，收得更潦草。往巷子里走两步，就算半私人领域了。余文真每次进出，头顶是密密麻麻、错综复杂的电线随风晃动，两侧脚边是纸板箱、腌菜坛、塑料花盆，再就是自行车、摩托车倚靠着墙，留下两个身位的空间，供人侧身进出。左右几十扇斑驳的老式门窗后，数双或清澈或混浊的熟悉眼睛相迎相送。一直走到巷子最里头，左侧这户是余家。门口竖着一只方凳，方凳上摆着一盆发财树，旁边还有两盆三角梅，养了很多年，树干有两岁小孩的手腕粗了。进入到门里，则另有风景，方方正正的老式衣柜，裸露出水泥的圆形立柱，形似宝塔却在穿堂风里摇摇晃晃的蚊帐，怎么看怎么邋遢，到了晚上，轮廓浮凸，影影绰绰，倒有几分神秘，不免浮想联翩，可是一俟天色大亮，一切又明明白白到令人厌烦了。早上出门上班，扑面而来的先是五颜六色的滴水衣服：大裤衩、小汗衫、破成条的抹桌布一字排开晾晒在巷子口，好在大白天都在单位上班，这些东西从眼前和从心底都能干干净净清除，傍晚回来的时候，那些衣服全部都被收进屋了，剩下光秃秃的竹竿支在那里，等到可以收放的折叠桌撑开，一顿能容纳七八人围坐的晚餐就开始了。下班的邻居会侧身让过这个餐桌，顺便瞄一下这户人家的伙食。其实都差不多——腌豆角、酸萝卜、炒青菜，如果天气实在太热，会炖一只鸡蛋或者煮一碟花生，一瓶啤酒慢慢品，算是巷子里标准化的惬意人生。每年夏天，户户都有在家门口吃晚饭的经历，简直就是光明磊落的良好风尚。巷子里家家一日三餐的饮食结构几乎一模一样。换个角度看，就是相互模仿、相互抄袭的结果。这些平凡努力、永远留意工资最后两位数的大小、把用不坏的劳保用品堆在餐桌底下的工人家庭几乎都没有秘密，不管内向外向，说起话来都顾不上隐私，洞开的门，为着透点儿风而长年向外敞开着的窗，窗口都是忙里偷闲监察外人家事的眼睛……缺腿的椅子摆在自家地盘的屋外，不能用，也不扔。拾破烂的有时当着人家的面，试着搬一搬，不为卖钱，屁也卖不着，就是为了逗逗这些好笑的吝啬鬼们。"不要偷！"说完了发现这个逻辑不成立，板着脸退回屋，椅子呢，就一直在原地。

渐渐地，太阳的最后光辉被西边的房顶挡住，黑夜慢慢罩下来，空的碗碟收到一起发出清脆的碰撞声，一个全新的陈旧夜晚便又正式开始。

这条巷子，容纳了余文真的童年、少年和青春时光。

一年过完了，又开始了一年，让人以为永远不会变了——清凉寺巷式的家庭，做父亲的严肃保守，母亲则是絮絮叨叨，做父做母既是拷贝，也是继承。如此日复一日，三点一线塑造出来保守的性格，形成一个看得见的舒适圈。越过这个圈，就越过了惯例和义务，到达不同。这"不同"令大家坐立不安。想象中的尴尬处境令人赶紧退后缩回。巷子里有位邻居，是位转业军人，他有两条选择：自主择业，每月仍有保障；或部队安排工作，工资待遇降低。出于对安全感的需要，他从一位团级干部变成居委会普通工作人员。所有人都理解他退缩的根源，如同理解冰雹打在脸上那微微的刺痛。起初余文真以为自己的理想出现了偏差，后来才发现邻居和弟弟也有此感受，没有人意识到这种恐惧心理和其他许多偏见早就控制着这一群人的生活。父母们不肯大声表扬子女，亦不敢自我嘲笑，幽默更是稀缺品质，如果有一个女孩化上浓妆，和某个男子走近些——虽然不一定有男女之间的事，但逃不了暧昧的气息，如此一来，她不是背叛了她的好名声或者父母的好名声，而是背叛了整条巷子。

到余文真参加工作时，这个稳固的名声下降了，因为不停地有人出去——最值得反复提起的是考上清华的那位小哥哥，走后杳无音讯，不仅妻儿不回来看看，接出去的父母竟然也乐不思蜀，一去不返。他家门上的不锈钢锁一开始还闪闪发光，经过灰垢、风雨和光浸染，后来和门框一起变成了黑色。再后来，另一位老邻居搬走了，承租方请来施工队，在朝街面的方向开了一道门，不几天，一个小型理发店开张了。开理发店的小姑娘是砀山县人，她的店面自然不能跟理发连锁品牌相提并论，她有自知之明，目标客户锁定住不太讲究的中老年人，巷子里的邻居成了她首批拉拢的对象，她对每个长了头发的都那么客气，笑得那么甜，加上她本身又那么年轻，在迎着亮光的巷子口站着，像一颗明亮的珍珠，吸引了全部男人的注意力；巷子里那些情窦初开的男孩女孩们的小小任性和叛逆，都被这位穿着紧身衣、露出肚脐的理发店小姑娘比得黯然失色。这位赢了战争的将军完全不自知，每天还在致力于为占有更多的头皮而热情洋溢地向每个路人绽放笑脸。终于有一天，巷子里的母亲们怒火攻心了，她们联名要求她的房东赶走她，理由是她穿着暴露，举止轻浮，带坏巷子里的风气。余文真看到妈妈连着好几天在跟几个邻居嘀嘀咕咕，到了下个星期，效果出来了：这个理发店的小老板娘带着深表无辜的表情委屈地跟房东理论，出于年轻气盛，她不愿意更改着装风格——或许意识到迁就了也没有用。谈判陷入僵局，不久后撕毁合同决裂。决裂之前，巷里巷外的老邻居们已经不敢照顾她的生意了，理发店很快关张了事。她走的那天，雇了一辆卡车，无声地把转椅、美发加热器、烘发机往车上放，她费力地踮起脚，帮司机搬放物品，收敛了笑容，扎起了马尾，反而使人觉得可以信赖，甚至可以继续相处，然而，于事无补，那辆旧货车排出乌黑的尾气，轰隆隆不见了。砀山姑娘的笑容真如夜里开放的昙花，说是谢了，却一直在有些人的心里开着，包括那些恶语污蔑过她的妈妈们。那间房后来又被租去做打印室、炸鸡店、烧饼店……几乎所有租这么小这么破旧的房子的，都被证明比房东更穷，更渴望发财，发财梦也更容易破灭。出租房屋到底让巷子里的人尝到了甜头，另一侧的墙体也凿开一个门，创造了另一个门面店。失败继续上演，败北了一波，会重新贴出招租纸，吸引下一批小倒霉蛋。几年工夫，周边一幢又一幢端庄而明亮的新房拔地而起。像从深睡中醒来，清凉寺巷人恍然大悟般地达成共识：时代在前进，这条小巷太老，不适合年轻的下一代居住，甚至所有的人，包括八十六岁的老婆婆都应该离开，去住客厅通透、卧室带有卫生间的大房子。

这条共识起先只是一句闲聊，后来像兑了水的墨汁一样洇到所有人的心里。适龄青年相亲的时候，不仅要有房，还要隔音效果好、开发商实力强、核心地段，比如小区附近有医院和公交站台，去超市和菜市场近而便利，如此等等。但是不能在城东——听说在建开发区，可是老城区人清楚地记得，过去那地方是枪毙罪犯的法场，新中国成立后又造了几座大化工厂，到处是沟渠和田地，言下之意，那地方又乱又杂，是穷人和农民生活过的，去那里买房很掉价；城西更不能，那里地势低，瞧瞧那些不长草的沼泽。沼泽上的房子能不塌？这口气就像一个经验丰富的天气预报专家用十分庄重的口气预测明天下雨还是下雪，以为天下事，最重要就是雨和雪。住在清凉寺巷的人被城区是黄金地段这个概念套得密不透风了：城区、地段、医院、学校、高人一等……

余文真自小和母亲的关系都略显疏离。她肯定没有达到母亲对她的期望，母亲倒没明说过，但看到女儿脸上的目光永远快速而短促。母亲精明但缺少想象力，自己想不通的时候就去模仿别人，余文真观察到了这一点，似乎也继承了这一点，但她同时继承了父亲有什么话不肯直说的性格，凡事只放在心里头，久而久之，日常相处带着不言自明的抵抗，不剧烈，刚刚好能被感觉的程度。

余文真十岁的时候，父亲余世福和母亲沈国芳双双遭遇下岗的威胁。他俩都是在山芋、玉米和萝卜干的滋养下长大的一代，因为饥饿感贮存在记忆里，使他们不得安宁，无心读书，又或者不是自身的原因，是大趋势造成了他们容易受到惊吓的性格。父亲在造纸厂上班，安心靠双手供养家庭超出温饱线的水平。他常常羡慕脑子好使的人，他对于连续使用四字成语的人充满敬意——或者戴着厚厚近视眼镜的人，对他来说，那是有文化有知识的象征。话虽这么说，可他自己，张口闭口还是忍不住会"去他妈的"。余世福的厂子说要整改革新，本以为刷墙建档，结果是裁员瘦身，搞得人人自危；而沈国芳所在的新安百货大楼的生意也相当不好，虽没有明说裁员，却悄悄地解雇了一大批合同工，沈国芳脾气一向不好，得罪过负责人事的经理，这是她患得患失的主要原因。那一整年，余文真体会到了无声的恐惧。父母在房间里嘀嘀咕咕，商量对策，有时候声音格外大，有时候又特别小，话题无非就是请谁帮着说几句好话，或者就是猜测给谁送礼管用。巴掌大的房子里流窜着不安的空气。在等待命运裁决的一年中，伙食质量下降，弟弟因为感冒没有及时送医，引发肺炎，高烧四十度以上，幸好邻居们晓事理，一再给出忠告，才及时去了医院。医生说再去迟些烧坏脑子也未可知。说来可笑，当时并不缺钱，而是对失业造成的后果的悲观预测，导致他们恨不得把钱袋子缝死糊进墙缝里，整个夏天，连一双拖鞋都没有买。最终，贫困潦倒的窘迫并没有出现，父母的单位都安然渡过难关，但他们心有余悸，之后说起来，仍不免再三谢天谢地。这一年的遭遇之后，全家四个人都显而易见地爱惜金钱。第一个月拿工资，余文真意识到父母过度谨慎，开始无声地刻意回避去父母一贯进出的便宜小店购物，又攒了几个月，也学吴利去提高消费。那时城里四处冒出购物中心，商场和店铺到了三步一见、五步一遇的程度，每天上班下班都要经过，躲都没处躲。揣着全部工资站到大洋百货闪着寒光的珠宝柜前的余文真佯装镇定，然而，她转悠了很久，没有一个人上来招呼她。营业员每天要看到多少人呐，余文真缺少消费能力都写在脸上呢。没有人看到她对物质的欲望塞满了每一个毛孔，准备倾巢而出的决心。最终她悻悻而归。

余文真的形象始终如一：头发极其浓密，小时候跌了一跤，额头磕到了石头上，缝过几针，所以喜欢用刘海遮拦住，后来那个疤痕淡到看不见了，可是眼睛习惯了隐匿在刘海下，加上她喜欢低头，这样一来，她的半张脸都模糊不清。二十五岁的余文真，形象含糊，还有些营养不良，可赖在少女行列，亦有老成世故之感，板住脸，俨然已婚人士，正操持一日三餐。

余文真大学毕业前夕第一次投简历，就被复韵集团月城分公司接纳了。此后她一直在该公司做文员。复韵集团蒸蒸日上，旗下有五家上市公司，分公司开到了海外。这工作说出去还算体面，薪水也不错，增加了她在男朋友跟前的分量。不过工作了三年，她明白自己就是大型设备上的一颗螺丝钉，能有什么前途呢，几乎可以说完全没有前途。

彼时的余文真，一切按部就班，在自叹不如和盲目自信之间来回晃动。她这个年龄，如果有什么能够确定的，就是明白自己的魅力，对什么样的人有效，对什么样的人完全无效。二十五岁，略知世事艰难，有恋爱对象，但仍对爱情怀有向往。这么说吧，如果金鱼让她许三个愿望，她本能地想要美貌、珠宝和房子，但是冷静一

16

想，若这机会真的到来，几乎所有人都会许下此等愿望，金鱼一定会觉得无限鄙视，那就来点儿不一样的吧。让他们看见我吧，看见我没有回到车上，回到城东郊外把我带走，亲爱的金鱼。

二十五岁的余文真，尚不知什么叫一失足成千古恨，更不明白，时光渐渐向前，不是所谓的高考成绩和偶然得到的一份工作决定你一生的命运，相反，是那不经意的某个普通时刻，既听不到惊天动地的开场白，也不会有锣鼓喧天的预备铃，一切都会突然而至，让生命变得完全不合常理。

2008年的初春时光，余文真和男友进入谈婚论嫁的阶段。正如海伦·罗兰所说，一个姑娘最艰巨的任务，是证实男人的意图是严肃的。每个足龄姑娘都本能地领悟这个任务的艰巨，因此，相亲必不可少。余文真的男友是严肃认真的。他们第一次见面是在他俩共同的熟人家里，她暗暗说服自己不要抱有希望，有趣的灵魂怎么会接受相亲。周雷是一个装潢公司的设计师，他一动，脸上厚厚的镜片发出沉闷的闪光，她认定他是无趣的书呆子，但是等他转过身去泡茶，他白色的T恤背面印着一大串英文：THE LOVE THAT LASTS THE LONGEST IS THE LOVE THAT IS NEVER RETURNED. "永久的爱就是没有回报的爱。"余文真刚刚在心里把它磕磕巴巴翻译成中文，周雷便转过脸对着她，镜片上的光线又闪动了一下，这会儿似乎与刚才截然不同了，之后他弯下腰，把那杯茶小心地放到余文真面前的茶几上，嘴角轻微地咧了一下。房子里有孩子们在打闹，他的声音很低，余文真似乎听到他调皮地说："哟，你懂！"一瞬间，余文真心花怒放，觉得与这个男人心有灵犀，她端过茶杯啜了一口，觉得这杯红茶别有一番滋味。

周雷在本市一家规模很大的装潢公司上班。他帮客户设计各种大小户型的房子，以实用、省钱和物超所值为己任。他带她去过一个客户家，一套客厅三面落地玻璃的别墅，院子笼罩在翠绿的竹荫里，还有一块网球场大小的草坪。一堵玻璃围墙隔住了马路，可以看到马路一侧是市图书馆，另一侧是购物商场，但商场和图书馆都看不到这个房子。"简直隐秘到极致！"参观完，他耸耸肩膀，做了一个鬼脸，大有"终于见到世面了吧"的意思，丝毫不见嫉妒之心和攀比之意。说余文真目瞪口呆一点儿也不为过。她想，有如此平和心态，当初就算换个再胖十斤，或再矮五厘米的相亲对象，他会不会也欣然接受呢？

在房子户型、结构、朝向、玄关、设计等多方面，周雷算是见多识广，经验教训都很丰富，但到目前为止，他依然和父母住在一个二十世纪七十年代末建成的小区，那个小区余文真听说过，又老又破，挨着臭名远扬的垃圾处理站，因此他说起自己的家庭地址时，她诧异地抬头看了他一眼。她以为这里早就拆了，毕竟这样的"老破小"屈指可数了。她脸上的表情被他捕捉到，并且进一步放大理解了，他没好意思把她往家里带，所以余文真还没有正式以未来儿媳妇的身份见过他的父母，只约在茶餐厅吃过一顿饭，还有其他几位亲戚在场。

深入交往之后，余文真发现周雷相当有板有眼。他吃饭的时候认真吃饭，工作的时候认真工作，几乎不做突兀的事，没有不切实际的胡思乱想。她抱怨他沉闷，沈国芳赶紧告诫说："咱们也是普

18

通人家，样样普通，没资格挑剔。"话直理不糙，及时堵住余文真的小怨怼。此后一生，大概率要庸庸碌碌地过了。她想。

直到她遇到了章东南。

章东南是广州总公司派下来的督导人员。他一方面传达上层各项方针政策，同时要把一线市场的动态悉数掌握。出于管理艺术，复韵公司的督导通常不固定分管地区，因此说白了，应对他的到来不需要过度殷勤，亦不能过于随意。他进办公室的时候，有人问候章总，他点头微笑致谢，又有人喊他章先生，他也回应。视察了几天，公司组织中层以上员工在四楼会议室开了个总结会。章督导对上上下下给予了高度评价，同时就调研的管理工作提出稍许质疑，口气有一定程度的紧迫感，但末了，又给予了更大的肯定和期许。总而言之，他让人相信自己是个内行，看得懂门道，但又惜才开明。一句话，巡视结束，上上下下都很轻松、欢喜。

因此，余文真也发现了督查工作的微妙之处。说不重要，它是单位大小会议必提的事项，每顿饭都安排在食堂的包间里；说他重要，一把手没有陪伴身侧。余文真隐约明白，即便是上面来人，职位大小也是虚虚实实，难以界定。

章东南离行前，公司在狮王府安排了一个欢送晚宴。狮王府是月城的招牌饭店，余文真经常路过，从未进入过。忐忑踏进门，服务员引领，到达包间，宴会厅水晶吊灯闪烁，四壁裹在锦缎之中，一张二十人的大圆桌，圆桌上方吊着的水晶灯微微颤动。落座时，王副总安排余文真坐在章督导边上。为什么要求她到场，为什么安排她坐他边上，余文真统统不知其所以然，想着领导们把她列进去，一定有道理，于是顺从地走到指点的位置坐下来。离她远远的，还坐着一位女性，是平时也不怎么抛头露脸的人事部副处长，她年老，面色微黄，冲余文真温和地一笑，笑过后又变得木讷无言。王副总对余文真说，小余，你要把尊贵的客人陪好，让客人像在自己家一样。余文真几乎没有什么应酬经验，知道领导不过是说说而已，仍然紧张到手心沁出了汗。

章督导笔直地坐着，虽然背肥肚厚，却不显丢份，他跟人打招呼，碰茶水轻酌，举手投足都不疾不徐，张弛有度。坐在他边上的王副总倒也风度翩翩，气度上与他旗鼓相当，可是作为主人，必须要寻找话题，介绍来宾和菜品，话说得多了点儿，章督导的尊贵被凸显出来。

余文真正在胡思乱想，章督导却偏过头来，对她轻轻一笑说：随意一点儿，像在家一样。

余文真点点头，表示遵命，随后侧过头隐藏了一下自己红起来的脸。她脸红，是两次听到"家"这个字，令她不得不想到清凉寺巷那紧巴巴、刚刚能转得开身的过道饭厅，环视当下，倍感滑稽——她意识到自己缩手缩脚，不过这些人又不知道她的底细，于是挺了挺背，佯装镇定地看向桌子。桌子中间是一座漂亮的塑料园林。园林外侧是一片绿油油的塑料草地，草地边有一座塑料微型假山，挨着假山的白色凉亭内雾气氤氲，倘若再盯得久些，忽略掉四周正襟危坐的人，会当自己真坐在江南某个公园的一角。

有那么片刻，大家都略显拘谨，饭桌上出现了短暂的安静。只要有人举杯，余文真就会立刻双手端起酒杯，快速地抿一小口，几乎不怎么动筷。章东南的举止则优雅自然得多。他举筷，探头进食，纸巾擦嘴，闭唇轻嚼，不发出一丝多余的声响。余文真头一次见到吃相这么好的男人。这人个头不算高，臂膀很壮实，眉毛浓密，眉峰很突出，而且离眼睛很近，都说这样的人脾气暴躁，但他的脸上竟洋溢着亲切的笑意，消散了相当多的严肃性。听别人说话时，他微微后仰，露出醒目的啤酒肚。他一口听不出乡音的标准普通话，说话时鼻音略重，但声线有力，语速不快不慢，节奏悠缓。有人问他老家在哪里，他说他就是本地人，听者一致表示不信，觉得这是一个善意的玩笑话。酒桌上的话题表面上天南地北地变换，其实是有技巧的，主人有心寻找客人感兴趣的话题，如同大海捞针，捞到一根，就抓住不放。章督导深谙其道，接过来，串起细细的线，拉长，拉长，快没有力道了，放下，探进下一个话题——想打开主人们的话匣子，让他们不那么累。他的轻松自在、无拘无束感染着其他人。有人邀请他下次继续光临。

"当然，我非常喜欢咱们月城。"他说。

坐在他右侧的领导谦逊地说："我们这小地方，没有什么好东西招待，饭菜不可口，让领导受委屈了。"

"小城市有小城市的好，更精妙更朴实更宁静。"

他一说完，听者如余文真却隐隐觉出了一丝讽刺的意味——因为月城人最不喜欢听的就是"朴实宁静"这些字眼，它们的潜台词其实就是——落后、落后、落后。

像是听到了余文真心里的嘀咕，章东南意味深长地看了她一眼。这一眼停留的时间略略有一点儿长，余文真立刻面色绯红，心脏在胸口猛烈地撞动。余文真后来反复回忆那个情景，那停留稍长的一眼像是时间停顿，又像是时间跳跃。她低下头，面前是白色的碟子，里面几无食物沾染的痕迹，她握起筷，想要去够转到眼前的菜，模糊中，仿佛那双温和又威严的眼睛，仍然在追踪她。太阳穴像被一束光渗透了，她不觉一阵悸动。见大伙儿都理解错了，章东南清清嗓子，更加真诚地说："我们都被某种观念洗脑了。其实，小城市氛围也低调亲切不虚，是一种年岁聚集起来的特质，有人情味。但是现在，大城市对小城市的文化侵略正一发不可收，大城市的生活方式、产业结构和消费习惯，都成了一种辐射效应，在自觉不自觉地影响和破坏小城市文化。所谓知识输入、文化输入、经验输入，在我看来，修一样的路，造些一样高的大厦，表面上有相似性，内里根本不是一回事。大城市对小城市的破坏性影响，也可以说是侵犯现象，还是严重的——"

他说得正起劲，对面的一位男士已经得令起身举杯，他趁着章督导换气的间隙，趁机高喊了一句："敬您一杯。"说完，举杯仰面一饮而尽，之后，亮了亮空杯，握拳致敬说，"章总，欢迎继续侵犯，请带领繁华和发达来侵犯我们吧！"说完，怕人不懂他的幽默，连做两个鬼脸。

刚刚敬完酒的年轻人旁边坐着宣传部员工小杨，小杨也举起酒杯："敬章总，让强大来侵犯我们吧。"小杨的声音很柔软，他是一个柔软而害羞的男孩，因为害羞，他的声音稍稍有点儿结巴，捧在手上的酒杯也略略倾斜，几滴酒洒到了桌面上，他的慌张起到了意想不到的效果，大家发出善意的哄笑，气氛顿时热烈起来。于是大家纷纷起身举杯：

"让知识来侵犯我们吧，让我们摆脱无知的境地。"

那些还没敬酒的人，赶紧搜肠刮肚地寻找词语，以期这肆意畅饮的时光更绵长一些：

"让成功和富裕来侵犯我们吧。"

"让成熟来侵犯我们吧，让我们的生命充满智慧。"

"让完美来侵犯我们吧，让我们脱离狭隘和偏见。"

最后大家纷纷起立："欢迎章总继续来侵犯我们，让我们尽快赶超你们。"

余文真目瞪口呆地看着酒桌上的气氛瞬间火热，开怀的人们、欢快的词语、宴席中央的假山假景聚焦在一起，时空里弥漫着各色菜肴的刺鼻香味，像一个温暖的梦境，她猛然发现整个酒桌上的人都故作老成、一本正经，只有她手脚无处安放，暴露出没见过世面的傻里傻气。

"哈哈哈。"章东南脸上的神情是轻松的，几乎算是喜气洋洋、快快活活，他的笑声又亲切又随和。一个有修养的人快快活活的样子更有感染力，也可能是酒精开始发挥作用，每个人都变得温润，就连单位一向尖嘴猴腮、面目严肃的后勤处长此刻也面色红润、两眼闪亮，看上去慈眉善目。

别的人喝了酒，会脸红脖子粗，章东南喝过酒脸色略有些发白，但是表情却有种微微的憨态，他的脸本来就略有些肉的，加上这憨态，看上去既亲切又真诚。

接过别人递来的香烟时，他特意朝余文真看了一眼。她懂了，那是表达歉意的方式：有女士在场，抽烟搞得乌烟瘴气万般不妥，但我又不好扫大多数人的兴，既然大家若无其事地已经点燃了，我就无法不点上，请原谅啊！就是这么个意思，他只一眼就明明白白地表达出来，她也抿嘴回应，表示理解。

余文真注视他时，忽感他四周的人何其粗鄙。她想起沈国芳最喜欢说的一句话：

"不怕不识货，就怕货比货。"

之后，她不敢再接触他的目光，甚至有意不向他那边转过头，但始终感觉到他的目光时不时滑向她脸庞。

她猜章督导应该四十出头。趁大伙杯觥交错，短暂忽略他之际，他侧过脸来悄声问：

"你叫余文珍？年年有余的余？文化的文？珍宝的珍？"

"不是珍宝的珍，是天真的真。"

"这就对了。"

余文真的脸"唰"的一下又红了。她担心会引来其他人的注意，她习惯被人忽视，偶有意外，倍加不适，屁股在椅子上扭动了几下。

领导怕冷场，制造出新话题，问章督导下一站是哪里。

他说是远城。

"哦，是个大城市，好。"有人羡慕地赞叹说。对于月城人来说，月城意味着当下，而远城像个传奇。

"哪有那么好，"他兴致勃勃地说，"那里的人以身高马大、彪悍凶狠闻名，大多数人头脑简单、因循守旧、不思进取。好几起惨绝人寰的杀人事件都是凶手喝酒后炫耀才告破的。”

"他们那里有些古迹还不错。"人事处长说。

"那些陵园和庙宇有的至今七百多年了，这是它最大的魅力，其实还有许多价值连城的好东西大开发时毁了，没保护好。"

他说完直摇头。坐在月城的酒店里，大家面色凝重、煞有介事地谈远城。余文真明显感觉重心发生了偏移，她不解其意，如坠云雾。

这顿饭吃得真够久，其间有人拿着相机拍照。章东南接过来，对着余文真"咔咔"两下，余文真没有准备，略惊慌了一下，恰逢服务员喊点心到了，她一喜，松了口气。所谓点心，也是用推车推出来的。每人两道。第一道是"西瓜塔"，红色的西瓜瓤做成塔，塔身有奶油奶酪和羊奶的混合物，塔尖覆盖苜蓿芽帽；第二道是"咸牛肉柱"，鳄梨块卷在薄薄的腌牛肉片里，乒乓球大小，软绵细滑，入口即化。大伙又聊了一会儿，酒席散场前，服务员便拿着洗好的照片进来了，原来一楼就有影印店。看到自己特写的时候，余文真惊呆了。章东南抓住的是那个瞬间：她正低头看了看自己的胸口，因为是温度适宜的仲春时节，她穿着 V 字领的衬衫，他举起相机的时候，她担心领口曝光，特意遮了一下，然后不放心地低头一扫。可是照片里的背景完全虚化，其他人也虚化了，只有她洁色的脸颊置于照片中心，她的下颌弧线很柔和，年轻的头发带着自然的光泽，头顶的光打在她脸颊，她的眼神如梦似幻，微露怯意，是一种没有见过世面的青涩，而她的双肩努力收紧，似乎正在全力抵御，以免被人一眼望穿。即使独自一人面对梳妆镜，她从来也没有看到过自己如此动人：一种疏离，一种渴望，一种心在别处，甚至一种语言难以形容的微微的心不在焉，这张照片呈现了一种美好而陌生的形象。

许多人帮她拍过照，只有这个人，抓拍到最接近她理想面目的一瞬间。她的二十五岁，其实内心时不时有一种冲动：告别现在的生活，站在一个天高地阔的地方，不要屋檐低垂，朝朝暮暮都遇见老迈的叔婶爷奶……她还想要一个小小的花园、一本书、一个知心的男人，所有今天之前的日子都浓缩成一粒药片，被她放在随时携带的化妆盒里，不丢弃，也不展示。二十五岁，她最确切的梦想是雪藏此生所有经历过的平庸的一切。

回来的公交车上，余文真坐过了站，她掉头往家走。夜已经很深了，经过一个废弃的铁道口，她停了下来。手机响了一声，她的直觉是他。章东南不知道从哪里得到她的手机号，"谢谢你，"他写道，"我是章东南，今晚很特别。"

微暗的夜灯照着地面和前方，一切都朦朦胧胧，铁道口一间被弃用的小屋旁滴滴答答地淌着水，小水流慢慢滑向低处，在夜光的反射下，水迹像一条小银河。一辆车开过去，车灯一闪，坍塌的墙，歪掉的野藤条，丢弃的破自行车轮，一切都清晰了；车子走掉，光暗下去，一切又朦胧了。夜色是多么温柔和不同寻常，令她内心也涌动出跟平常不一样的感动。土旧的老铁轨，不规整的街道，湿漉漉的脚边沾了露珠的野草，她知道过几天工人一顿操作猛如虎，这些草就得割头斩根，不知所终，可是，在夜半的寂静时刻，她突然留意到脚下如此活泼、有生机，一种陌生的喜悦之情向她袭来，令她一时不知所措。她不仅像发现新大陆一样重新发现了这个熟透了的生活当中的喜悦，同时也发现了掺杂在喜悦里的诗意。喜悦和诗意，这两者的叠加简直令她周体通透，浑身有力——简直可以搬起一辆自行车的力，简直可以跑上一千米不停顿的力。就像明知翅膀断了的鸟，有振翅的冲动了。她喜欢这焕然一新的体验，简直通向美和自由。她神采飞扬地一路走到家。到了巷子里，一切戛然而止，不能有动静了，巷子可不吃那一套，什么"欢迎光临"，什么"今晚很特别"，她想象老年人不屑地翻动眼皮，忍不住扑哧一笑，蹑手蹑脚地拿钥匙开门进屋，上床，一个钟头后仍然辗转反侧，难以入眠。她仰望着窗口那熟悉的微光，听着隔壁父亲如雷的鼾声，想着这突然降临到她生活中的新鲜感，一次次回味坐在章东南身侧的拘谨，内心竟生出站在舞台中央翩翩起舞的幻觉。

至少在那晚之前，因其安然无缺的平凡家庭和甘于平庸平淡的父母，没有生长出心计和复杂的欲望，更因其长久被忽略，她对中年男人的套路一无所知。

他必定会打乱她的生活，并成为她此后近十年时光的主导者。但，那个夜晚，她的脑子里没有任何不洁的东西，只是沉浸在陌生而愉悦的情绪当中，觉得一切都刚刚好。

二

　　那场令全世界震惊的大地震突然而至，打破了全世界包括月城表面的平静。一开始，电视里反复播放的是同一所学校的画面，使人误以为地震只发生在某个人烟稀少的小县城的某所学校内，但是，不到一天，更多的新闻铺天盖地——情况比最初知道的严峻一万倍。人人无心工作，个个献血捐款。余文真的一位同学，毕业后凭他母亲的关系，被安排在银行，地震发生第三天，他写了一封辞职信放在桌上，背起包去了震区。几个月后，余文真在商场里偶遇到他，原来他去灾区做了一个月的义工，回来后变成了一个昼伏夜出的人，准时上班成了高难度的事，他只好在商场的晚高峰时段帮人发传单。薪水几近于无。看到余文真露出的同情目光，他慢条斯理地说："我当时就想去帮帮忙，地震的那个点我正在柜台前打盹，突然像被什么东西敲了一棍，敲得头嗡嗡作响，我醒来后到处查看，又反反复复询问旁边的同事，根本没人给我来这么一下子，半个小时后，地震的新闻就出来了。我觉得那是天意在召唤，所以我就去救人了。"

"你救着人了吗？"

"一个人也没救下。"

"但你至少有勇气去了。"余文真安慰他说。

"你能想象人能直接从马路走到五层楼上吗？"

"我听说了。楼房被夷为平地了。"

"是的，见到过那些场面让我对什么都无所谓了，就像你看到的这样。"

那是一张备受折磨的脸，一张因对陌生的人无力的爱而软弱的脸。余文真一阵鼻酸，她低下脸。

他们的谈话就此中断，余文真并没有真正听懂什么，直到许多年后她突然想起他耸了一下肩膀的动作，瞬间理解了他内心正在经受何等折磨。一阵心悸。

章东南那个时期正在别的城市调研。他从来没有贸然打过电话给她，也没解释过自己是如何拿到了她的手机号码。大地震发生第三天，他发过一条短信，算是间接响应着余文真的痛苦："我眼下住的宾馆靠近一所小学。学校楼层不高，院子里有足球场、网球场和板球场，孩子们很活泼好动，他们从放学一直玩耍到天黑，打打闹闹，笑个不停。可是不知道为什么，我的心揪住了。"

余文真每次都会忍不住去数字数。超过七十个字，又达不到一百四十字的，就觉得有点儿亏，他却完全不顾及短信费，有时太长，有时又太短。

隔天他的注意力又被转移到了大人身上："那些小孩儿的家长却叫人无法忍受。都是些上了年纪的老爷爷老太太，离放学还早呢，他们就等在场边看热闹。有一次，看到两个踢球的孩子发生冲撞，两个老太婆隔着栅栏就在那里吵起来。听不清他们吵架的内容，但是看得出，表面上看他们之间充满敌意，又很没素质。可是，他们的争吵却又是浅尝辄止的，这边还在理论，那边两个孩子竟然又握手言和了，两个老人自然化干戈为玉帛了。人老了，反而比孩子还要幼稚。"

　　他的短信简直就是轻音乐，浅浅的轻诉，诸多的小情趣。

　　不回那个能量不明的信息就好了，但当时她说："你一定是一个好爸爸。"

　　他没有接这个茬，到了第二天又跟她说别的事，所以她不知道他有没有孩子，是不是一个好爸爸。不过如果再追着打听，反而显得她别有用意，这个话题只能到此为止。

　　有天晚上六点多钟，章东南发来一张照片：他站在一棵梧桐树下，看着镜头，微微颔首。月城的大多数人都还穿着单外套，他却只穿着一件蓝色短袖衬衫，衬衫质地优良，看上去不像第一次穿，却又无任何褶痕，无疑，他已经身处中国的南方。仔细看，他不年轻了，鼻翼旁有清晰的法令纹，而且额头过于宽大，发际线比上次见时更靠后。"老男人"，一瞬间这个词涌进余文真的脑子。再看一看，他的嘴角微微上扬，好像掌握着许多秘密——尤其是她所无法领会的秘密，周身洋溢着懒洋洋的自信，他的站姿——包括照片里映衬着他的那些背景物，都使他显得见过世面，而且富有生气。

她又想，谁给他拍的照片？他所视察的单位又给他派了生涩的女员工陪着吃晚餐吗？他到底不会像我一样，背着一只质地很一般的包，手上提着一袋考研资料找自己的自行车，打开手机看一下信息也是件有难度的事。

他给的信息越来越多，他从某知名大学的地理信息系毕业，偏文科，与地图有关，年轻时游历过许多国家，但结果，阴差阳错，他却成了大型私企的管理人员，好在这几年又可以全国各地走，使他不至于觉得过于受约束。

放荡不羁爱自由，他总结说。

月城，以及外部的世界一直在变动，越来越多的人在四处奔走，许多新鲜的职业和行业冒出来，陌生的面孔也越来越多。当别的城市用大巴去乡下把一群一群又一群年轻的光脚丫的接到沿海城市的时候，这个十八线城市还后知后觉、面带讥笑地议论，仿佛与他们丝毫不相干。"现在太乱了，这些人到哪里都一副天不怕地不怕的样子，"妈妈又说，"光脚的不怕穿鞋的。"她的意思是自己是穿鞋的，她的地盘正在被光脚的侵占。她不允许孩子们四处乱跑，余文真上大学填写志愿只能是本市，本科考不上就专科。一毕业就在本市找工作。妈妈认为这一切都是顺理成章、必然如此的。太多选择其实就是没有选择。"你记住，但凡最聪明、最有权力的人想进哪个单位，哪个单位就是好的单位。"这句话无懈可击，到现在还管用。聪明人、体面人在做什么，什么事一准大有好处。而且，妈妈觉得应该嫁给一个知根知底的本地人，安稳最重要。话音刚落，却见整个世界一波一波往眼前涌，你高兴也好不高兴也罢，到处都是外地人。他们开银行、开酒吧、开超市、造大楼、造工厂、造大桥。他们不再是单一的劳动者，他们是有各种来头的人。他们有的让人反感，也有的让人着迷。一部分一目了然，另一部分让人觉得高不可攀。余文真一边习惯性地遵从妈妈的吩咐，一边又隐隐意识到某些东西是不对的——关于自己停留在原地、波澜不惊的生活。开始朝九晚五没多久，街面上的废墟多了起来，到处围起来，光听见里面"突突突"地响，粉尘弥漫在空气里，有时下班路上，碰到戴着头盔的工人们，一个个浑身脏兮兮，神情疲惫，之后，不过年把工夫，像预想的那样，那条街面修葺平整，要不就是一幢楼起来了。等到有一天，她发个愣，经过那个地方，竟然感觉景致挪移，旧屋不在。妈妈的观念也在"突突突"和"轰隆隆"之间悄然转变，在周雷之前，她张罗着帮女儿安排了一个承包百货大楼的浙江温州人的相亲，甚至也想把她表舅的同事（是一个贫困县的高考状元，在月城设计院工作）介绍给女儿，但都没有成功。

余文真动过一走了之的念头，远远的，最好是一线城市，省城也行。她去过几次省城。有一次是和同学一起旅游，另外一次是去检查身体。对于省城她印象最深的是火车站旁边一家理发店门口。两个姑娘在人行道上打羽毛球，当时街上有微风，每一个球都没有落到应该的位置，她们不得不一次又一次弯腰捡球，捡一次就笑一次，好像所有的快乐都集中在弯腰那一刻。余文真看呆了，可是没有人注意到她，就算也帮着捡了一只落在她脚边的球递给人家，接球的小姑娘随口说了句"谢谢你"，就转身发球，都没看她一眼。想起初二春分时的郊游，以及从杭州回月城的大巴，余文真摁下了去省城的念头。她害怕像一片落叶落进秋天。但是，她的心灵深处，清楚地明白：除却去到陌生、广阔的外部世界，她往后的命运不会有任何升腾的可能性。

许多亲戚都买房了，沈国芳在市内转了几圈直呼太贵。巷子要拆迁的传言早就滚滚而来，在空中响很久了。既然有那么多人为拆迁的不公而努力，这个事就一定有盼头。看得出，拆掉你多少还你多少，甚至多还一点是完全可能的——沈国芳算是个精明的主妇，这一点在两年后便得到了应验——余家被拆到了很远很远的南新桥附近，巷子里的六十平方米拆到了一百二十平方米。虽然妈妈神机妙算，但她无心喜悦，一则因为用力过猛，令她疲劳，再则彼时一百二十平方米的郊区房已不值一提。总比城东好，沈国芳自我安慰地说，那地方，哪里还算是市区！

在妈妈牢牢掌握局势的家里，孩子们都有点儿束手束脚，无力反抗，连男主人余世福都有点儿谨言慎行，不知道是因为老婆太强势，他才太懦弱，或是刚刚相反。家里的外交、内务全是沈国芳在谋划。亲戚朋友到一起，余世福不太发言，就算说了话，也吞吞吐吐的，很容易被人抢掉话头。一次两次，成了习惯之后，他说到一半就会停在那里等着别人打断。他对时事发表看法，也是暧昧不清，模棱两可，总想着把观念不一的拢到一起。沈国芳曾经抱怨他没气魄，但是长辈和晚辈似乎都很喜欢他这样的做派。余文真常常想，男人不是应该有点儿自以为是的派头才能笼络家人、树立威望么。有鉴于他的随和，妈妈的凌厉就更突出。遇到两人闹矛盾，所有人都情不自禁地偏向他。因为自知眼界不高，担心言多必失，余世福只能在好好先生的道上笔直地走，旁人还在同情他，实则他本人早已习惯经常欣赏一下老婆的威风，过火点儿也没关系。

章东南是另外的样子。

这个人的生活是游动的。他常常在余文真下班坐上公交车的那个节点发短信给她。他把谈话的节奏带到了流动的世界。说到俄罗斯，他谈起了红场、列宁墓、克里姆林宫、卫国战争纪念碑。

关于罗马，他发来手机里存的照片，教她欣赏罗马柱："古希腊三大柱式"——多立克柱式是仿男体的，而爱奥尼克柱式是仿女体的。著名的雅典卫城山门和帕特农神庙，采用的即是多立克柱式。而爱奥尼克柔和优雅，如雅典娜胜利神庙和伊瑞克提翁神庙。

余文真发了一个冒号加半括弧的表情，假装听懂了。她期望这个话题尽快结束，他却不依不饶了：如果遇到看起来像爱奥尼克式，但更复杂豪华的，比如柱头以毛茛叶纹装饰，而不用涡卷纹，毛茛叶层叠交错环绕，卷须花蕾夹杂其间，柱头图案呈环绕状，准是科林斯柱式。

那一刻她略有点恼火：跟我讲全然不相干的东西做什么！微微不适之后，余文真带有一种小小的恶作剧心态回了短信。她向来被动，习惯附和，但这一回，顺水推舟的习惯里却隐藏着违逆：回一个不相干的人的短信，像是对生活的一次小小的背叛，这背叛旁人难以觉察，如一根头发丝掉进一块草丛，但对于她本人而言，则是向天空投掷的石块，她渴望听到一声巨响，像鞭炮的轰鸣，像飞机飞过城市上空发出的呜呜呜叫，带给她微微的喜悦。毕竟他的世界，华美而深邃。

余文真和男朋友最近有点儿拧巴，没有什么话题可谈。彩礼、婚纱和婚房谈不拢之后，所有的话题都变成了麻绳与这几件事牵扯在一起。二十五岁的世界，缺得最多的是钱。周末的时候，他们也跟风搭免费巴士去看房。在巨大的木制展示台上，摆着许许多多形态各异的楼盘模型，在精致的灯光下，根本无从辨别优劣，只能凭着价格权衡。他们一再往偏远地方跑，可是钱似乎总是不够。后来，两个人都有点儿生气。他们彼此也没搞清楚，是生自己的气多还是生对方的气多。有时候好几个星期，她都不想见到他，偶尔吃一顿饭，也还是别扭，如果离开钱，谈论一些知识性的问题——她隐约觉得需要提升一下他俩之间的交流深度——他显得嗤之以鼻，一副看穿她在故弄玄虚的样子。好吧，回头谈现实。一说到首付额度、贷款利息和装修风格，他也会觉得她在暗示他的穷，他表现得相当抵触、不耐烦。

她觉得纳闷多于委屈，她既没有故弄玄虚，也没有嫌他穷，至少她不会放在脸上，她觉得他理解力相当有问题。那么还能谈些什么呢？如果谈到单位某个人的恋爱，对了，陈惠琳被求婚了。哦，是吗？他猜测她在嫉妒。所有看得见的恋爱都是热闹的恋爱，有浪漫加持，他总结说所有打动人的浪漫总是钱的魅力，言下之意，其实那不是真的。她当然不同意，浪漫和钱不是一回事，完全不相干，明知他不赞同，只好沉默无语。有天晚上，她突然觉悟了，如果恋爱男女像他们这样别别扭扭、低调无声，不是光缺钱，还缺爱本身。

夏天的时候，有一个短暂的小假期，但他们没有一起出游，连郊区都没有去。周雷对他们最近无话可说好像并不在意，抛开了对讲理的偏执，他们更是无话可说；沉默和冷战没使她的心冷酷下来，相反，她内心涌出了更多的需求。而这个需求仿佛一块石头压在后背某一侧，打破了身体微妙的平衡感，只要和周雷待的时间稍长一点儿，她就会像担心摔倒似的赶紧走开。

基于章督导，一个陌生的中年男人，余文真想，他不认为自己给女孩发照片不得体，那她也不觉得跟他抱怨自己的男朋友有什么不合适。

他给她打来电话，他在河边散步，听出她心情不好，需要不需要有人陪着聊会儿天？他问。

在他的怂恿下，余文真扩大抱怨的范畴。除了不解风情的男朋友、急吼吼的妈妈，还有在巷口坐着拉二胡的大爷们，他们的二胡实在难听，沉重而光秃的头颅摇来晃去，陶醉其中，实在可笑之极。更恶心的是，他们双标，一旦自己午休，就听不得小孩子在弄堂里说笑打闹，经常拿根扫把呵斥驱赶小孩，说他们是一群乌鸦。其实他们自己发出的才是噪音呢！余文真说。

"哈，正是。"章东南附和说，"一切美妙大不过孩子们的笑声。"他以温和而宽容的方式笑着，鼓励余文真继续。

他的亲切和包容像湿布包裹着的太阳，温暖又不刺目。

"他们自己俗不可耐，还以为自己才代表着生活，代表着真实，要是我们谈到理想，他们就躲在暗处发笑。"

"如果谈到爱情呢？"

"他们肯定说那是个大笑话。"

"那么灵魂呢？"

"他们会觉得你在梦游。"

"那太遗憾了。"章东南再度哈哈大笑。他的笑声似乎就是一个宣言，一个坚定的立场，百分百站在余文真这一边的。

她心情平复了，轮到他说了。他试图开展更多的话题——有些她接不上茬。他说："听到你的声音真开心。最近压力比较大，今年方方面面都比较艰难。"余文真的脑海里浮现出他优哉游哉散步的样子，像他这样有能力周游世界的人，能有多艰难呢！后来她想，其实她错过了真正触摸他灵魂的最初机会也在那个节点，以至于他认定她是一个呆头呆脑的傻瓜。

但他仍然努力地制造话题——经过他的言语组织之后的新闻和传言，都能使人眼界大开。像是在给万物重新定义，他总在提供思路，扩充她的知识，激发她的想象力。有时自己能跟得上他的思路时，不免觉得洋洋得意。他把她的公司领导们全部比得没那么卓越了，她看他们的眼神已经发生了变化，走过他们身边，她不再畏惧。年纪相仿的同事也都差不多，他们对这个社会的认识未免蜻蜓点水，他们的观念也东摇西晃，没个定数。他们热衷于追逐名牌服装，对明星们的爱情比对外面的世界兴趣更大，如今，这些闲聊和没有含金量的玩笑也显得空洞无聊。

三

奥运会的举办，带来了一场举国狂欢。伤口还没有愈合，但出发的号角已经吹响，每天电视里都有紧张刺激的比赛。一阵阵尖叫从什么人家的窗口泄出来，短促的叫声显示是一个好球，如果是中国人失了手，那声音则会是拐弯的呻吟。从不排练，绝对一致。体育让不相干的人充满了在场感。

奥运项目中，余文真猜测章东南最喜欢马术项目。马术三项赛个人赛场，第二十九位出场的华天，策骑了约三分钟，攻克八号"雨花台"障碍栏时，其战马前脚碰到障碍物，他则被抛落地面，但短短三分钟，他诠释了优雅、胆量、敏捷和速度。余文真牢牢记住了盛装舞步金牌得主是荷兰的范-格伦斯文，盛装舞步公开团体赛的冠军是卡佩尔曼、科默尔和沃斯，他们分属三个国家，至于那些个赛马，记住它们的名字就太刻意了。果然，对余文真破天荒的娓娓道来，章东南啧啧称赞。他们之间的共同话题太少。体育、时事新闻、政治局势，但这些话题一直停留在浅层次，说到底，他们有十多岁的年龄差，又生活在不同的世界，章东南经常有意无意摆出来的那个架势——故作谦卑的架势，与她泄露出来的则刚好相反："不要小看我！"她发表的观点，力求高度跟得上他，诚不诚实并不重要。这是她在漫长的离别之后才明白的。对于马术项目的关注，果然拉近了他们之间的距离，这小小的突破令她精神大振。有那么一阵子，她读历史知识很上心，想着可能有用，她刻意记住一些以往不感兴趣的事件的年份和主要数据。掌握了一些知识后，她果然能接茬了。比如，1976年蒙特利尔举办奥运会，然后用了三十年才把因此欠下的债务还清；前不久的雅典奥运会的举办，甚至给国家带来了一场财政危机。那么，为什么大家打破脑袋争着抢着办奥运会呢？力改国运，振奋人心。她在章东南显摆之前就得意洋洋地揭晓答案。不知道从什么时候起，她对和章东南这另类的聊天，生出了一些特别的兴致，甚至开始主动出击。生活显出一种超越琐碎庸常的高级感。说到底，他的出现，既遥不可及，又可感可触——他来，他去；他突然出现，他快速消失；他重视她，让她看到火光，但毫无灼痛感。后来有一天，她候公交车的时候一照玻璃，竟发现自己的脸上有一种骄傲的淡定，仿佛有什么荣光，已然见过世面，她一发愣，车停下又启动，一溜跑了，留下刹那的空寂。她微微有点儿欣喜，又略略有点儿愧疚，想到父母兄弟竟然浑然不觉她正在脱离他们的趣味，甚至脱离他们的生活。

接近年关，父亲余世福突然接到退休通知。五十五岁，说老还不老呀，退休金少得很。他开始到社会上供职，在巷子拐角边上一家老熟人的家具店搭帮手，本来看店的小伙子是老板的亲戚，突然撂挑子跑深圳了。余世福先是端只壶去闲聊打发时间。遇到有生意，自然搭把手，老板提出让他定时来做，他一时放不下身段，又没地方去，工资卡在沈国芳手上，斗地主还不能来钱，扭扭捏捏白干了一个多月，第二个月自然而然接了一千块薪水。照这个势头，充实又能改善伙食的日子已经来临，可是突然间，一千米开外的东堤公交站旁开了个家具批发城，老板是湖州人，家具款式多，品种全，全是现货，摊开了卖，月城人戒备又好奇地抵抗了一阵子，最终兴冲冲扎进去了。收留余国福的小家具店生意变得跟暴雨似的，有一阵没一阵，有时候十天半个月竟然没有一单货送，余世福又不好意思留了，去天宁寺边上拉三轮。三轮车属于工友老徐，那老头酷爱搓麻将，向来只输不赢，所以大家都喜欢喊他凑数。他拉一天活打一天麻将、今朝有酒今朝醉的态度，三轮空着也是空着，余世福自然而然披上老徐的旧黄马甲，他把黄马甲洗得干干净净，守在善男信女的必经之路。善男信女总是慈悲，尤其是在寺庙里拜过菩萨，坐车去火车站也不还价，甚至还多给个一块两块。余世福到底经验欠缺，有回为了让拐弯的公交车，直接连人带车翻到路边的草皮上，等他从草地上爬起来，膝盖划了一条大口子。闲的时候，他在巷子两边的台球室打一会儿桌球，夏天到夜市上找熟人闲聊天、打听国际新闻，或者买几样反季东西，比如冬天买凉席、夏天买皮手套和棉袜，都是半买半送的价格。等生意上门的时候，他倚靠在自己的车把上，听庙里传出来的和尚诵经声，一开始还以为里面坐满了和尚，后来才醒悟过来，都是录好的磁带或者MP3。经验更加老到之后，黄马甲上沾着饭后滴上的油渍，他也视若无睹。日子似乎再无波澜，忽然有一天，老徐一个杠后开花，直接栽倒在四只二饼上。没多久，月城出台车辆规范管理条例，发通告说三轮车要取缔，几乎一夜之间，三轮车夫如落水狗，到处躲藏，渐至销声匿迹，踪影不见。到这时，余世福脸皮厚多了，找起工作来也不躲躲藏藏了，他找到一家快递公司给人卸车。干快递没早没晚，有时候下班回家，路上雪花白晶晶的，进门的时候，他头上一片白，手指头又粗又糙，但他心情不坏，这些归功于劳动人民的勤奋和韧劲。

第二年立春前，余文真的例假推迟了近十天没来，周雷一口咬定是怀上了。双方家长都急了，挑了个日子聚在一起商讨婚礼事宜。沈国芳料定对方会拿女儿的怀孕说事，她早就准备了一套台词藏在口腔里："有了就有了，年轻人做事欠考虑，我哪敢多讲，毕竟我们都有老的一天，将来还要靠他们端茶送水，送医送药。"

这句反复演练过的话在经过数次排练之后，语气拿捏到位，似乎无奈无力，却又显示出对亲家们的晚景有笃定的预测，"送医送药"四个字排练得最多，短促有力，像把剑。妈妈揣着它雄赳赳地赴宴。对方的主要发言人是周雷的堂姐。这个堂姐开一个蛋糕店，长年累月地应酬客人，使她客气话张口就来，话说得和气，但眉目不动，皮肉不动，只有唇齿在碰撞的模样，很快激怒了沈国芳。她出其不意地亮出了准备了很久的那句"有了就有了……"，根本不是出于防守，单纯为了攻击那么一下。这句话应该是周雷的妈妈接招，可是她老人家出门前刻意收拾了一下，新衣服丝毫没有增加她的雅致和美丽，反而束住了她的手脚，可能对这场战役准备得太

41

久，此刻，她的肩背和眼睛底部都带着深深的倦意，对亲家的话一时没反应过来，只是一个劲地点头。余文真和周雷都没有发言的时机。沈国芳的策略是：坏人我们来做，你以后还要相处。男友的堂姐也是抱着牺牲的目的，她频频杀价，摆出利弊：怀孕是大好事，但不好太张扬，文真的年龄刚刚好，再晚就难恢复了，学历嘛也不要紧，这些都不怕，就怕时间，因为时间不等人。经过她的嘴，周雷在不久的将来会成为闪着油光的唐僧肉，整个月城的姑娘们都会争相啃一口，而余文真呢，赶紧啊，赶紧呦。余文真狐疑地朝周雷看去，此刻他的五官显得很模糊，甚至有些呆滞，有一丁点儿的麻木、难为情和害怕，而且目不斜视。过了半小时，他的背已经弓下去了，双腿叠在一起，好像双方唾沫飞溅的嘴炮，令他产生了无法判断胜负的为难，又或者说，坐在危机四伏的双方家长对面，他想做出漫不经心、不偏不倚的样子，他眼睛里的光其实泄露出他把撂在他头上的那一部分的好话——听到心里，已然十分享受。而他的父亲，也是毫无幽默可言，只要话语之间有了一点儿空当，就迫不及待地插话，好像空当就是他家的漏洞，必然心急火燎地堵上。两拨人一直在坚持，直到全部饥肠辘辘。

谈判的结果，是女方家陪嫁五万（已经超过沈国芳此前的预估），男方必须在市区买一套两室一厅的新房，首付周雷父母出，贷款结婚后小两口自己还。贷款超过三成，房本上必须加上余文真的名字；如果周家能够体恤儿孙，付全款，而且是精装修的话，则可以不加上"余文真"三个字。

周雷不怎么注重衣着，他的灰色夹克余文真太熟悉了，她从来

42

没见过这件夹克拉上拉链，她相信拉链早就坏掉了，有时想问一问，却懒得搞清楚。

谈妥了之后，两家人准备吃一顿欢喜的订婚饭。戒指准备好了，在端上甜点时，有一块蛋糕上多了一粒樱桃，服务员切好放到盘子里，绕开所有人，直接递给余文真。余文真瞬间明白过来。脸"唰"地红了，一股暖流几乎同时从身体里流出。她面不改色，拿勺子一口一口吃，所有人齐刷刷地看向她。动作放缓，声音放缓。她小心地插进松软的奶油里，一个硬货，勾出来，塞到唇上碰了一碰，然后咧开嘴举出来。全桌人笑作一团，像电影、电视里一样拍手喧哗。学又学不像，她心里想，电影里这样的桥段不是跪地问一声的么！她把戒指戴到食指上，大家如释重负地大口吃起来，平时不碰甜食的余世福也挖了一大勺，送进口里，咂几下嘴，表示过瘾。

大家换了话题后余文真站起来去卫生间清理。她站在卫生间的镜子前整理头发，一种说不出的轻松从头顶贯穿下来，又有一种淡淡的苦涩从喉咙处升出来。

她从卫生间出来的微妙表情被妈妈捕捉到了，一出酒店，妈妈就凑过来，得到女儿肯定的答案后，她立定，掏出手机，把刚刚定下的口头协议毫不含糊地修改了。这一回，她要求无论如何都要在房本上加上余文真的名字，否则，免谈。

"让他们房子先看好，合同签好再定婚期不迟。"妈妈被突然出现的大好局面振奋了精神。

这场闹剧结束的第二周，章东南途经月城，发给余文真一条短信，这是一条转发自订票网站的信息，里面是第二天一架航班的降落信息以及一个旅馆的名字，余文真端详着手机，不知道如何是好，她等着他继续说些什么，但没有下文。

第二天晚上，吃过晚饭，余文真收拾得干干净净的，妈妈想当然地以为她去约会，而周雷以为她仍然陷在谈判的不快当中，不太愿意搭理他，聊了几分钟电话就道了晚安，她轻而易举地从巷子里溜出来。

章东南的旅馆在城东。差不多就是初中郊游她被遗忘的地方。还有更早时候，小学阶段，同学们躲在阴湿的一堵泥墙后面。泥墙上全是蜜蜂的老巢，它们有规律地占据着暗灰色泥墙的各个角落，就像它们是这堵墙成立以来的必然配饰。有调皮的孩子找来小树枝去掏。掏出一只又一只惊慌的蜂子在眼皮底下乱舞，这些孩子转身就跑，留下不知情的同学在身后尖叫。余文真呢？她自己怕了吗？她叫了吗？一定怕的，一定叫了，但是，别人的反应呢？想不起来了。关于城东最后的回忆到她看到凹陷的轮胎印发愣戛然而止，或者便是她独自摸索回城的片段，然而，此刻，差不多当年被遗落的地方，是四五幢颇具规模的高楼，气质新潮，周边大片农田和树林仿佛成了点缀，踏上台阶，隐约有一种置身陌生地域的感觉。

恰逢晚春，酒店前方广场上开放着五彩的爬藤玫瑰，经过修剪和引导的月季顺着白色的花架形成新的形状，有几朵不按规定生长的花从花架上探出去，在傍晚的微风中荡漾。酒店外墙有四星标志。时近黄昏，玻璃外墙时明时暗，越往高处，玻璃渐暗，仿佛伸向星空、伸向无尽的暗黑，有那么几分钟，余文真有点儿犹豫，她站着没动，体会着非同寻常的高级感，她停顿了好大一会儿，深吸几口气，才走了进去。

门开了，他穿着白色的浴袍站在门口，腰带扎得很紧，他个头本就不高，也算中年发福，白袍本就显胖，腰结挤在胸口，更显得臃肿。扣分！余文真在心里恶作剧似的说。但是，浴袍，使某种过去的东西消失不见了，使酒桌上的拘谨、短信里的刻板都消失了，同时，浴袍裹得严严实实，腰带扎得那么紧，无声消解了轻浮和暧昧。

他端来咖啡，请她坐在靠窗的沙发椅上。窗外是一个网球场，碧绿的草地修得很整齐，更远处，是影影绰绰的山地轮廓。网球场的外围，是一条东华湖，过去就是一条无人问津的野湖，如今，被修理、整治、开发，湖的四周加了防护堤，沿湖铺整，种了樱花、郁金香、鸢尾、栀子花和垂柳，以保证游人每个季节都能看到花团锦簇。从酒店的角度看，湖水清澈，倒映着对岸高楼的轮廓，湖面上甚至有两条小船在慢悠悠地游荡，简直流光溢彩。

他挨得很近，直直地盯着她，使她略略有些慌张，咖啡醇厚得像酒，令她有点儿头重脚轻，过了好一会儿，她镇静下来。

他说："月城城东是中国云信息存储规模最大的几个地区之一，基础云、服务云、应用云三大云产业平台所在地，因为这些产业从业人员的年轻化，有可能将来会跟上海的浦东一样，变成年轻人云集的时尚之城。"

"怎么可能，我们这个交通不发达的小地方。"

"这任市长比较有谋略，先搞基建，再抓新项目，已经脱颖

45

而出。"

"我几乎完全不知道。"

"这就是典型的灯下瞎。"

"你之前还说城市化对月城是一种侵犯。"

"任何事情都有两面性，就看你从哪个角度……"

准备不足。余文真变得很沮丧。捧着香气很浓的咖啡，她一时失语。

他关切地问到她的婚礼。她描述了谈判的过程，婆家那不动声色、如狐狸般狡猾的对手堂姐，以及最后时刻的反转。

"就像一个没有灵魂的物品，被人放在盘子里，这个看看，那个摸摸，然后估个价，端下去。"其实她没这么想，这些话，也不是她的本意，但是，在他这里，有用这种腔调说话的氛围。对，他怂恿的，他就那么笑眯眯地看着她，用他的每个毛孔向她表达支持。她听到自己声音里带着做作的怨气，不好意思地在椅子上动了几下，想把腰挺直，好像生气产生了重量，压在她肩头。

不知道过了多久，他走过来，挨着她肩膀坐下。

"我其实要求也不多，只是希望他像个男人一样站出来，自己跟我谈，不要像个傻瓜一样坐在边上看热闹。"

他不参与，他没有接这个话题。他说到飞机上的见闻——有一个乘客跟空姐闹情绪，把可乐倒在空姐的腿上，差点被赶下飞机，耽误了起飞。

"在飞机上我一直看表，生怕晚点了你打来我还没开机。"

"我为什么要打来?"她问得太急，像是在抢白。他显得困窘了。他说从来没有遇到过你这样的人。来了，暧昧关系的开场白！余文真想，下一句应该是"我第一次见到你的时候就喜欢上你了"。她等！没有。他说："你真是单纯得可以，漂亮的傻丫头。"她听到"漂亮"两个字，诧异地抬起眼睛。"不，我可没说你国色天香啊，我是指你模样单纯，性格也单纯。单纯培养美，单纯就是美。"如此一来，那种不尊重的感觉烟消云散。他用的这些词，在她看来，与自己完全不相干，要不是他的眼睛同时流露出愉快、真诚和自然的态度，她会觉得是在讽刺。证实自己多心之后，她的表情变得更加茫然不知所措，不自然地把头低下去，他却默默地笑了。他笑的时候，从鼻翼到嘴角的纹路变得很深，还有眼尾，扇形的纹路向眼周散开，聚拢，散开，又聚拢。

他拿捏一切。

他讲来自瑞士的其他故事，那就是Windows屏保上那些图片的所在地，真实场景甚至比那些图片更震慑人。长年积雪的山，冰封的城市，天鹅在湖畔展翅，游轮经过的地方，可以看到岸边露台上跳舞的小姑娘。他拿出自己的手机。里面竟然储存着各种没有人物的照片：油画、雕塑、哥特式房屋、大理石喷泉、科隆大教堂，他一一讲解，余文真看到了一个把自己拒之于千里之外的世界。她沉浸其中，仿佛正在观光车上缓慢通过。

他们终于沉默下来，就只有呼吸声在空气里流窜，像小时候和弟弟把头蒙在被子里的游戏，棉被里有广袤的黑暗，却又迟迟不肯掀开一个角，如同此刻，沉默里隐藏着温热的欢愉、触手可及的神秘、近在耳边的远方。

那天晚上，他们之间清清白白的。走的时候，他拥抱了她，在房门打开之后。这个拥抱显得有情有义，而且光明磊落，尤其像是临时决定，但他双臂的力量很大，她总以为四十岁的人很老了，但他臂膀的力量超乎想象，令她意外。这个拥抱带给她莫大的震撼，也令她突然生出一股忧愁。

大门口，一股寒意突如其来，余文真深深地吸了口气，立刻清醒了许多：过于安静的地方不能称之为城市，因为她关上出租车门时身后一片死气沉沉。出租车无声载着她往市区去。一路上，城乡接合部特有的参差不齐的轮廓和虚弱的路灯在若隐若现地闪亮，本以为车越向市区，灯光越明亮，然而恰恰相反，市区的灯火里夹杂着混浊不清的小颗粒，悬浮于空气中。经过市中心，一束光纠缠着一束光，夜市里闹哄哄得像一团乱码，不清爽。车停到巷口时，她的脑子里没有任何人，没有男朋友和在空中飘的婚房，她只是觉得很沮丧，闭了闭眼睛。

次日，余文真回单位上班，中午在食堂吃饭，偶然听到同事小郑跟人在议论上次来的督导，她先是心一惊，随即涌出淡淡的欢乐。小郑贩卖小道消息说，那个督导跳槽了，不会再到月城来了。小郑的口气中有分明的失落，很显然，她们都对他印象不坏。他是不会再来了，但却成了她的"秘密"。她背过身，抿紧嘴，生怕自己泄露了什么。仿佛有了这么一个秘密，她暗地里高出那些姑娘一大截了，关键是，她的表面看起来毫无战斗力。非也！世上的东西分为"看得见的"和"看不见的"，而拥有这个秘密，她不仅置身于这无形的战场，而且有赢的可能性。这么一顿乱想，她心里竟然生出些许自得，身上长了许多力气似的，眼前之物变得渺小，逼仄的食堂似乎不那么压抑，乱炖的茄子豆角也不那么难以下咽了。她想我终究是会脱离这个俗不可耐的地方的，一定。章东南的出现，好像给了她一个目标，也给了她更好一些的胃口，虽然什么都是模糊不定的。

与周雷父母的最新谈判结果是：房子若是在四月前签好合同，婚期就定在五月二号。在那一天，这个城市将有数十、上百对新人一起抢酒店。尴尬的事情是，好价位和好菜品的酒店已经被更精明的人抢光，剩下的不是贵得离谱，就是偏僻得要命；婚纱也是，看中的、让自己动心的是承受不了的价格，而付得起的那几款透出一股廉价味。这也罢了，房子成了难题，不是价位不合理，就是楼层不吉利，再么就是地段偏了些。房子没定下来，其余的事都落实不了，婚宴的定金也不敢付。还有戒指、宾客名单等诸多杂事让余文真很疲倦。结婚好像是一个目标，而这个目标的实现又需要太多的合力，因此让人紧张。无论在单位还是家里，她都一副丧气相，对生活不满意，对自己也不满意。但是说又说不出来，好像说出来就被铁锤钉死了似的。

四月初，章东南发短信说他又经过月城："做短暂的停留，有足够的时间会老朋友。"他在短信上说，"新的工作单位仍然在广州，但公司规模要小得多，甚至算得上初创公司，最大的好处是更自由，更有发挥的空间。"

他同时发了一张新单位的办公大楼照片。这个大楼的外形跟复韵公司的宣传册上的总部大厦几无区别，为什么要换公司呢，有什么样的自由，又有什么样的发挥空间？余文真想问，又怕他长篇大论，带出一大串不懂来。

他选择云天酒店安顿下来，跟上次一样，他把酒店地址发了过来。照常是城东方向，她凭着地址找，先乘公交，在公交底站打了辆出租车。六车道的柏油路还在施工当中，路边有指示牌指明酒店的坐标。她印象中酒店附近的几幢建筑已经毫无踪影。

在酒店门口，她踯躅不前，发了一个不确定的短信，说："门口有穿制服的，这样是不是不太好？"

他瞬间秒回，他敏锐地感知她进退两难的小心思，他说："聊天喝茶在月城是违法的？"后面还有一个小鬼脸。

她的脸顿时红了，那清白的诘问显得她小题大做，心思不纯。

这幢欧式建筑的酒店总共只有六层，他的房间在第五层，他请她到开放的露台上坐，又端出泡好的金骏眉。玉白色的阳台栏杆一尘不染，云天下的中心广场装饰着小桥流水，绿植茂密，飞鸟盘旋，发出唧唧之声，金发碧眼的老外倚靠在木椅上读书。余文真探头向外看，奇怪刚刚来的时候，户外的天色和风景都不与此相同，她很纳闷明明时已黄昏，阳台外却仍天高云碧，却又无任何灼烈之感，她傻乎乎地瞪着天空发怔。

"壮观吧？见识见识美也有错？"不等余文真回话，他介绍说，"这是模仿拉斯维加斯威尼斯人做的人造云天。"

"人造的？"余文真惊诧不已，张着嘴，却不敢呼吸。

原来墙里墙外全都是恒温系统装置，头顶的苍穹皆是类似3D

画的大幅壁画，再搭配以电脑控制灯光效果，照明系统模仿自然光亮，从天亮时晨曦般的明亮效果，随着时针飞转，一天过去，慢慢西移，模仿太阳的活动。

他说得耐心细致，仿佛是个教授，把学问传授给嫡传弟子责无旁贷。

余文真在字句间恍惚坠入梦中："竟然全是假的，假的，假的！"一阵刺痛。她静静地等待刺痛过去。她丝毫没有考虑过，这陌生的不知来路的男人，已经让她的认知和道德都处于极度软弱之中。过了好一会儿，她接起他递过来的茶杯。视线有些模糊。什么都在眼前，什么都看不清。四周一片安静，但她能想象出只要戳破了天空的布，外面一定风大。

过了很久，她喃喃地说，我完全不知道，这么多新鲜的东西就在身边。她前几天还在惊叹越来越多见所未见的婚纱款式、闻所未闻的婚礼风俗、匪夷所思的饮食搭配，这么突如其来的一下，让前几天的事物变得微不足道，显得那么土，那么渺小，那么——不入流。

想起自己的婚礼，一地鸡毛的琐事，令她陷入沮丧的情绪，他却忽然来了谈兴，不停地说话，都是见闻，都是知识，她以为他没心没肺，但是，他突然话题一转，用几乎未经过思考，却听不出一丝敷衍的语气说："别沮丧，你那么特别，很有魅力，肯定会被尊重和爱的。"

他盯着她，如同第一次在欢送宴上那灼热的目光。他先从头看到脚，又从脚看到头。他全神贯注，他看，他听。她的心轻松起来，仿佛不洁的东西被他的目光清扫。这感觉激起她更强的倾诉欲。她结结巴巴地抱怨，对周雷的看法和对他家庭的看法，以及对婚后的悲观预测，这些看法一字一句说出来，好似一个浪头接着一个浪头排着队向沙滩上扑打。他是一个多么容易沟通的人。他的手出现了。扶携的手，安慰的手，那双手用力捏住她细小的手腕。她急躁的情绪消散了。他的手指很柔软。包含力量，又小心翼翼的样子。试探着从她的脸蛋往下滑，一直滑到脖子处，他停了下来，耐心地在原处绕着圈圈。一股温热的气息，她听到耳边有轻轻的呢喃。预感到整个阳台将会布满华丽好看的辞藻和虚幻不真的爱情，有声音提醒说，这不是真的，这不对！她记得他是有妇之夫。但疲倦不堪、无所依偎的灵魂开始抵抗，开始偷懒，拒绝聆听提醒真相的声音，不让她深究这氛围的真伪。刚刚的愤懑情绪消失了，可新的不安增加了。他感知她的软弱，感知她的无助，但他正在试图让她忘记这一点。他的浴袍裹住她，单单留出来半张脸，便于她呼吸，如果她大声地喊救命——她感觉他会立刻掐住她。这是错觉，他轻抚她的脖子、肩膀，然后是腰，慢慢地，他下蹲，额头凑向她胸口，他的手接近到她的臀部，没有停下来的意思，她在心里大声喊道："不，不要这样！"可是这声音通过胸腔、抵达喉咙的时候变得虚弱，在唇齿之间化成喃喃的呻吟。

她朦朦胧胧地观摩着他的手，他手背上的青筋，还有他因为弯着腰而叉开的浴袍里的腿，他的腿毛很重，弯弯曲曲，密密麻麻，在窗外人造云彩的映照下，这些汗毛闪闪发亮。她使一把劲推开就好了，可是小可怜已经把脑子收起来了，她感觉到身体里的细胞活跃起来，他的嘴唇到达了她的脸膛，随后顺着他的手一路向下。不知何时，窗外响起了若隐若现的音乐。余文真似乎能够透过薄薄的云尘听到天堂里天使的轻吟，模糊的吟唱慢慢悠悠地在耳畔盘旋，这些声音和他手上的节奏，和他唇上的力度融合在一起，接着又和柔软的鹅绒被、皮肤的摩擦、膝盖的贴合以及淡淡的甘菊香水的气味交织在一起，一切显得似真似幻。他的头已经全然埋进她胸口，她闻到淡淡的洗发水的香味，还有一种中年男人的气味。谈不上好闻，也谈不上难闻，就是能辨别出来。那不是青春的气味，青春的气味是一种随意的气味，但中年人的气味是庄重的、清洁过的，她听到床单和肌肤的摩擦声，她听到床头柜上电话机的轻轻振动声，她听到男人喉结滚动的声音……

她整个人飘浮在虚幻的意境中，那是无根无绊的飘忽的感觉，那是纯粹身体至上的感觉，那是忘记时间的舒畅。

愈舒畅愈迷离，她时不时地睁一下眼睛，不久又坠入了一种恍惚的状态；这亲近的感觉如此新鲜，仿佛脱离了自己，又仿佛脱离了昨天。她身体里生长出巨大的力量，就像太阳照在岩石上，或者海浪打在岩石上，是一种激烈而柔软的碰撞。他的声音逐渐形成了一种新的节奏，带领她飞离地面……

"舒服吧?"他喘着气问。

"嗯。"

"喜欢吧?"

"嗯。"他用什么词，她都会附和，假定他说你是一个疯子，她一定也会说："嗯。"

......

临走的时候，他已经穿上浴袍，再次恢复成了一个略微有点臃肿的中年男人，但是，此刻，另外的感受已经覆盖住这些事实，年龄和形象，都变得不那么重要，一点儿也不重要。她跟他说再见，他喊她等一等，打开行李箱掏出来一只礼盒。他让她当场打开，是一个黄色的盒子，再打开，是一个黄色手拿小钱包，再打开一层，还有一个同色护照套和一个行李夹。

"出差的时候，重要的东西可以装在一起。这个颜色很醒目，不会弄丢。"

我能去哪里呢，我甚至连护照都还没有。她心里说。

夜深了，她坐上出租车回主城，窗外的夜有点蒙蒙亮，路边的电线杆似乎伏着出来散心的小动物。酒店旁的田野平铺在眼前，光秃、杂乱，影影绰绰地敞开着，薄薄的细雾从沟渠往上弥漫。在酒店的前方，一辆硕大的挖掘机停在路边，机头的伸缩臂贴着马路牙子，目测有四十米之长，远远看去，像一把剑竖在路边，无声，却充满着寒意。车子很快驶近那辆挖掘机，这机器宽大、厚重，伫立在黑暗里，它脚下的土地像温顺又无辜的孩子，静静地倚靠着这尊钢铁之神，完全不知道自己即将被挖掘、被填埋、被翻新。远处一丛丛灌木，围绕住未经驯服的山丘，这些山丘，好似一团团迷雾，萦绕在她的心头。渐渐地，车至通向主城的高架，市中心的灯光遥遥闪烁，唤起了她内心的熟悉。但她更喜欢刚刚那与她日常完全不一样的东西，喜欢章东南带来的特质，在她眼皮底下变魔术。洁净的地面，高蓝的天，翻卷的身体，急促的喘息。

她从来没有被这样重视过。她想，也许一切都是值得的。

那天是个分水岭。第二天，他的短信来了："你在等我的信息吗？"

"在呢。"

"有没有不寻常的事发生呀？"

她说，没。但她想说，你就是不寻常。她到底没发出去。

章东南离开月城的第三天，余文真和周雷见面约会。为了避免单独相处，她提议和他一起看电影。他们买好爆米花坐在等候大厅里，电影还有十分钟开场，周雷非常突兀地摆出了一个聊天的架势。他说他最近一直上网，看到一些稀奇的事。比如网上一则新闻，一个新娘倒贴一百万给老公创业。不得了，真阔绰！2009年的网络还没那么普及，余文真的父母用的还是小灵通，周雷也有一只捆绑在固定电话上的小灵通。这个揣着小灵通的男人，两只眼睛微微眯起来。前方是巨大的电影海报：穿着黑色礼服的金发美女，侧身叉着两条长腿，把手枪举在耳边，配着她的精致红唇，冷艳性感的黑色丝袜，完全毫无杀气——傻瓜都明白，本来就不是为了杀人才配着把枪的。她想起城东酒店激情的火苗，蔚蓝的世界。把我带走吧。把我打捞出来吧。她在心里自言自语。靠着这声音，她抵挡住对周雷的弦外之音的厌恶。这定是他父母教给他说服她的套路。凭他自己的性格，他是说不出来这些话的，他一向觉得男人应该照顾女人，他甚至觉得日本国的风气特别好，女人结了婚，学历再高，也不会工作，一心照顾男人和孩子；而男人呢，拼死拼活地挣钱则可，不必操心采买洗淘。妻子呢，不需要过分漂亮，贤淑而安稳，再生个一儿一女，这就是他的全部梦想。他一向是紧跟社会风向和思潮的从众者，如果一个女人很有姿色，他本能的反应就是："她被包养了吧？"他倒不是有心冒犯什么人，这就是他的见识和认知，相当自然而然。"不然，她一定有个当官的爹。"她一向不以为意，但他说就说了，无心纠正也无意苛求。

可是，此刻，他处心积虑搞这样的小动作，真是令她大失所望。她把爆米花向他怀里一扔，转过头去。爆米花这玩意儿，寡淡无味，吃多了嘴唇又干又燥，凭什么每次看电影都要抱着这么个粗桶，而每次在电影结束时，几乎都得吃个精光，好像不吃个精光这部电影就不完整。回去的路上，她因为无端地生着气，脸色铁青，沉默不言，周雷由莫名其妙渐渐转向不耐烦。他没有像往常一样把她带进路边的某个旅馆。看得出，他有想法，但是气氛不对，不适合，提不起精神来赔笑脸。

有一天傍晚，下了班，余文真先乘坐6路车到达公交底站，因为不赶时间，她又坐上了132路到达城东红星娱乐城，下车后步行约十来分钟，她看到了上次来过的云天酒店。云天酒店的占地并不大，前后还很空旷，只有左边是个围栏围起来的工地，但是工人们了无踪迹，只有一辆她仿佛见过的大型挖掘机立在原地，此时伸缩臂已经垂下，毫无压迫感。黄昏悄然落幕，夜色渐渐在她四周聚拢，酒店大门口的彩色装饰灯光带营造出重重暗影，迷离而深邃，圆形自动门前空阔，无人进出。停车场潦草地停着几辆车，显得十分寂寥。她回想起自己赤裸的身体，曾经在某个房间里颤抖。也许此刻，在那些暗黑的窗帘后面，也有陌生人紧紧相拥，同样的情节正在上演，狂野的力量在拉扯。

不知道过了多久，黑暗密密麻麻地铺陈下来，把整个世界都搅和在一起。她已经找不到132路公交站台了。凭着方向感，她向城区走去。眼前景物慢慢浮现轮廓，水泥地上的小石子硌到了脚心，一阵风，吹动不知形状的落叶，发出刺刺啦啦的声响。经过一段铁轨，静静地等着，大约有半个钟头，没有任何火车经过的迹象。这条运输线怕是停了。动车的轨道架在高架桥上施工，那是更高端的科技动力，更快更远永向前。再走半个小时，路灯稠密起来，车辆多了起来，不管三七二十一，跳上一辆向城里的公交车，车子轻轻摇晃，她的虚幻感被驱赶，过了一会儿，灯光和行人都稠密起来，仿佛从幻城回到了人间，一切恢复了正常。

四月份，因为诸如房子等原因，双方都同意婚期暂时延后。"五一"期间，余文真连着参加同事朋友的婚礼，看着一款款白色的婚纱，以及在精致婚服下一对对款款走来的新人，听着主持人煽情的演讲，观众的脸换了一批又一批，满眼满耳赞叹祝福，余文真每参加一场就紧张一次。每每婚宴结束，她发现自己浑身都湿漉漉的。

后来又发生了一件事，彻底加速了与周雷的决裂。

端午节，妈妈准备了丰盛的菜肴，等着周雷上门。周雷在送礼时抠抠唆唆，仅仅送来一条百来块钱的香烟，两瓶二百多块的酒。比沈国芳外甥送的节礼还轻，甚至比周雷自己去年中秋节的礼品也轻得多。女婿这样拜见丈母娘，简直就是挑衅。不能忍。余文真和周雷倒是没提，可是双方的父母在电话里发生了剧烈的争吵。他们

57

争吵的情景无法再现，但两家失和的消息流窜了出去，亲戚朋友逐一知晓，像独奏变成了大合唱。一件事，只要三人以上知晓，事情就会严重十倍。余文真似乎并没能理解透，为什么这么点儿小事能搞得那么不和谐，充满着火药味呢？不能说她有意置身其外，因为这事情发生在她不在场的时间，给她造成了事不关己的错觉，她甚至感到不真切，丝毫没有烦扰之感。

四

六月初，章东南打电话来告诉她他正在机场候机。他计划从重庆飞南京，再由南京坐汽车来月城。他的新工作仍然会要求他各处飞。余文真突然想起前几天的空难新闻：法国空客A330客机从巴西里约热内卢机场起飞三个半小时后失踪；印尼一架运输机在东爪哇省玛克丹失事。一年才过半，大小事故已经数十起。

"发生了那些可怕的事故你还坐飞机？"余文真略带夸张地展示了自己的担忧。

显然相当满意余文真关心时事的态度，以及她在提供数据时的精准，章东南在电话里赞许地笑着："不用担心，飞机仍然是最安全的交通工具。下了飞机，我会准时向你汇报。"

他打听月城有没有别的新鲜事。她告诉他月城服装三厂正式倒闭的消息。月城四个服装厂称为"月城四强"，三厂这几年名头最响，是月城首个与日本合资的企业，引进欧洲生产线，服装销到全世界。坊间传说，三厂长是一厂长的女婿，本是一家人，岳父注重质量，女婿更重款式和修饰，搞得花里胡哨，本来各有受众，各自经营，偏偏这年头，人人都喜欢花里胡哨，女婿大放异彩，抢了岳父不少风头和利润。面子里子都丢了许多之后，岳父开始有小情绪，搞小动作。说是小动作，可月城人尽皆知，几年下来，翁婿失和，郎舅争斗。本来月城人当他们是笑谈，如今一倒闭，才惊觉失业的人中许多彼此是邻居，或者邻居的亲戚，丝丝缕缕的关联，老板们斗来斗去，连累的则是半个月城上班族。

"改革开放初期光有勇气就能成事，"他说，"到了这年头，要有知识加上勇气才能真正把企业做大做强。"

"那往后呢？"

"往后要有艺术修养、品质和知识的人才能有真正的成功。"

那次见面在城东的新金陵酒店。酒店的外表倒是平平常常，这里没有人造云天，也看不到网球场，但是，电梯直达二十二层。时临傍晚，一进屋，扑入眼帘的是一整面无缝玻璃墙。显然这里是月城的最高点，站在玻璃墙前，数千米内几无障碍物，月城老区新城全部一览无余。一条蜿蜒的护城河，像线一样飘向远方，形成一条明显的分界线，左边是主城，密密麻麻的楼房挤在一起，一片黑压压的是老旧瓦片屋顶，从这个角度看，毫无章法、凌乱分布，有些水泥楼的楼顶，摆放着老式水箱以及其他说不清楚的设备，还有的屋顶上支着竹竿晾晒着没来得及收回家的被子，西边是色彩斑斓的落日余晖，和天联结，而更东边，是广袤的一望无垠的庄稼地，伸展到天边，越过稻田，是一片暗影，天空如沉入地下，这座酒店突兀地杵在这里，显得如此格格不入，抑或——谓之曲高和寡也未尝不可。此时此景，余文真觉得，她站立的位置，一半是过去，一半是将来。

虽然玻璃大墙整面透亮，但是，这样的高度，形成了开阔而隐秘的空间，远处天空下似乎还有几只鸦雀，也很想振动翅膀，似乎想来凑个热闹。这扇窗户如此任性，不考虑保温、不考虑造价、不考虑清洁难度，只考虑这瞬间的震撼……贴着玻璃，渐渐地，余文真像在云端里游荡，觉得天堂比地面更近。

房内的装饰也是别具一格。壁纸用的是玉石绿的真丝面料，柜子选择了同色的木饰面，墙柜好像和建筑物生来一体，卫生间墙面全是米色大理石，黑白根大理石的地面，台面则是古木纹大理石，花纹流畅大气，震撼的是，卫生间占了整个房间几乎一半的面积。

城东不再是月城的小疙瘩，城东是月城长出来的冲天犄角，直指云霄。

"老年人留在城区，过保守的生活，还惦记着买市区的房子，而新兴行业的年轻人，将聚焦在此，格局跟上海没什么两样，你看，那边有肯德基和星巴克，没想到吧，以为它们只会在市中心开店吧，错了，高端时尚的品牌以后都会在这里。"

"城东还有三块区域要设计开发，请的是普利兹克奖得主克里斯设计。等着吧，公共建筑、城市形象都会提升，月城将会成为极具现代意识的先锋城市。"

章东南指点江山的声音在耳边响起，言毕，径直贴到她身后，任由窗帘收在两侧，动也不去动它。余文真穿着连衣裙，外面的天气已经算热了，在这里，却有一种冰凉的舒爽，他的双手从裙边伸进去，慢慢地上移，停在她前胸，之后整个人贴住她。如果这个时候有鹰从窗外滑过，一定以为只是一个人站在窗前，她双手支撑在玻璃上，承受他有节奏的冲击。她闭上眼睛，仿佛能看到他的赤裸的臀部，但那一点儿不色情，也不下流，不，那力量带给她崭新的体验，像是一种无声的云朵，丝般柔滑在空中飘荡。这语言如此和谐，充满着欢快。汽车、行人、马车在下面狭窄的大街上爬行着，他们好像完全沉浸在自我中，超然地从人类蝇营狗苟的追逐中超脱出来。这一刻，余文真恍然完全脱离了月城，脱离了生活。附着在他的身体上，她觉得自己每一个细胞都在奔向远方。哦，她简直，忘记了自己。过了很久，那种失真的感觉渐渐消失。

他点了一支烟，又开始说话。他问起她的父母好不好，以及——她的婚事。

"僵住了。"关于寒酸的端午节礼引起的新一轮争执。她想解释节礼的细节。他却打断她："你怎么可能是贪图他的那点儿礼物，你贪图的不过是有尊重的爱，这要求不过分。"

他说话的时候，棕色帷幔之间的缝隙处轻轻摆动了一下，那是无可阻挡的风在肆无忌惮地敲打。

她的脸一红，心却舒展了。他的衬衫触摸起来很柔软，像是真丝材料，可是又一丝不皱，这是个难题，不知道怎么做到的。

无论如何，衣衫不整地在一个男人面前抱怨自己的男朋友，这都是件不堪的事——她当然明白这很不堪，但他凝视她的神情安详自如，窗外的景致不同凡响，屋内的陈设格调高雅，她多喜欢啊。

欢喜心生出一种无所畏惧的感觉，不在乎昨天还耿耿于怀的事，好像置身于境外，置身于云上。她听天由命地任时间水一样淌过去。

他去卫生间的时候，她慢慢滑坐到地毯上，眼睛始终舍不得离开窗口。她已经能适应这个角度，贪婪地向楼下看，酒店正前方是一片空地，左侧是一个十字路口，但是没有车辆经过，只有红绿灯孤独地杵在那里，定时变一下颜色。一切那么小，那么无声，那么静谧。电线杆不过手指粗细，汽车仿佛摆在橱窗里的玩具，偶尔经过的行人，因为看不清手脚，也像是马马虎虎捏出来的泥人。这哪里是月城，这根本是异地。天渐渐黑下来，她的目光转到酒店楼下，一片目测能停上百辆汽车的停车场，许多辆几乎认不得标志的豪华汽车整齐地停放在那里，这些汽车像龙身上的鳞，在巨大的投光灯照耀下，发出一道道光芒，光芒持久地闪耀，一如白昼。而她，则在白昼之上。

她快要离开的时候，他的情绪又高昂起来。起因竟然是说起了弗朗索瓦丝·萨冈。"弗——朗——索瓦丝！"他唇齿相碰，既在向她灌输，又似乎在发出呼唤。他用这几个音节带动着节奏，乍听上去略有些拗口、艰涩，但他不厌烦，一而再，最终，这几个字变得像丝绸般光滑，渐渐地，她的喉咙涌起温热的饥渴。

他说：

"世间的一切都这样美好。"

在当时，她理解成"我们在一起是美好的"。她显然误解了，他看到她的眼神之后继续解释说，"保持不变是美好的。留住爱的感觉是美好的"。

他还拉拉杂杂地说了许多，诸如"爱首先是身体愉悦，许多爱之所以变质都是因为掺杂了太多的东西，比如责任、婚姻，比如家庭，比如孩子"……

"但是爱情的最好结局是在一起。"

"我就知道一般人都会这么讲，"他胸有成竹地笑了，一副猜中有赏的得意，"所以你也以为自己是这么想的。"

他给她介绍萨冈。萨冈了不起。她年少成名，她的第一部小说《你好，忧愁》就奠定了她在法国文学史上的地位。萨冈能够去掉一切道德标签，她喝酒，交多个男朋友，敢爱敢恨，根本不去想那些虚幻的人生目标，对于这个世界也不指手画脚，而是顺应。顺应生活潮流，顺应爱的直觉，顺应生活中的沉浮。尤其值得称道的是，她不强加给爱许多另外的东西，比如身份，比如承诺，比如负担。萨冈的世界里，爱就是爱，爱超越一切，就像人超越穿在人身上的衣服，挂的配饰，头衔，爱不能改变她们存在的实质，爱只是爱本身。他停顿了一下，突兀地补了一句：

"爱的此刻就是爱的永恒。"

她一时错乱，不知如何应对。

他又说，只有伟大的女性才能漠视强加给她的零零碎碎的东西，不允许那些东西让爱变质——变得不纯粹，不美好。

对于这个叫萨冈的人，余文真确定自己此生闻所未闻，但这不要紧。像是语文课与数学课之间的课间休息，他抛开深奥的话题，开始赞美她。他再次回忆起第一次见到她，她身上那股非比寻常的单纯劲儿——那可是许多人从未拥有过，或到了一定年纪都失去了的、寻不回的，而且永远也无法假装的单纯。余文真明白他想表达什么，但她的全身有一种奇异的倦怠和慵懒，带些麻木的放空，她不想争辩，不想抵抗，不想动用剩余的心智。她只想此刻。

余文真的性经验并不丰富，和男朋友有长达两年的性生活。周雷的热度在她看来是正常的，不过，这会儿看，周雷并没有取悦女人的意识，他甚至都没了解她的需求。她想了一想，确定没有冤枉他。尽管心里忐忑，可笑的是，章东南的存在，使她有底气挑剔周雷那副单调刻板的模样了。

后来的一切在肉眼无法窥见的地方急速地变化。最长的时间，周雷连续一个月没有约她见面，仅仅在周末试探性地发过信息。至少说明他也没有把关系往好里补救的渴望。

就她个人而言，觉得这世上并无真正的秘密可言，无论多么不着痕迹，人的秘密会通过一切途径泄露出来，他俩相处时的表情、语气、坐姿，以及各自抬头看向远方迷惘的样子，无不显示出无可挽回的困境。分手是迟早的事。他们心照不宣地保持着僵局，就像站在钢丝上，一动不敢动，因为他们双方都知道，轻轻一动，身上的某一处就会被扎，甚至疼，甚至流血。不过，按照月城规矩，既然订婚了，而且她也花过一些他们的钱，比如首饰，比如压岁钱，比如那枚价格近万元的戒指，比如去年给余文真父亲的香烟和五粮液——如果由余文真提出来，这些都应该主动归还，这是妈妈不太愿意由她先提的原因，另一个原因是妈妈对他家还抱有最后一丝幻想，指望他们突然发现余文真的可贵，急迫地让步，比如变魔术般地拿出写着"余文真"三个字的房本。这当然不是没有可能，如果男朋友对她的感情再深一丁点儿，事情也许都不是眼下这个样子。

又过了两个月，大家都没有耐心了。可能是周家后援团的功劳，周雷发来了分手短信。短信绕来绕去，大意是，如果你有良心，把戒指退了就可以了，其他的损失他家认了。

余文真已经对萨冈爱不释手了。她的《某一种微笑》里，正好有一个情节，年轻的姑娘厌倦了她的年轻情人，爱上了一个中年男人。像是为她量身定做。女主人公有一个年纪相仿的爱人，却迷上了一个比她大得多的中年男人，他以博学和教养赢得了她的好感，他懂得制造浪漫。她特别期待有一个指点迷津的结尾，可惜，有这样雷同的相遇，却只有"诚实和淡泊"，他们的诚实和淡泊是相互的，不谈爱，不谈感悟，他们最有趣的地方是彼此知道对方不在乎。

然而我在乎，她心里说。小说没有达到她的预期，反而令她隐隐失落，但她不恼怒。小说是小说，生活是生活，不能相提并论，但生活不能一个劲地低走，人如果埋头朝下冲，那么，最后只会是深渊。像是站到一面时光穿梭机前，看到了婚后的不堪放大了二十多倍。她毫不犹豫地退了钻戒和几瓶酒。她急切地需要解脱。这场毫无声息的战争，对人是有磨损的，或者说，其实是很忧愁的——不知道是能走进这样的婚姻，还是走不进这样的婚姻才导致了这种忧愁，同时又急迫——那是一种自内向外，从灵魂到肉体的急迫，像是有条狗在追着你，逼着你跑起来才是。一想到周雷缺少性感的身体伏在她身上，日复一日，年复一年，心里发灰，情绪在身体里兜兜转转，到末了，没有理出头绪，徒劳和无望久了，那颗价格不菲的石头在归还前已经没有了光泽。

五

在清凉寺巷的附近，有一条道路通向一小片野地，那片田野是一个拆迁工厂的残局，因为归属权的问题，一直闲置着，时间久了，瓦砾里长出花草。每天早上余文真必须抄近路穿过这片瓦砾才能更快地赶到公共汽车站台。有许多个清晨，她急匆匆吃过早饭，听着脚下的瓦砾重新破碎或者移位的声音向公交站台的方向跑。之前她一直骑电动车上班，在和男朋友冷战期间，一次上班途中，她神思恍惚，手上不停加速，以时速五十千米的速度在快车道上飞驰，一辆在路中间调头的小皮卡看到这辆电动车以不可阻挡之势在快车道上冲，竟然忘记了刹车。呼啸而过的汽车轮胎带着可怕的轰隆声，擦着余文真的耳朵开过去。余文真清晰地感觉到车身的金属擦在她的小臂上，如果不是司机本能地打了一下方向盘，她可能当场被撞得粉碎，汽车过后一两秒，感觉到巨大冲击力的余文真才本能地缩紧身体，如梦初醒地松开电动车的油门，猛地踩下刹车，电

67

动车当场失去了平衡，好在她摔倒的地方已经挨着路边的植被，肩膀和肘部撞击地面的疼痛令她叫出了声。这一切发生得很快，根本没有时间感到害怕。那辆车往前开了一小会儿，然后就像一只受伤的动物，停了下来，熄火，伏在原地一动不动。

好长一段时间，周围一片寂静。余文真慢慢地爬起来，艰难地扶起车子，推着离开了现场，等她走了十来步，回头看的时候，那辆小皮卡还一动不动停在路边。她意识到自己的恐惧并没有对方那么深。

到单位不久，她的后背疼痛不已，硬撑着没有请假回家，到了晚上才发现自己的肩膀和胳膊肘上有一大片淤青。自此，沈国芳死活不让她继续骑电动车，余文真每天早起赶公交去上班，从公交车上下来，还要步行近一千米的路，这使她对时间变得极其敏感。她必须赶上七点半的那趟公交车，才能在八点半之前从容地走到打卡机前。

但是，还了戒指后不久，不知何故，有天她毫无征兆地没在公司所在地下车，而是一直跟着公交车到达东湖终点站。东湖是城东和市中心的交界点。城市建设发展迅速，房地产市场异常火爆，手上有些闲钱的，见过些世面的，总会四下嗅探。市中心一边修一边建，把一些过去在城市游荡的小商小贩挤在东湖。因此东湖站台边晒满了旧衣破裤。旧冰箱、旧轮胎、缺少柜门的三合板橱柜……余文真一一扫过去，转过身，往公司步行。即使时间还早，她还是习惯性地加快步伐向前，好像有什么在荒野深处等着她。走不多久，看到远处没有收割的晚稻。稻子的顶端开始垂落发黄，而根叶还保持青绿，稻田旁边种着玉米，枯褐色的玉米秸秆凌乱地在风中飘。天气开始冷了，她却跑得浑身是汗，恍惚间觉得还是夏天，她还趴在玻璃墙上，身后有人在剧烈地顶撞。那不对。现在的感觉不对。不真实，不踏实！她试图抵挡这种坏的感觉，此前她对他的看法——如果不是错觉，至少也不全面。就在她愣神的工夫，秋天，不，冬天已经来了，后来，又有好几次这样感觉不舒服、焦头焦脑的时刻，她会坐到终点站，然后步行，甚至有意不走在正道上。有一次，跑着跑着，一个不稳滑进了泥沟里。一股污臭扑鼻而来，她却静静地、旁若无人地哭了起来，好像把积攒在胸口，文字难以形容的苦闷、压抑都发泄了出来。她的声音很大，经过她身边的人，似乎都听到了，又似乎都怕听到似的，快步离开了。哭了一会儿，身上又生出了些力气，刚刚还万念俱灰的心情也消失了，她停住哭声，看着照耀在身上的太阳光，想着像初中时候等裤腿的泥晒干了再走。她终于还是迅速地清理干净，走了出来。

婚约解除使章东南变得更加重要。相当重要。她每天会等着他的短信。这是他们之间常用的联系方式。奇怪的是，从认识他开始，他们不常通电话，现在却更加如此，即使通电话，也简短而生分，完全不像赤诚相见过的人。

他没有当真。他不会当真。他只是逢场作戏而已。

不，她不允许自己这样想。这样想了，她就没有勇气解除婚约，这样想了，她必定要做一个撤退计划。最符合逻辑的状况是，他们不在一个频道，正因为不在一个频道，她要调频，她要修正，她要进步。可是决心下过了好几次，一时之间又无从下手，只能老老实实地按过去的节奏来。那么谁说人与人非得在一个频道，性情、见识、年龄，甚至价值观，恰恰不在一个频道，才激发出好奇心，对吗？于是她痛苦纠结又洋溢着快乐。这两样东西像自行车的脚踏，轮番涌出，轮番转动，很快把她的心堵满。

没有来得及过度揣摩，他便又来了。深秋那次见面也很愉快。她去的时候，外面在下雨。她回家的时候，雨已经停了，雨后洁净的天空中布满了欢快的星星，轻快地跃动。立交桥下的公园里，小池塘边有情侣低低在打闹，萤火虫在草地边轻盈飞舞，泛起一股温暖满足的香气，让人感到，一切有生命的都是享受，一切生长也都是轻松而愉悦的。

可是，冬天一到，春节就临近了，一切都有点儿变味，有一种莫名其妙的哀伤，在这条小巷深处的房子里，无论如何，她的承受力远低于自己承认的。不仅妈妈的哀叹声，还有邻居们的目光也让她受不了。清凉寺巷子，愈发狭窄，窄到了什么程度呢？从自己家的窗户可以清晰地看到对面人家餐桌上罩在罩子里的腌菜里的黄豆粒，甚至对门人家冲马桶的次数也一清二楚。他们猜测的情节是：文真被男朋友睡了，怀了，又被甩了。他们以为这是最悲惨的事实，他们或满眼同情，或幸灾乐祸。话说如果是巷子里的男孩子交了一个女朋友，甩了人家，又重新交了一个，他会受到大声的褒扬和调侃。他们赞扬男性的临时关系，觉得它司空见惯，越丰富越有面子；同样是这批长辈，在巷子里的姑娘遇到恋爱受挫，甚至婚礼取消，他们觉得非同小可，此事必然上升到家庭体面，关系好的会比较悲痛，他们的肢体上写满了"吃了亏"的态度，但又不说出来，不允许当事人做任何辩解。余文真想搬出去住，这样，就不用每个月交一千块给妈妈保管。虽然妈妈经常鼓劲女儿为自己买点儿好衣服，经常出门逛逛街看场电影，换句话说，赶紧再找到合适的结婚对象，但余文真倘若真放开了手脚花钱，妈妈一定又觉得相当不安，情不自禁又会把"勤俭持家"那一套搬出来。女儿经过这一场人尽皆知的婚恋挫折，妈妈不再要求对方一定要在房本上加上余文真的名字，反而承认那是她决策上的失算。"我的错。"她说，她的爱里掺杂着悲壮，爱就是奉献，该揽就揽，她是怀着这种信念在支撑这个家的。一如对居住条件、爱人性格、工作环境，包括孩子们都满怀着不满，但她牢记承受即职责。如今女儿状况不佳，使她愈发不能安心——所有有儿女待嫁待娶而未果的父母应有的行为，她都忠诚地表现出来，像大多数同龄女人一样，她懂得随波逐流，甚至太懂得随波逐流，以至于丧失了自己的独特性，但凡能够在行事风格上找到榜样，即使是错，她也会觉得安心。要求在房本上加上女儿的名字，这是模仿邻里抄袭同事的行为，结果断送了女儿的姻缘，这个错她兜了。她的不安和痛苦与日俱增，展示于巷道与亲戚之间，几近众目睽睽、无人不知了。她这会儿倒希望女儿有点儿脑子就好了，她嘀嘀咕咕地怪女儿太听她话了。她为需要承受着所有决策失误的后果而灰头土脸。她永远也不知道真相。

春节前余文真又尝试相了一次亲。面对面坐着，余文真发现对方没直视她超过三秒。那个男生只比她小两岁，却自称刚刚大学毕业。他在大学的时候迷过一种叫《骑马与砍杀》的游戏，无论她如何试图寻找共同话题，他始终心心念念的，莫过于《骑马与砍杀》了："剧情可能不咋地，画面嘛，就算放到十年前也还是太寒酸，也没有什么奇幻元素、没有迎合现代风格的美化，但战斗时的手感，那些砍杀、穿刺，还有将长矛刺入敌人身体的感觉，真是爽到爆。"

"真他妈绝了。从砍骑、枪骑、骑射再回到最考验技术反应经验手感的步战，每一次升级，都让人特有成就感，而且这游戏的领主有性格设定。性格影响行为模式，性格还会影响领主之间的初始关系，同时还有家族关系增加其中的变化……"

他终于停下来。

他陪她看了一次电影，很糟糕的体验。他不说话，也不左顾右盼，他只是忍耐。作为回报，她也陪他去了一次网吧。在网吧，正是他的归属感，使余文真茅塞顿开，这个在游戏里找到了归属感的家伙，不光是余文真，生活里其他的东西也绝对不在他眼里。他绝不是她的归属。他们平平静静地说再见，没有拖泥带水。

在短信里，章东南试探性地问过她新男友的进展，得知无果的时候，他只是在手机上用冒号和括号做了一个表情。她猜不透他的心里在想什么。

从中学时代开始交往的闺蜜吴利，是余文真的最强幕后主脑。她跟余文真性格迥异、行事风格截然相反，之所以最近一直缺席，是因为刚刚坐完月子，正在增加出奶量和减重减脂这两条道路上东倒西歪地寻求平衡。她的脸像银白的瓷器似的，又圆又亮，每次见到余文真，她嘴里不是在吃东西，就是在喊着减肥。但是过了两三个月，余文真发现吴利的体重掉下来了，可是嘴里吐出来的话也变了质。每一句话里都含有身体敏感器官，或者很容易让别人联想到敏感器官。余文真知道是她老公病情加重的缘由。吴利在高中时就有做明星的潜质，原以为此路艰辛，结果她半路拐弯，当起了老板娘。好像嫌她得到幸福的速度过快，结婚不到一年，吴利发现老公得了强直性脊柱炎——或者就是之前得了，对她隐瞒了。他们一个月才能过一次夫妻生活——甚至更少。生孩子的那段时间，她忘记了这回事，生完孩子之后，她意识到此事非同小可。她的外表渐渐发生了变化，孩子断了奶之后，散发出来的蓬勃欲望使她的嗓门变得很大，火气随之加大。后来她掌握到了一个规律：她越愤怒，得到的就越多。一开始，她住在清凉寺巷边的公寓楼里，孩子会走路时，她搬了新房，楼高九层。刚开始装修的时候明明说是欧式，后来又遇到中式家具流行，如此一来，客厅是中式奢华风，卧室又信奉极简主义，墙壁非金即白，又贵气又闪亮，大理石装饰的阳台上栽满玫瑰，一派罗曼蒂克。开放式的厨房中间摆着岛型柜台，房子里就像一个任性的小姑娘梦游时随手涂画的。余文真在相亲路上来回奔波的时候，吴利又在"望江塔"边上买了一个独幢别墅，这片别墅区依山傍水，院墙把整个房子包裹起来，这回请了专业设计师，挑高客厅一只水晶灯，来了客人，打开灯展示，晶莹剔透，光彩熠熠。到了夏天，透过铁艺栅栏，人们可以看到年轻的女主人穿着黑色吊带衫在院子里练瑜伽。女主人身材匀称，肤色洁白娇嫩，面上却常有不悦。她每天中午会在阳台上晒太阳听音乐看杂志吃点心，不上班不干活不起早，但还是急速地瘦下去。不知情的人猜测她打了瘦脸针，那时候，像冬眠初醒似的，人们觉得瘦成锥子是极致的美。她被误解，或被夸奖，也不解释，像是对自己的美有敌意似的，她大声地爆粗口，骂院墙边两条卿卿我我的狗。

她老公为了讨好她，也为了拴住她，在小区的楼下租了一个门面，帮她开了一个美容院。她经常把店丢给小店员，自己去街上买衣服。客人躺在美容床上等，她站在镜子前照啊照，没完没了地照，把生意照得清冷冷的。

"你知道城东在建设吗？"余文真靠在沙发上看她练拜日式。

"知道啊，云信息存储。"

"所以那里以后会像上海和杭州那样变成时尚之都？"

吴利想了一想，摇摇头："不分历史阶段，不分地方特色地抄袭而已。"余文真张大了嘴，吴利在说这些的时候，那份随意和笃定令她吃惊。就好像她俩一同观看魔术表演，她还在啧啧称奇，吴利直接把道具的制作方法看透了。

本来这次见面是约余文真去做头发，市中心车位不好找，吴利兜兜转转，把车停在一家蛋糕店后面去，看到橱窗里各种形状的蛋糕，她反而忘记自己要做头发的事，拉着余文真直接进了蛋糕店。

余文真顺从地跟着她，吴利看上去对外面的事不闻不问，竟然有那样的见识和观点，她的敏锐刺痛了余文真的心。吴利的蜜月是在欧洲度的，章东南所见所知，亦是吴利所见所知。如果他俩见了面，定会有许多共同话题，甚至一见如故。余文真猜想他俩还有一个共同点，就是都觉得自己太浅薄，太渺小——吴利太了解她的底细了。原本她并不过分抵触这一点，这会儿这个念头却像刀子一样割扯她的自尊。

吴利要了一份提拉米苏，余文真要了一份抹茶。

余文真遮遮掩掩、半真半假地提起了章东南。非提不可了。吴利只听了开头，就用一种看到底牌的眼神盯着余文真，对着她的脸啧啧称赞，指责她是那种表面上看上去特别忠厚，骨子里特别不老实的人。开始她不认为余文真有男朋友还有个中年暧昧老男人是个事，这个老男人是一个锦上添花的点缀，有没有都不是个事。甚至也不认为闺蜜失去周雷是个什么事，她认为那个男朋友可要可不要，"穷成那样，能给你什么"。包括那个游戏男的德行也是见多不怪。走的时候，余文真比来的时候心更乱了。

时隔两个月再见面的时候，吴利吓了一跳，大声地问余文真：

"你怎么了，病了？"

"没有。"

"你病了。"

"没有。"余文真的声音微微颤抖，隐含怒气。吴利惊诧地看到自己的闺蜜一双暗淡无光的眼睛里面噙着眼泪。

"事情要重新分析了，"吴利说，"你像是在沙漠里晒了三天三夜。"

她摆出认真谈的架势，余文真头一垂，一滴眼泪滑了出来，紧接着又滑出一串。外屋，保姆手里的拖线吸尘器呜呜呻吟起来。

六

按照吴利的分析，余文真遇到一个情场老手，寻求一时的刺激，而且多半，对她的新鲜感已经过去，他不会再来了。

余文真竭力搜刮他爱她的证据：他认真看她的眼神，从不忽视她的表情，他从来没试图改变她，不藐视她，他喜欢的，正是她自身的、不需要努力就天然具有的吸引力。"喜欢我本来的样子，让我轻松自在，这不是爱是什么？"她对吴利说。

"算了吧，你连这点基本认识都没有，周雷起码还真想过跟你结婚，虽然搞僵了，是因为看到你不走心了。"

"他会找一切机会来看我。"

"听我的，现在断，还能保住体面。"吴利打断她，几乎用命令的口吻告诫她。

可是体面不是她现在考虑的东西。她承认对他的了解也仅仅限于性别、年龄、职业（不包括工作内容）、居住地（不包括具体门牌号）。他不出现的理由很充足：他没有被外派到这个城市来。仅此一条，无须再多。

吴利的话，她不是不考虑。可是想到跟章东南断了联系，似乎也就与世界断了联系。他散播关于这个世界的消息让她有在场的感觉。握住他的手，似乎是自己也在场的佐证。她想吴利不能理解这一点。

有一天晚上，全家四口端坐在圆桌前准备吃晚餐。妈妈的手湿淋淋的，为了这顿饭，她一早去买菜，分配成两顿的量，油锅一直烧到冒烟，菜倒进去，发出"哧啦"的烧灼声。家人在吃，妈妈则在收拾灶台，她发胖了，厨房在两侧肩膀外转动，听到外面狗叫，就知道有人来，又把手伸到水龙头下洗了又洗，才跑去开门，塑料拖鞋在老瓷砖上划出"哧溜"的声音，她差点摔倒……看着妈妈转来转去，一刻不停，余文真突然一阵心慌，爸爸虽然已经加入赚外快行列，但仍有旺盛的精力在饭桌上配合妻子唱双簧，努力想为女儿即将偏离的人生航线做舵手。他倒不指桑骂槐，只是一味慈祥地注视。只要在这个屋子里，他的目光就无处不在。或许是因为想到这个，或许是别的因素，余文真的胸口一阵抽紧，胃口全无，放下手里的筷子走回自己的卧室。

那次电动车事件，虽然毫发无损，但之后余文真常常感到心悸，担心幸运躲过的那一劫仍然在别处伺机待动。有一次，她在睡梦里听到雨声，让她有一种浑身血淋淋的错觉，大骇之下，她醒了。惊惧勒住了肋骨，太阳穴也微微震动，她蜷缩在床头，发出痛苦的呻吟。

"发生了什么事?"妈妈无声地站在她背后。

"没有事发生。"

"没有?"

"是的。"余文真坚定地说。这是真话。什么事也没有发生,可是一种颓丧的气息从她的答复里渗透出来。妈妈无奈地叹了一口气,帮她带上房门。

但是余文真完全没有胜利感,她躺下去又起来,从这里到那里,从门里到门外,大声地说话,只要声音一停,奇特的落寞弥漫在房间里。

如果章东南能穿过房间,把手轻轻地在她脸上一滑过去,她就会一跃而起。但在这种可能性之间,横亘着一种神秘的金属栅栏。只要触碰一下,这栅栏就会发出震耳欲聋的金属声。这声音像警报,能招来一切。如果爱她在意她的人,听到这样的声音,一定会帮忙把她的双耳捂起来,或者拖进洗浴池清洗;但是,厌恶指责她的人呢,听到有警报声在她脑子里"呜呜"咆哮,一定趁机鄙视、嘲弄地看热闹,甚至把不洁的标签贴到她背上,还会对着她唱道德颂。这个世界很大呀。

再次见到章东南,已经快过年了,电视里一直在强调,不准放鞭炮不准放鞭炮。婚丧嫁娶都不许。老人小孩都有点儿懵,月亮不知去了哪里,不准放鞭炮了可街面上到处是灰。他来的那天,气温骤然下降。在出租车上,她想,无论如何,为了见她,他总会在旅馆的选择上给她更多惊喜,相信这次也不会例外。进了屋,她顾不得仔细看他，眼睛直接梭巡窗口。窗帘垂落下来。他会心一笑，走上前，窗帘猛地一掀开，玻璃明亮，满眼波澜壮阔的绿野顿时出现在眼前。这是一个高尔夫球场，一片连绵的与季节不符的绿草地和小山丘，一直伸向远方。大自然一片寂静，夜色慢慢接近。

为了吸引外资和外企，高尔夫球场必不可少，而且，这是月城自古以来的第一个高尔夫球场。

推开洗手间的门，整个洗脸台上满满的红色玫瑰花，浴帘被轻轻地掀开，一个圆形浴缸里装着清澈的水，水面一层玫瑰花瓣在轻轻地荡。

在玫瑰花的香气里，余文真晕头晕脑，差点站立不稳。"我一点儿变化都没有，这个城市每天都有新花样。"她想起每天早上横在巷口的早点摊位、骂街的妇女、立着脚手架的工地、单位里琐碎的差事，而这些无与伦比的地方，在他之前，不仅从来没有来过，甚至闻所未闻，她听到自己的身体发出一声长长的呻吟。或者是一种委屈，或者不是，使她反客为主，一跃而起，伏到他身上。他惊异地瞪大眼睛，脸上全是沉醉和首肯，好像这一刻他等了很久，好像乐见她凌驾在他之上，好像这就应该是她原本的样子……

"你饿了吗？"半个小时之后，他问。

"不。"余文真说。

"我饿了嘛！"他的声音轻快、发嗲，"我想吃月城的糯米糍粑。"

余文真愣了一下："我去给你买。"

郊区的生活到底不算方便。酒店餐厅的工作人员下班了。余文真穿上外套出来找开着的小店。酒店西侧有几家门店，但灯光暗淡，卷闸门拉到一半，只看到里面有裤脚在动，好不容易看到一家小吃店开着门，她打包了一碗三鲜面，加了一块煎猪排，以及一份月城特色糯米糍粑，问老板多要了一个塑料袋套住，搂在怀里抱回房间。

"嗯，"他心满意足地吃着，"这可是我最爱吃的小吃。"

余文真突然想起除了单位那次，她还没有和他一起吃过饭，没有一同在街上行走，没有喝过一杯咖啡，没有看过一场电影。

他的偶然出现，连同各种不同酒店带给她的感觉，就像把她从湿漉漉的旧画拉到刚上映的电影幕布前。他的身上没有她之前的经验，也没有她熟悉的东西，而她，对这两者都无限欢迎。他走后，她会沉醉在每一个细节里，他的气味、他的笑意……一直一直沉迷细致地回味。巷子里的苍蝇太多，尤其是夏天，老人们不讲卫生，到处吐痰，积习不改，为了霸占一点点场地，旧东西长年累月堆在门外模棱两可的地带；到了秋天，背阴的地方长满了青苔，仅有的阳光地带会被各种内衣内裤、被褥毛巾霸占，即使在不讲究的地方生活了二十多年，她仍然不能熟视无睹，反而越来越频繁地感到无端的恶心和厌恶。他带来的是清新的、格外的、超常的、只属于他特有的气味，尤其是她意识到他不是非来不可，他不会准时到达，这增加了他的神秘性，甚至——揪心的美感。

那时候她就知道自己是个什么样的人：她不指望作为焦点存在、习惯躲在人群背后，她怕引起别人注意，害怕被别人厌烦，当然，她更害怕一个人也吸引不到，即使处于两个男人之间，这种害怕隐匿在潜意识里，片刻没离。

那一次，因为天实在太冷了，她迟迟不想离开。她想要了解他，她也想要他了解自己。他打了两次哈欠，她装着没有看见。她开始问他一些事。一些他可能觉得彼此应该心照不宣应该回避的事。

"你太太，她漂亮吗？"

"还行。"

"你孩子上初中了吧？"

"我有那么老？"

"正常呀，如果你二十五六岁结婚的话。"

"像我这种人，往往结婚得早。"

"为什么？"

"因为单纯。"

这个词——或者说所有经过他的词，都让她一愣一愣，在他跟前，她似乎总是一愣一愣，像个高中生。

"你呀，像个傻不拉叽的高中生。"她正这么想，他的这句话已经从耳边传来。

她试图解读他的意念瞬间瓦解，他盯住她的脸，因此再次激动起来。他双手举起，把她笼罩进来，嘴里戏谑地喊："小高中生，小高中生。"看得出，她具有这样的形象令他更感愉悦。

她想要知道的事——他不太愿意往深里说。但他从来没有给她不直爽不磊落的感觉，他给人的感觉不是一个喜欢遮遮掩掩的人，他是一个有热情的人，他几乎不透露什么信息，竟然没有破坏这两个印象。

"一切有价值的东西都是为了爱，那是生活的动力。"他说他有时候整夜想她睡不着，打开灯躲在书房里假装写调研报告。他说他的旅行——大多数无聊，除了过去的和国外的，瑞士军刀，说德语的忘年交，还有北海道的一次亲历地震。他提醒她去上瑜伽课，做志愿者，什么事不要看重目的，只要是愉悦，你做过了，美就出现了。没有什么比美和无目的的愉悦更有价值。

她问什么时候能等到他再来。

"最早也要明年三月啦，没办法，不自由呢！"

他欢欢喜喜地说。显然，并不比这次和上次的间隔时间更长，但是她的心却揪紧了。她要求明天送他去机场。他坚决地说不。不方便。

临行时他塞过来一个纸袋。纸袋上是一幅图案：空荡荡的街道浸在琥珀色的灯光中；另一面是金色的光线下一朵白色的蒲公英开放。纸袋里是一盒德芙巧克力，"Dove"印在包装盒的中间，衬着暖暖的暧昧色调。"Do you love me?"他卖弄地轻轻发声，然后挥挥手。随着他转身，她顿时感到失去了支撑，她的心像是陡然空出了一大块，黑乎乎、空荡荡，都能感到冷风呼呼在心窝处回旋。

她的嘴角古怪地抽了一下。像是开心极了，又像是要哭。

那个春节，她不断反复思考一些事情。比如，他健身吗？——没有见过，但似乎在他身上有一种充沛的活力，还有他强健的手臂；他喝酒吗？——酒桌上举过杯，但看不出真心喜欢那玩意儿；

他会做饭吗？——她甚至都没有机会和他在外面吃过一顿饭，除了第一次。他留给她的信息太少，以至于她的疑惑越来越多。她仔仔细细地寻找线索，和他共处过的每一分每一秒。她回想起自己在他激动的时候盯住他的脸。他的脸很无辜，丰满但不油腻，展扩的鱼尾纹也不丑陋，那张脸上即使透露了什么，也是另外的东西。她目前还没有掌握住的东西。

有天下午她正在上班，他发来短信问她在干什么的时候，她正处于紊乱烦闷的心绪里，因此不假思索向他发出了完全与她一贯性格不符的诘问：

"与你什么相干？"

她心里说，难道不是你，想来就来，根本不关心我的生活？

第二天中午，他回信息说他已经上了飞机去另一个城市，他说了昨晚所住酒店的名称，说看到她心情不好，没敢打扰她。

余文真呆呆地看着手机上的字体，眼睛一阵酸胀，感觉眼前的空气都凝固了。

她颤抖着手不知道如何是好，似乎，他感应到了什么，又发了一个信息说，他是和一个同事一起，也只能更加谨慎。

这个信息不发则已，余文真仿佛看到他坐在候机室里架着二郎腿的样子，身边放着那只黑色的行李箱，他不慌不忙地在手机上摁键——对她此刻的感受，他一定了然于心。他对她的心痛肯定心知肚明。你怎么可以这样?！他一向虽然喜欢自作主张，但也处处透出能够替人着想，但这一次，像是对她粗鲁的惩罚——她瞬间感应到他跟自己的距离——比她想象的近多了，比她想象的远多了。她盯着窗外的街道上看，一辆公交汽车，远远地，它似乎要向电线杆撞去，快要接近的时候，又好像偏了一下，向她的眼前冲来。她扶住办公桌，让自己的脸贴在电脑键盘上。

既然你都走了，为什么还要告诉我？她恨恨地在心里叫喊，她暗暗发狠，等着，下次等你再来的时候，我一定没有空。一定没有。伴随着痛苦的屈辱和卑鄙的渴望，她仍然不时地看手机，希望这是他提前跟她开了一个愚人节的玩笑。只有这样自欺欺人过后，她的失落和恨意才有所减缓。她没有回复短信，她内心深处有一种隐隐的担心：如果把这几个字回过去，说不定他下次还会像此刻一样，坐等离开的时刻，发这样一条冷酷到无法承受的信息。

晚上回家，妈妈给她炖了鸡汤。她问女儿自己有没有留意到，她的脸色好几个月以来都十分苍白，而且越来越瘦，不见好转。

"终于注意到我脸色不好了？"她心里顶撞说。

"我没生病。"

"那就需要加强营养。"纯粹出于礼貌，她回答的时候抬头看了妈妈一眼。她从妈妈的眼睛里看到了更多的内容，那里面并非只有对她的爱怜，那里面的担忧也不仅仅是对她的身体。她装着没看见，想蒙混过关，作势要走开。妈妈一把拉住她的胳膊，直截了当地说，"你如果再这么瘦下去，人家会觉得你怀了人家的小孩又被赶出去，到时候你就百口莫辩了。"

"我什么都不需要辩！"

"你需要多吃点东西。"

"我需要搬出去住。"

"你说什么?"

"我要搬出去。"这话不再是顶撞,她的语气变成了经过深思熟虑的决定,这是一个消息发布。

巷子里哪有姑娘没有出嫁要搬出去住的,除非在外地上学,或者上班的地方太远。"叫人家怎么说?"她的第一反应就是这样:人家怎么看,怎么说,怎么猜。沈国芳紧张地转动眼珠子,她的担心正变成现实:女儿正在让她难堪。

但你们又知道什么?真正的难堪都在里面,不是肉眼能看见的,余文真想。

七

过完年，余文真开始物色房子。她一心想逃开过去的生活，但目前的勇气似乎也只足够到离开这条长大的巷子和父母兄弟。

一开始，她希望找一个小小的独立公寓，可以舒舒服服地单独生活，可是单身公寓的租金高得吓人，远超过她的承受能力，合租房的劣势也摆在那里：你不认识任何一个共住者，但却和他们共用客厅、厨房和卫生间，你甚至不能干涉共住者饮酒、狂欢、留宿，还会有人在你上厕所的时候大声地催促。兜兜转转找寻了一个多月，偶然在离公司三千米的福禄寺巷里遇见一间小房子。房东老太太领着她穿过一个幽暗、狭窄的过道到达一间房里。一进房间，看到门边上的乳胶漆脱落掉一大块，门一开，发出"吱"的一声，门一关，发出"呀"的一声，简直像在抗议。

巴掌大的屋子光线暗淡，但左手一侧居然立着一架罩着绛红色绒布的钢琴，钢琴上方的墙上挂着一幅画框松动的油画，是异域的山和水，油彩开裂，像久旱的沙漠上的沙画，目测至少有五十年了，上面还有乱涂一气的圆珠笔迹；靠近窗户的地方，一个实木材质的书架支在墙边。"上面可以摆放些花草，也可以放些书，"房东说，"如果嫌书架挡事我分分钟拆了它。"

"不不不。"余文真摇摇头，一架旧钢琴和一幅无名的油画，使得这个小屋变得有趣。"但钢琴是古董，值钱的。"房东说。租不出去想必是因为钢琴没地方搬，屋门太窄，也搬不出去。但是，拐角居然砌了一个带洗脸台的窄小卫生间，如此一来，只有必须亲自做饭的人才需要与其他房间的租客打照面。

巷子的气质和钢琴不搭，钢琴与房屋的形象不搭，房屋的简陋与房东的傲气又不搭。

可是等到走到窗口——她立刻再次被吸引：窗外居然是一个单独的后院。所谓后院，四面都是别人家的墙，其中有两堵墙挨得很近，并排立着，高低相似，墙与墙之间只有几十厘米的缝隙，正好够一个瘦子侧着身子进出。她只要把木质窗户抬上去，爬出去，穿过两户墙与墙之间的缝隙，可以直接到达后街。换句话说，从小到大，清凉寺巷子里的余文真，无论去哪里，都要穿过悠长的巷子，只要穿过悠长的小巷，总有许多双熟悉的眼睛有意无意地跟随她，她什么时候出的门，什么时候回来，梳的什么头，穿的什么鞋，巷子里的人全然掌握。如今，有了这么一条秘密通道。她兴奋地从窗口钻出去，踩着脚下的杂草地，试着从墙与墙的缝隙间穿了出去——出口是一个小饭店的后门，堆放着煤球、大缸和水管，从这个位置，看那间有钢琴的小屋，简直就像被一只大脚踩了两下，瘪塌塌的，再走几步，就站到了街面上。一个完全独立的天地。对别人来说，不值钱的所在，对于她，却好像是一块新岛屿，隐秘而安静。

房东既矮又胖，光站着不动也会气喘吁吁，她的眼神冷漠，闪烁着警惕而故作不在乎的光。房子可能闲置太久，她急于想把生意做成，却又口气很大，摆出一副无所谓的样子。她那不堪一击的派头多么熟悉，之后余文真见过许多人，但是只要遇到持有这样的狡黠而自大的人，余文真就判定他们和她一样来自小街小巷，他们的心里只会在意眼皮底下的东西，他们总是使她既亲切又厌恶，但不会使她感到冒犯或受挫，你不会对了然于心的东西感到敬畏，"都是没有意义的"。但余文真什么也没说。这会儿房东等在房间里，余文真耽搁的时间之久，使她拿不准这个对外敞开的小窗是自己的强项还是弱项。她正从窗口伸出脖子在墙与墙之间寻找余文真的身影，余文真已经从她背后出现了，她眼睛里含着笑意，请房东拿合同过来签。

"我租。"

第一晚，余文真就发现，这个可以让她悄悄进入的后窗有别具一格的视野。只要把头伸出去，仰到六十度角，就能看到市中心的百货大楼幕墙上的广告画面和市电视塔尖；把视角放成三十度，又能直接看到对面二楼的卧室里床头柜的大小；坐回窗内，顿时会以为世界只有如井口般大的后院；窗帘拉上，坐在床上，虽然能听到屋外所有的动静，但自己却可以完全隐蔽，不被邻居所见；到了夜里，躺在床上，能完美避开屋角，看到夜晚的星星和月亮。

靠墙壁的书架因为淋雨而变形，雨水让书架有点发黑，但仍然可以正常使用。风把简易窗帘布吹得飘到床上，一次又一次，带来新鲜的空气。那是全新的感受，就好像她在别人的生活里，体会着别人的时刻，丝毫没有负重之感。

真希望这个房子能保留下来，不会一时半会儿被拆掉。她一时兴起，决定给这个房子取个名字——"小留"。她把这两个字用钢笔写在了门框内侧，有宣布主权的意味。

除此之外，再无特别之处，头一天早上醒来，听到跟清凉寺巷一模一样的吵闹声，竹椅挪位置，丝瓜瓢摩擦锅沿，水泼在石板上……她恍惚了一下，好像自己还在清凉寺巷没挪窝。稍过一会儿，她就整理好思绪——谁也不认识她，她不用摆出一副"不是别人不要我，是我不想要别人"的肢体语言。至于邻里们有没有理解，随他们去。虽然她的普通话里夹杂着方言，但新邻居们全都认定她是外地人——这话的潜台词是从更小的地方来的，同母亲的理解一样，如果你是本地人，而且还是市区的，怎么可能在离家五千米的地方租房子住。

余文真几乎不在房子里做饭，每天早上上班路上买一个煎饼、一杯豆浆，或者稀饭，中午在单位食堂吃，晚上下了班也在快餐店里解决，如果吃厌了，就带盒方便面回来，烧壶水泡上。她刻意避开在共用厨房跟人寒暄的过程。厨房里的冰箱，有一层是划给她使用的，可以放放牛奶什么的。为了不闻到别人的味，她宁愿不喝牛奶。

狭小不便使余文真在道德上占了优势似的，省略了不少工作：

大大方方不下厨，不请人来做客，不走正门，如此等等，好像她怀揣着这样的秘密，必须隔离隔绝。

她的忍让，无可避免地带来了猜疑，这些老城区人，从头发丝到脚底板都带着偏见；而余文真，则带着不自觉的戒备。这两样东西像两股无形的能量，在巷口相撞，"砰——砰——砰——"，把看不见的火花撞得粉碎。很长时间，他们之间除了这无声的碰撞声，几乎没有其他的台词。在那个小巷居住的一年多，余文真只有两次与他人交集的愉快记忆。其中一次是下班的时候，远远看到一个周岁大的婴孩在巷子里走路。他跌跌撞撞，无法平衡，随时摔倒。她小跑过去。他看似要后仰，却突然向前栽倒。她一把揪住他的毛衣领，在他贴近地面的一瞬间拉住了他。目睹的人们发出惊呼，纷纷围上来感谢她。

经过这事，余文真每次来"小留"都走前门，有意在巷子里面多停留，看看他们的饭桌上有什么菜，再听听他们谈的八卦内容，但她讥诮的嘴角暴露了自己的抵触，又或者因为她声称自己是外地人，总之作为一个单身女孩，她身上散发出难以调和的气息，形成了无形的障碍，他们看上去很为难，似乎允许她走过来需要太多太多的力气，是个力气活，所以她尝试一两次之后就放弃了！但是很快，关于这条小巷的各种信息还是自然而然掌握到了：两年前得到了要拆迁的消息，巷里巷外便开始扩建，那两堵墙之所以窄成那样，皆是悄然翻新，然后做旧做老，掩耳盗铃的结果。而且这里住的，除了七八十岁的老人，其余的大半是租客，而主人们，忙着把自己嫁出去的女儿，远在乡下的舅姨叔伯的户口统统迁回来。达到目的了，高高兴兴地坐等；未达到目的者，整日在街道居委会软磨硬泡、打苦情牌，或玩其他花样。根据他们谈房子时的神色，余文真掌握到识别胜利者的诀窍：脸上带着自豪的喜悦的，装出漫不经心的，都是翻新加盖、迁挪户口成功的，而稍一开口就颦眉撇嘴、张口怨天、闭口尤人的，怕是没占到什么便宜。

有一次出去上班，余文真锁好门后才发现外面下着大雨，她竟然完全没有跑回去拿雨伞的念头，就这样夹着包冲进雨里，一直冲啊冲，跑到公交站台的时候已经浑身湿透了。她水淋淋地站着，很快脚边洇出一大摊水渍。许多人侧过脸看她，想她应该是个脸皮厚、不懂事、不讲究的人，的确，她那样站着，毫不在乎、不合群的样子，就是对他人无形的冒犯。她冒犯他们，他们不满地无声责备她；她丝毫不觉得生气，竟然生出一种恶意的快乐。那次穿着湿衣服到单位，她等着自己生病，忙碌的时候心里想，那时候，她会不会理直气壮地请章东南来看她：我生病了，又有单独的房间！这样盘算着，竟然觉得很兴奋，但是那次居然安然无恙，连喷嚏也没打，更别指望得什么肺炎了。

因为搬家的时候要把一幅画挂到墙上，钉子划伤了她的小臂，天冷，伤口恢复得很慢，两个星期之后，那个地方的皮肤仍然是深红色，仍然有痛感，这使她许多发呆的时间都用来端详这道疤痕。很奇怪，光洁的皮肤没有引起她的留意，而这道丑陋的、久久不愈的疤痕始终霸占着她的注意力。

天暖和一些的时候，她和章东南在城东的百家湖酒店幽会。她接到他的电话，立即忘记自己立下的誓言，抛下手头的事去赴约。那不是走向一个男人，那是走向新世界。那年春天不太平，报纸上到处是蝗虫过境的消息，大批的蝗虫从非洲赶来。电影和报纸上只有黑压压的蝗虫覆盖天空的镜头。躺在床上，看到调成静音的电视里，光着脊梁的黑人小伙子正像堂吉诃德一样挥舞着手里的树枝，试图用弯曲的枝头劈开敌人。主持人忧心忡忡地解说，提醒人们警惕蝗虫：“它们带来毁灭性的灾难！”毁灭性的灾难，余文真默默地听着，想起自己咬着牙发下不见他的誓言，责怪自己不长记性，心里却一片明净，泛不起苦涩。他过来搂住了她。所谓百家湖，她以为会有临湖的房间，横陈在床上，可以听到湖水的流淌，然而，这是一个被遗弃的城堡。在发展成文物保护单位之前，它悄悄地开门营业。出租车只能停在城堡的木门外，客人需要轻叩木门上的铜环和铁钉要求开门……古堡背靠群山，面临百家湖，石头城墙高达十米，整个城堡有三个瓮城，上上下下设有藏兵洞九个，能容纳上百人，里面水井、粮仓、厨灶、兵器库一应俱全，甚至还有陷阱。外行人很难看清哪些是原有的，哪些是后来仿建的。服务员是领路人，也是导游。小伙子很年轻，脸上挂着狡黠的笑，不知道见多了什么事，还是在烘托气氛，余文真跟着他，像木偶一样被牵着往里走，很快，迷失在某个弯道的拐角。

章东南在短信里告诉她说，或许明年的这个时候，就算有再大的面子，也很难在这里住宿一晚了。“住进这样的城堡可是我小时候的愿望啊。”他喜滋滋地告诉她。

这是一个没有窗户的房间，门是唯一的出口，它关闭的时候，寂静瞬间降临。

后来她回想起来，那一次他胖了许多。她当时完全没有留意到这个事实，他在脱衣服之前警告说："我可胖了不少哦。"

可是她从来没有对他的身材持有审视。不，不是这个吸引了她，她从来没有介意过他胖一点还是瘦一点。

"你胖瘦都好。"她突然蹦出来一句话，分贝突兀提高。

他惊奇地看着她，但是手里的上衣仍然遮盖住腰腹部。他看着她。她的语言透露出她的状态：没有诉求，没有撒娇，没有抱怨，没有期盼，就那么静静地等着。她令他暗暗不解。

"来吧。"她在心里发出呼喊。她期待他伸出双手，抬起臂膀，凑过他的唇，发出"我爱你"的由衷表白；她期待他赤裸相见，略过皮肉，抛开多余的衣物，痛快地、紧密地覆盖住她。他覆盖住她，就如全世界向她靠拢。

即使用古堡的外壳招徕客人，房间仍然是现代的，墙上挂着做旧的手工艺品，既想显得古典，又想与现代区别开来，结果就是既俗气又古怪。就那么匆匆一眼，简直没有余力去细辨，她身上的每个细胞都在等待他的亲吻。台灯开关设在墙上，他伸手去捻低亮度，好像这样，他凸出来的肚子就不会被察觉。

这并没有给他带来坏印象，相反，这多少显得孩子气，对于此刻的余文真来说，这一切都不是个事。他来了，他在这里。无论是在高高的二十多层楼上或者是古堡的密封空间里。

他开始搂紧她，像火把一样刺入她。

对，就得这样，结结实实的存在，他特有的、区别于她生活的姿态，哦，足以把整个冬天的阴霾驱散。

精疲力尽之后，他喘着气问她："咦，你怎么变样了？"

余文真本能地转头凑向镜子。镜子里是一张轮廓分明的脸——而且满脸倦容。她对这一侧镜子不放心似的，又掉过头看另一侧的镜子。镜子很团结。她的内心是喜悦的呀，但她的脸是憔悴的，像被晒了整整三个白天，又像被火烤了整整三个夜晚。

她立即确定妈妈的担忧是对的。

那次他送她一个三星新款手机。他让她打开，详细地逐一介绍：4.5英寸的屏幕、500万像素摄像头、自动对焦、支持无线上网和GPS导航……

她的心思不在这里。就算他躺在她身边，也仍然远远不够。

那是余文真第一次触摸直板触屏手机，她是很高兴的，但是同时却有一种不祥的感觉，觉得这个手机像是一个隐喻，或者更像是一个判决，这后面隐藏的态度是不言自喻的。他说这是他的心意，可她怎么觉得像一个宣判——宣布他要守住的疆土：待在原地，不能再近，也不能要求更多。

余下的时间，他又开始说话了。全球金融危机已大体上得到控制，但受其波及和拖累的世界经济也已经显露出各种复苏的迹象，许多深层次问题在中短期内得到根本性解决的难度甚大，断言世界经济已经全面摆脱衰退、进入周期性复苏还为时尚早。

她在心里说，我不要国际形势，我不要自由，我要——你的承诺。说说你自己吧，说你想念我吧，说你意识到我的好是无人取代的……说吧，说一切电影和电视剧里的对白吧！

"我在外面租了房子自己住。"余文真打断他。

他一愣，"哦？也好，自由自在。"

她小声地说："你去了，会看到一架钢琴，会享受真正的私密空间，会旁若无人，会觉得舒适。"她说得很快，声音含混，因为难为情，她的声音有点儿颤抖，"我是为你才租的。"没有抑扬顿挫，没有欢喜加持，就像在说一件与他并不相干的事。说完她怀疑他根本没听见她在说什么。

她盯住他，但他避开了。他点了一支烟，清了一下嗓子，他想到别的好玩的事，他想逗她发笑。临走的时候，他叮嘱说："五月份，你一定要抽空去上海世博会看一看。票的事不用放在心上，你只要到时候腾出时间就可以啦。"他说这话的时候，感觉到他手臂上的人轻轻地抽动了一下，他迟疑了一下，又继续讲有关世博会那些令人惊叹的部分。

她穿过寒风回到了自己的小屋，没有洗漱就钻进被窝。她身体的某些部位热乎乎的，另外一些地方冰凉到几乎麻木。她翻来覆去、心乱如麻：他怎么能够对我的痛苦毫无知觉，他是怎么做到对此无动于衷、麻木不仁的呢？她很想把他从脑子里甩掉，找到点儿高兴的事来作为精神上的支柱，好让自己能闭上眼睛的时候脑子里没有那么多暗黑的团团乌云，可是，她好像在一辆急速行驶的大巴车上，她坐在那里，看一切从身边滑过去而束手无策。

八

　　脱掉冬衣的时候，余文真骑自行车上班。有天等红灯的时候突然遇见了周雷。他站在拐角的一辆摩托车旁，看上去精神不错，头发梳得整整齐齐，头盔拿在手上，正侧身跟边上一个个头娇小的女孩说话。那个女孩侧耳听他说话，可是似乎有什么阻碍了他们的交流，她摇头表示听不清。他弯着腰，凑到女孩耳边，又小声说了句什么。得到回应之后，他咧开嘴大笑，露出醒目的牙龈。余文真从来没有见过他这个形象，从来没有见过他咧开嘴笑成这样，要不是他的声音辨识度极高，她都开始怀疑这个人究竟是不是他。事实证明，了解一个人两年、三年是远远不够的，单单是他的面部表情，你都没有办法在两三年之内全部看清楚。

　　余文真立刻拐弯回避，没有让他看到她，但他那笑盈盈的样子，使她感到无比震惊。她回想起和他在一起的时间，他没有这样的开怀大笑，这个笑如此肆无忌惮且心无旁骛，也如此陌生，她突

96

然恍然大悟：他之前一直怕露出牙龈！回去的路上，自行车变得特别沉重，每踩一下，都要使上全身的力气。她因为烦躁而觉得坐垫特别生硬，回家的路遥不可及。一个小时之后，她的脑子才能正常思考，她觉得自己好像是一个苦海，离开了她，周雷变得一身轻松。这个觉悟让她的情绪变得格外低落，甚至惊慌失措。

一周之后，余文真打电话给周雷，要求见一面。她选了一家他俩之前去过的悠闲美境咖啡屋。当时没有觉得，今日却发现，这咖啡厅有一种令人难以置信的俗气，当然，可能是她的眼光发生了变化，它一直在这里，一直就这种布置和装饰，也一直迎接关系暧昧的男男女女光顾。周雷出现了，跟前几天又截然不同，他的脸上没有幸灾乐祸的表情，也没有沾沾自喜的样子，更没有一副"来求我了吧"的自得，相反，是一种冷淡，就好像他面前坐着的不是前女友，而是单位的同事，或者是每天定期出现在楼下卖鸡蛋的老奶奶。

余文真把话题引到房本，引到他的现任女友。他的嘴角下垂，抿得很紧，她问什么他答什么，她一度怀疑昨天见到的那个人究竟是不是他。

"你是不是有一辆摩托车？"

"是的，才上的牌。"

"贵吗？"

"还行，万把块钱。"

"今天骑来了吗？"

他的目光看向窗外。这扇窗的外面是一个单行道，有汽车缓慢地向前挪，街上的车，竟是一辆接着一辆，就像沈国芳感叹的那样：他们的钱简直像从天上掉下来的。双层玻璃剥离了噪音，一切像在无声地进行。她紧紧跟随着他的目光，但没有发现摩托车的踪迹。

纵然话题引到他似乎感兴趣的地方，他始终还是过去那副不死不活的面孔，镜片遮盖了一大半的脸，令她很难判断他究竟有没有认真看过她一眼。等了半个多小时，他始终没有露出一周前的那副模样，那样的笑，严肃到麻木不仁，他的衣着也保持着过去才有的陈旧和邋遢感，但这绝不是上周的衣着。上周，他穿一条包臀牛仔裤，不是说他的臀多么好看，但是牛仔裤和他的笑容完全改变了他的性质，就像鲍鱼粥改变了粥的性质。

周雷对余文真没有任何评价，也无任何关怀：你好吗？你怎么瘦了？你有男朋友了吗？你工作顺利吗？统统没有。他一副等着从座位上随时起身走的架势，就好像在等下课铃响起。余文真心里生出一种古怪的恼怒，突然开口道：

"我和另一个人在一起过。"

"哦？"周雷习惯性地哦了一声，再不肯开口。

"和你在一起的时候。"余文真补充了一句。

"啊！"这次，他总算表现出一点点的惊讶之情了，但是很快，他岔开手指，伸到头发里捋了几下。这是一个新习惯，他可能相信如果想保持好一个清爽的形象，时不时捋这么一下，是有必要的。一个客人进门的时候，门上挂着的风铃"叮当"响起，他像逮住了合适的逃离时机，站起来就往门口走。在收银台，他几乎看都不看账单，掏出钱递给收银员，也没有等找头，在另一个客人推门进来，门将要缓缓合上的一刹那侧着身子冲了出去。

她以为自己背叛了一棵梨树，结果发现自己背叛了苹果树，然而无论是梨树还是苹果树，她没体会到背叛者应有的负疚感，也品尝不出梨或苹果的滋味。不可名状的不安和烦躁没有减轻，反而在加重。

我过去，或者将来，也许都只能吸引到这样的男人，甚至连这样的男人也吸引不到。余文真悲哀地想着，垂下头，同时，她也明白了另一个事情，岂止是和周雷之间的相处模式无法更改，她和章东南之间的模式也被固定住了。都不是她要的，但都不是她能撼动的。过去二十多年，她被困在清凉寺巷，甚至在上大学第一学期住校的时候，沈国芳还跟她抱怨说住校增加了不必要的开支。因为需要成本，所以没有学多余的东西，连跟人相处也没有学会。如果切断了和章东南的关系，她就再也没机会听到外面的动静了，也就意味着断了一切的可能性。

第二天中午，正吃着饭，妈妈的电话打过来，几乎朝她兜头大骂：

"你疯了，脑子坏掉了是不是？"

她立刻明白怎么回事了，周雷回家把这事告诉了自己的妈，他妈妈又来讨要说法。好了，说是找到错的根源了，要昭告天下了。

"跟一个结过婚的男人乱搞，你？"

"没有那样的事，我是为了刺激一下他。"余文真已经躲到食堂紧急出口的拐角，闭着眼睛抵赖说。

"我就说，你哪有这种能耐？！"

她一哆嗦，赶紧把电话从耳边挪开，好一会儿才敢放回耳边。

本来这个事情就好像每天夜里做的梦，无论在梦里你经历了什么，杀人放火，遭遇不测，等你醒来的时候，一切化为乌有，过往不咎。但是，这会儿不同了，既然说出来了，就好像盖在公文上的大红钢印，妈妈的讥讽又像搅拌机，把水面的平静打破，把水底的污壳泥石翻上来了。

"我见到他跟一女的在街上聊天，我气不过，就乱说一通。"妈妈的发现，或者说，余文真把事情捅给周雷，就是一种潜意识的选择——选择有人站出来把一层纸撕开，现在，妈妈正在对此进行确认。她要把事情弄清楚，她要追究到底，她要重新评估整件事的性质——可是余文真发现自己后悔了，到了妈妈嘴里，一切更丑陋，更让她难堪了。她头皮发麻，赶紧连连抵赖，缴械投降。这就是一贯的她，只会后退，只会回避。

妈妈又怎么去回击周雷的父母，余文真没有问，大概率是拍胸脯保证女儿的人品。整整一周，余文真感到胸闷，无论在公司里还是有大风急雨的户外，常常大口地喘气，就像快要生病了，或者已经生了什么病，但并无具体的痛感。

就在那个时期，她收到章东南寄来的一本书。这本书的前面几页明显被翻过，但后面的部分完全没有动过的痕迹。可能是在机场候机室买的，他顺手翻了翻之后，觉得没有价值，或者相反，认为很有价值，就寄给了她。

等到她在微博上看到年轻漂亮的姑娘被另一个臃肿的年长女人

摁住打的时候，她心里怀着一种十分强烈的、永不满足的好奇心。直到被打者嘤嘤哭泣，衣不裹体，围观的人群带着正义得到伸张，道德败坏者得到惩戒时的快意不舍地散开，她才关掉小视频。

夏天过半，章东南再来。他告诉她他乘坐的动车，但这次余文真没有和他约在酒店。"我们找个地方喝茶吧！"她决定孤注一掷。就像她对周雷所做的那样，试一试之后，心就会放下，会落到应该在的地方。她正猜测他收到短信时的表情，他的回复到了。他说："好。"

他们认识以来第一次在酒店之外的地方见面。午后一点，人最容易困倦的时刻，茶室里没什么人，服务员都懒得多看他们。她请他谈谈他的家庭、他的婚姻、他的父母、他的孩子，以及他的过去，总之就是他的生活。他的父亲是一个军人，团级干部，但在一场战争中受了伤，有一点点的心理疾病，不太严重。他的母亲是一位非物质文化遗产的传承人，那是中国数百个小剧种中的一个，这个剧种在传到她手上的时候，已经是第六代，悲观一点说也是最后一代。但是，为了挽救这个剧种，她变卖首饰、祖辈留下的古董，甚至和父亲离了婚——倒不是因为父亲反对，而是父亲的心理疾病影响了她对事业的专注。她对待儿子非常严厉：成绩必须班上前几名，放学后立即回家，不许懈怠和浪费时间玩乐……她对生命的意义有自己的看法……后来母亲再次结婚，嫁给了一个地方官员，但过得并不幸福，只好又分开了，因为，说到底，她的全部心思仍然在地方剧种上，一直到今天，她仍然沉迷于她的戏剧。这十来年，在慈善人士和地方政府的资助下，她开办了一个培训学校，前前后后为这个小剧种培养了上百位弟子。她受到过政府的表彰，她的故事甚至还上过电视。不过，她发扬地方戏的事业之路仍然举步维艰，没有演出的机会，许多学生学着学着就放弃了，但这些都没有打败她，她仍然想竭尽全力将之发扬。他母亲的经历让余文真瞪大了双眼，这里面深藏别处生活的动人魅力，而他言语淡定，好像在说一个电影里的人与事。

"你妈妈了不起。"她看着他，发自肺腑地说。

"执着的人总是辛苦。"他说着，做了一个无可奈何的表情。

他母亲的故事，令余文真觉得他变得亲近、更接近真实了。趁着他沉浸在对母亲的怀念中，她问了他更多的家庭问题。

他有一对双胞胎儿子。"因为两个孩子，所以……这样的时候，才感觉脱离了琐碎的生活。"他精准而干脆地找到恰当的时机表达了自己的态度，这一点，余文真自叹弗如，就算是她把他约出来，从酒店脱离出来，可现在，主导谈话的仍然是他——离她的意图越来越远了。

他好像在说：你也是我缓解生活的寄托呢。

他本来端坐在桌子对面，这会儿身子前倾，想尽量离她近一点，说话声音低一点。他说他退掉了预订的房间，因为下午的事只能拖到晚上办，他没有办法住得那么远。现在住的地方是地方单位安排的。

"远？"她喃喃地说。

"是的。远极了。"他说话的时候，眼睛意味深长地眯了一下，她的脸颊火辣辣的，转过脸去看窗外的景色。原本晦暗的天，渐渐变得晴朗。

他们在茶馆坐到下午四点，他晚上有一个重要的局，是他调研的单位设宴款待他：不去应酬会得罪人，好像显得我对他们的工作不满意呐。

他起身离开。

在他来之前她所有积攒的情绪和问题——他提供的所有答案都不是她要的。在他起身的一刻，一种奇特的空虚感几乎同时降临：我们到底是两个不同世界的人。

当天晚上，他因为应酬，没有自己订酒店。第二天下午，在他退房之前，像被鬼驱使一样，她赶去了他的酒店。这家坐落于城区的酒店几无特色可陈，不过，这对余文真实在无足轻重，他在的地方，才是最重要的地方。他开门的时候吃惊地看着她，但是时间显然来不及了，一个小时以后，来接他去机场的汽车就要到了。她坐在椅子上等他，他去洗澡。她听到卫生间水流很急，听到牙刷摩擦牙齿的声音，听到湿淋淋的脚丫塞进拖鞋里的声音。她伏在桌子上，无声地笑了一下。

他们对彼此的渴望如此有声有色，根本无从掩饰。

事实证明，再普通的酒店也没有影响他们的激情。他额头上的汗珠滴到她的脸上，还没有来得及擦干，她脸上的汗珠就开始往他的下巴滴。她从他的眼睛里看到自己凌乱的头发在狂舞，如果能静止一小会儿，她就能看到更深的地方，但是肌肤贴合在一起，汗水又太多了，闪着油腻腻的光，模糊了她的视线……好不容易混浊朦胧的眼前清晰了，他扯过被单，帮她盖住有点儿发凉的胸口，可是不一会儿，被单又慢慢开始起伏。

……

你快乐吗？他问。他明知故问。他的意思是："我让你舒服吗？"他期待地看着身下的女人，但她不想说，倒不是神秘莫测，她只是担心说了，会使她对接下来的谈话失去主动权。因为萦绕在脑海的比这短暂的愉悦更挥之不去的是，她需要一个说法。

"你爱我吗？"

"我当然爱你。这还用怀疑？"他捧过她的脸，她在等着下一句，然而，他已经说完了。

她真想继续问他："那你准备拿我怎么办？"但是，她相信他会笑着告诉她，你不应该让别人拿你怎么办，你是你自己的主人。你是自由的现代女性。她失去了勇气，当时的语境清清楚楚地表明，扫兴地问出这些问题的人，就是气氛破坏者，美好时光背叛者。

后来，很久之后，她明白，她之所以不继续追问，不是她自己改变了主意。而是他用那种能阻止她继续下去的眼神和肢体语言左右了局势。他是那种即使一言不发也能够明确表明态度的人。他表达得非常明白，她接受得也相当清晰。每一次，她盘算着要说一说什么，把他们之间的事情理一理的时候，他就能以类似于安全气囊的眼神，阻止她把那些破坏节奏的话弹出来。于是，一场非谈不可的话就这样稀里糊涂地结束了。

"我该回去了。"她对他说。这话通常都由她说出口。她几点来，几点走。他从不催促，从不表示着急，就算手机一直在床头柜上振动，他也不去看它，他知道她能适时离开。有次她想，如果在

104

亲热前就提出来走，他会不会挽留？事实上她没有给自己验证的机会。因为最渴望亲热的人是她，最舍不得离去的人是她，最需要把时间拉长的人还是她。有时她觉得要是她不开口，他们就会永远在酒店里待下去。她偶尔也会想，要是她转过身，假装睡着了，他会怎么样？他会丢弃掉他的风度，如热锅上的蚂蚁，还是正中下怀？她想是前者，所以从来没有勇气去验证。

刚刚进门，他的短信就到了：

"安全到家？"

"是。"

这点倒成了习惯：如果哪天早上没有收到他的信息，那一整天，她会如坐针毡、心烦气躁；如果哪一天晚上没有收到他的信息，她会辗转反侧、无法入睡。只要他的短信一来，她就会像了却一桩大事般释怀，好像这一天才真真正正地结束了。到了第二天，同样的情绪又会上演。在和周雷谈恋爱或者更早的时候，她有些时候会莫名其妙地觉得高兴，吃根冰淇淋，看场电影，逛街花一笔钱，有时候既没吃冰淇淋，没有看电影，也没有逛街买中意的衣服，可是天气很好，花开得很香，她的心情平静又自在，可是现在呢，似乎什么也不能让她高兴一点儿，花还是香味扑鼻的，服装店的衣服那么漂亮那么多样，街角各种小吃还是那么琳琅满目，可是她的好心情像是被一阵风吹走了，连根拔除了。

九

进入六月之后，天气不冷不热，大人小孩都喜欢周末出去游玩。余文真和吴利坐在公园的草坪上喝可乐聊天。

月城的建筑格式越来越显得混杂，在市中心的公园一角，赖着一圈徽州古民居住宅，这些住宅，以天井、高墙、青石镂空雕窗等为元素，外围的围墙高而单调，但屋檐处常有小精心。这些房子单个看一日即厌，好在是成片联结，白墙面，黑瓦顶，高低进退错落有致。倘若是明信片上，青山、绿水、白墙、黛瓦，尚有雅致和意境，但是，月城市中心这片建筑群因为年久，靠近公园的那一角，不知何年已被拆除，建成儿童游乐场，里面坐摇摇椅，投游戏币，高出来的残垣边挂着青苔，青苔下又倚着垃圾房。就算想象力再好，美与诗意也是踪迹难觅，而安在的，则带着一种古早的笨拙，虽不至人见人嫌，倒也算人见人惑，怎么这老破小还不拆呐！

"你进去过没？"余文真捅捅吴利。吴利斜了那地方一眼："最地道的在黄山一带，我们这儿，也是模仿抄袭来的。现在不作兴了，拆不掉的那些，住的是有背景的人。"

挨着这片徽式建筑的，是黄金地段、商业中心，单单拍下这幢楼，它可以是中国的任何城市一角，没有特色。

"这种没有特色也是费尽全力才模仿到的。"吴利一语道破。

"月城自己的特色呢？"余文真像是喃喃自语。

"我们没啥资格搞特色。"吴利耸耸肩，不再吭气。

余文真问吴利离婚的念头还在不在——生了病的男人心思扑在生意上，公司规模日益壮大，随着房价一天比一天高，资产一天比一天多，吴利一天比一天更无法取舍。就是这么个情况：犹豫不决。轮到她向余文真发问了："你跟广州那老家伙怎么样了？"

余文真没有正面回答，挑了几个细节：他介绍的法国女作家萨冈的书，他把额头抵在她额头的样子……余文真知道吴利是敏锐的，在某些方面，她比自己聪明一百倍。虽然简单粗暴，判断事物会直达本质，令人毋庸置疑，但她的话往往会一语成谶，因此余文真尽量挑选出别致的细节，希望能够令吴利改变对自己感情生活的预判。但是，即使小心翼翼抽举这些细节，还没听完，吴利的眉毛就一挑再挑，要发表看法。好不容易耐心听完了，说出来的话跟听第一次时是一样的："我百分百肯定，那个老男人就是在玩玩。"她一改上次那满不在乎的表情，也一改评价自己的婚姻时那带有冒犯性的戏谑语气，告诉余文真。

"你上次还说他不会再来。"

"来了他有什么损失吗？"

余文真问她为什么这么武断。吴利说："这方面你不如我想得透，他们是不在乎的，不光是你，条件更好的、更好看的，他们也不在乎。"她把烟灰磕到地上，"他们就是想玩一玩，能玩到谁就玩谁。"

余文真本能地点着头，表示接受她的认真指导，吴利停住，等她表态。她说："我要想一想。"吴利"扑哧"一声笑出了声，又叹了口气："想什么想？再怎么想一切都改变不了，你再投入，到头来也只会收获更多的伤。"她稍顿片刻，直勾勾地盯着余文真，"你要是高兴倒也罢了，可是，瞧瞧你自己这样子，装也装不像。"

"你说什么？"余文真讪讪地说，"我不过是喜欢万事都有结果——"

"有结果你就不会有疑虑，有疑虑就是结果。"

吴利咧着嘴，带着毫无恶毒的冷嘲热讽的表情，盯着自己的闺蜜："你想一想，男人如果找老婆，他会在门当户对上有要求，知识、学历上也都有要求，对于一个名牌大学的博士来说，你是不够格的，但是，玩玩嘛，只要好看就行了。"

"我长得并不好看。"

"还好。不是特别好看，所以才安全。"

"追求安全待在家里就是了。"

"长得安全又喜欢做白日梦，这是你被他捏住的地方。"

"我有自知之明得很。"

"有自知之明，所以特别能忍。"

"我不知道你在说什么。"

"你知道。你只是不愿意知道。不要说了，我做不通你的工作，我早就知道。你固执，看上去好说话、随波逐流，其实很固执。"

她的话如此难听，令余文真浑身不自在，像被裹脚布裹住了似的。她心里很抵触，嘴上气急败坏地说："如果你掌握了真理，你就不会自己的日子过得表里不一。你就是个表里不一的人。"

吴利耸耸肩，一副不计较的样子："你不是生我的气，你是在生那个老男人的气。"

一群鸽子在踱步，吸引过来一大群领着孩子的家长。鸽子无忧无惧地吃着孩子们手上的玉米粒。

"你图他什么？跟着他对你有什么好处？"

"人跟人之间只讲好处吗？"

"任何不对等的关系里都有利可图。"

余文真的脸色骤变。吴利一看不对，立刻插科打诨："知道了知道了，他那方面功夫厉害。"

"只有他重视我。"余文真垂下头，闷闷地说。

"你没考虑到对别人的伤害？"压抑的气氛使吴利也不自觉地压低声音。

"谁知道我的存在呢？"

"不知道也形成了伤害。"

余文真转过身子，不搭腔，但吴利的话还是震得她耳朵嗡嗡作响，走神的余文真仿佛灵魂从肉体里脱离出来，站在吴利身后，和吴利一起看着犯昏的自己那一副死猪不怕开水烫的样子。她那个表情，就像飞蛾扑火，明知光就是死亡，不知惧怕，一只一只，鱼贯而入，化为灰烬。

吴利见她仍然紧闭着嘴唇，不抵抗也不反驳，开始有点气急败坏了："所有的男人都是大坏蛋，但所有的坏蛋都需要你自投罗网。如果有人在乎你，你不会是这么个丧气样子。"

对于余文真的形象，许多人有不同的说法。妈妈光是一直强调她瘦了。单位的同事都说她"成熟"了。"成熟"是个暧昧的词，绝不单指外表，但余文真只把它往自己的面黄肌瘦上靠，也许同事们不好意思说她"老气了"，但是吴利一句"丧气"，算是精准到位。

"他每天给我发短信。"

"这叫钉心铆，就是心理控制术。他对你实行的是二十一天法则。任何一个存在，只要持续存在二十一天，就会变成习惯。他就是用这种方式让他的存在成为你的习惯。"

"我的存在也是他的习惯。"

"算了吧，占你便宜的习惯。"

余文真突然笑了一下，她笑是因为发现吴利从来都不需要为这些事情苦恼。据她所知，吴利经常会遇到这样的人——有魅力的人，外地人，她厂子里的客户，她拿捏他们，有时候可能也会动点儿感情，可这些事从来都打击不到她，她不会在这些事情上动像自己一样多的脑筋，也就不会被别人占到便宜，即使真的上过床，吴利也不会觉得被人占便宜，为什么到自己这里，标准就变了呢？

"被你气到不行了。"吴利叹一口气。

"你把他想得太坏了，即使所有的感情都以婚姻为目的，最终如愿的也只有一个。"

"你陷得太深了，快删了他的号码，及时止损吧。"

"我还是不懂……再说，删了有用吗，我已经烂熟于心了。"

"他反正还是会抛弃你。"

"为什么不是相反呢，他最终会选择和我在一起。"

"他有这个想法吗？如果有，你一定能感觉得出来。"

"如果是你遇到这样的人……"

吴利不客气地打断余文真："我不会落到你这个境地。"她说得干干脆脆，像是在讨论一件过时的旧家具，一瓶无效的防晒霜，或者一件旧胸罩。余文真生气地想，人人都对别人的生活指手画脚，觉得别人犯的错就是一根拦在路中央的树杈，挪到一旁就可以了。

那天晚上她梦见一个陌生的中年女人，她想那是他的妻子。她也穿着白色的浴袍，头发束在脑后。她的眼泡浮肿，一副刚刚哭过的样子，睫毛膏顺着面颊一直流到了下巴上，看上去相当滑稽，仿佛她刚刚还在歇斯底里地哭诉。余文真死死地盯着那个女人，好像只要眼珠子一错开，对方就会凭空消失。不久，她被这一幕吓醒了。

紧接着第二天，余文真又在梦里遇到了那位妻子。她四十岁左右，这回亮相很端庄平静，一副不知情的样子。她同时看到了两个敦实的小男孩的背影，那背影非常——亲切，仿佛此前见过。那个女人，呆呆地看着阳台上的两盆爬藤玫瑰花，旁边放着一本书。从侧面可以看到她鼻梁的轮廓，她是一个好看的女人，甚至很动人，此前余文真没觉得四十岁的女人能有多动人，但是她的下巴很圆润，脸上毫无瑕疵，就连她略略下垂的眼角也是动人的，因为她的眼角里没有怒气，也没有责备，而余文真隐隐觉得她在进入自己的梦之前肯定知晓一切。这个形象令余文真产生了一种羞耻感。她坐在阳台上看着玫瑰花的表情，让余文真想起阴冷的河水，结了冰的桥面上，孩子们起先玩滑冰，然后，转瞬之间滑到另一侧。

那一年注定是个不停歇的大灾年，七月的雨水非常凶猛，巷子里到处是东一摊西一摊亮光闪闪的水坑。雨点一停，调皮的孩子们偷偷溜出来，专门把脚伸进水坑里一阵猛操作，裤腿和鞋子湿透了之后被大人拧着耳朵拽回屋。

想一想，一年有三百六十天几乎都是分手的日子，但是，那些日子并不亮眼，甚至昏暗无比。在记忆里，仅有的闪光的日子就是在酒店的日子，其余的时间就是他的提示铃响起的一刻，在等待他信息的时间段，在属于他的特定时间内，任何与他无关的人的打扰都会使她恼怒。一切本来是生活中真真切切的人，如果在本该章东南发来短信的时候发来短信，即使给她带来好的消息，比如约餐、涨工资，甚至是有人给她邮递了礼物，只要不是章东南，体会到空欢喜后，她就会生出一股无端的恨意——很奇怪，她竟然不恨那个真正的主谋，好像她一恨，形势就会往更坏里去。

在吴利的软硬兼施之下，余文真终于答应和章东南断绝联系。向吴利做了保证之后，余文真决定消失。整整三天，她的手机全天关机，等到第三天凌晨她重新打开手机的时候，更令她痛苦的事情却是，除了父母、同学和单位同事的短信，他还是按部就班，每一天的早上和晚上，都向她发了早安、道了晚安，似乎完全没有在意她没有回复他一个字。

她的胸口像被一只巨掌狠狠地拍了一下，她能感觉到自己的脸颊在抽搐，随之而来的是一种没有边际的恐惧。她苦苦坚守了三天，换来的却是如此怪异的感受。那不是愤怒，不是失望，不是更加坚定的分手决定，反而是一种世界坍塌的恐惧。始料不及。

与其说两天前就决定分手，不如说第三天凌晨时分，她才明白自己没有准备好。

她在出租屋睡了两天，星期一早上刚刚走进办公室，办公桌上的电话响了起来，她像平常一样拿起话筒。章东南的声音。他没有寒暄，确定是余文真的声音立刻问道：

"你是不是丢了手机？"

"嗯？"

"你让我担心死了。"

余文真就像一条刚刚走失的狗正在饥肠辘辘地四处觅食，被乱棒追打得逃进死角，又被人一刀剁掉了尾巴，一抬头遇到了自己的主人似的，她立刻放声抽泣起来。整个办公室突然寂静无声，这是第一次，走路的把脚放在空中，接电话的捂住话筒，喝水的放下茶杯，全部用目光扫描着余文真。

"没事没事，丢了就丢了，我再给你买一只。"章东南在电话里发出快乐的笑声，像个得知自己高考满分的快乐少年。

一周后，一只新的三星手机寄到了她的公司。余文真把它锁在抽屉里，好几个月之后，才拿出来带回出租房里。

这次单方面分手，余文真瘦了四斤，她外套的袖管拍打着小臂，挽上去又掉下来，再挽上去，又掉下来，站在浴室镜子前，她对自己抻出来的锁骨大为惊骇，体会到什么叫"骨瘦如柴"。

但那不是最糟的，此后她的容貌一路变坏，就像一座前几年还完整无缺的木桥在一个冬天之后就突然颜色发暗，布满了划痕，甚至，桥中心的某一处木桥，突然松动，渐渐地，上面某一块木屑被捣蛋鬼用脚踢出来，落进滚滚的河流。在她看清未来一切的真相后，身上也发生过类似变故，但那还不是二十七岁的时候，是更晚的时候，是真正为时已晚的时候。

酷暑渐过，天空明亮，空气干燥，整个城市都在敲敲打打。余文真所在的办公楼在拆，清凉大桥在拆，服装三厂、四厂车间在拆，车间墙上的"奋发"与"图强"，屹立了三十年，一骨碌就没了，只剩下一些不屈不挠的钢筋还向天杵着，不过几年工夫，单车道变成双车道，曲里拐弯的小巷子似乎都拆光了，连一小截几百年的城墙都没保住。清凉寺巷的居民几乎全离婚了，最老的七十九，最小的结婚还不到三个月，也喜滋滋地把婚给离了，可是拆迁的消息一直没来。妈妈没搞鬼，没有假离婚，更没想过把堂侄们的户口都迁进来，住在附近的朋友们都住进了新房，使得她待在原地，就好像是因为犯了什么不可饶恕的罪。事情变得不正常、不对劲，沈国芳终于忍不住要骂骂咧咧、唠唠叨叨了。有一阵子她把视线从余文真身上转走，专门去打探拆迁消息，不过，每个星期六的上午她还是会跑到公园的相亲角去。余文真留在家里的照片被她分发光了，甚至连初中穿着校服的照片都被她散发了出去。但是，她没有找到看得上余文真的，甚至也没找到让她自己觉得顺眼的。

秋天的时候，章东南约余文真在东郊上塘古镇见面。余文真一直照镜子，越照心越虚，涂了一层厚厚的粉，出门前又加了一层，感觉更心虚了。为了让他惊喜，她做了他可能爱吃的点心，煲了汤，特意买了一只不锈钢保温壶，把点心和汤抱在怀里。她先是坐公交车，十站路之后车子渐渐拐向东，她意识到上塘古镇又属城东无疑了。公交车到了底站之后，她打上出租车。她只管按照攻略的路线走，她相信他把约会地点安排在那里一定大有讲究。尽管对他的感情一点儿没把握，对他安排酒店的能力她则毫不怀疑。

一路上，她盘算着如何对白，如何推心置腹地沟通。

"你离婚吧。"她会严肃地提出来。

"我不能。我有两个儿子要抚养。我不能不对他们负责任。"

"那我呢，你不爱我了吗？"

"我当然爱你。"

"那么，做个了断吧。家庭和我，你选一个。"是的，这就是一切的根源。她觉得她终于敢直视自己内心深处的渴望了，这个想法其实早就在那里，它一点一点地，在他每一条短信，每一个亲吻，每一次四目相对过后，渐渐成形，现在，它成了一个牢不可破的愿望，像一个洞，短暂的见面不可填满。我有这种谈判的勇气吗？她一低头，看到自己抱着保温壶的胳膊被挤压在座椅之间，她被自己的滑稽逗乐了。司机从后视镜里意味深长地看了她一眼，好像一下子看透了什么。他一定觉得一个年轻的女人独自出门，肯定与男人有关，肯定与爱和享乐有关。她想这些人的眼光真的很毒辣。她突然来了兴致，她很想把某个秘密交付给这个陌生人。她真想对他说，没错，你猜得对。她开始没话找话：

"今天天气不错哈。"

"嗯。"司机师傅从鼻子里哼了一声。还不错，他回应得很快。

"这条路你经常开吧？"

"嗯。"

她在心里默默地说，如果他问我一句，只要他表现出一点点的好奇心，我就会跟他和盘托出。她恶作剧般在抿着嘴。只要他敢问，我就听听他的意见，如果他需要更多的细节，我会和盘托出，把该说的不该说的点点滴滴都告诉他。她的身体内突然生出了一股力量，她探出身子，等着故事发生。

轮到司机开口的时候，他的话倾诉而出，像一只底部全部碎掉的玻璃瓶：

"妈的，过去这里鸟不拉屎，五万块能买一百个平方，这才几年，现在你瞧瞧，来了外地的开发商，圈起一大块地，到处打广告，搞个虚头巴脑的沙盘，就把钱骗进口袋了。"

"可是路宽了许多呢！"

"你瞧，到处是摄像头，卖摄像头的和管交通的是一伙的，罚款分成呢！"

过了一个路口之后，他又抱怨汽油太贵，抱怨空气污染，他根本不在乎这个乘客在想什么，去干什么，或者是不是准备跟他交心呢。就那么一会儿，余文真听出了他是什么样的人：终日坐在方向盘后面，一年也无法带家人出去旅行一次，他家里还有个年长的人患有癌症。癌症这几年频发，这个城市附近有一个镇是有名的乳腺癌镇，许多中老年妇女都患有乳腺癌，其次食道癌患者也成堆。据说月城医院的医生单凭就诊人员的居住地和口音，就能判断他们的病症。想想都可怕。但是，这些也不过是在口耳间的传言，科学依据嘛，还真没有。就算谁真的了解内情，也没有能力去解决。大多数的人，都在为生计忙得不可开交呢。

余文真想，这个人，此刻一定在心里盘算公里数和油耗。他的言谈全聚焦在芝麻大的点上，既无科学兴趣，也不是大义凛然的人，这就是一个深陷生存压力、怒气深重的人。很快，余文真靠在座椅上，闭目塞听。

拐了一个弯，向南去了。咦，难道这回不在城东？正想着，车子又拐回到向东的路。是啊，也许只有东边才有更多的新鲜感、更多的惊喜、更多的狂欢、更多的触动、更多的现代性、更多的不可把握。

五分钟后，书有"上塘古镇"四个字的牌楼赫然出现，一本正经的檐口、檐壁和额枋都刷着大红色的漆。车往里行，一条小溪弯弯曲曲……绕过石头亭、新栽的垂柳、砖堤岸、灌溉渠、打麦场、板桥……一切形似旧物，独独缺乏古意。下了车，余文真原地转了两圈，不禁哑然失笑，想起不久前电视上看到过的"打造千年古镇"的新闻，专家检讨说，浙江建筑审美走在全国前列，那里有维护良好的古村落古镇，全国的导演都争抢着去拍电视剧，既保留传统，又发展经济。接着专家畅想说，会有那么一天，上塘古镇的拱桥上会站满全国各地的游客，在刚刚新建成的千年古镇前，流连忘返……

简直荒谬了。

一溜排青砖白墙灰色瓦的房屋现于眼前，这些房屋坐南朝北，倒是符合古徽州建筑特色，户户配有门罩，用水磨砖砌出向外挑的檐脚，顶上覆瓦，注重内采光；以砖、石、土砌护墙；双开木门上面标着号码，门前几近空荡，她听得见自己走路的回音。她到达"上塘520号"房屋跟前。这一幢外观和其他房屋几无区别，推开贴着倒"福"字的朱褐色大门，是一个方正小院。院子一角有一个石头砌的鱼塘，里面有红色的鲤鱼在游弋。院墙边一排韭菜花，调和了整个院里的色调。院中一棵未长成的苹果树，正面是一个走廊，走廊中摆放着茶具和藤椅，窗台上挂着一串红辣椒，一串金玉米棒，一阵风，玉米棒飘扬了下，暴露出塑料本质。她穿过院子，进去，是一个长形回厅，与大厅紧连，走进明堂，有天井采光，右侧一扇门是虚掩的，上面贴着便利贴：往里来。是他的字，她的心瞬间加速跳动起来。一股微微的喜悦贯穿她的全身。那还是去年，她说她非常喜欢徽式建筑，将来要是有钱了，要去乡下买一块地，造一个迷你型徽派别墅。

"就算拥有一晚，也一定特别开心。"那不过是信口开河，全然的痴人说梦。

一间简洁的堂厅，中堂上挂着梅兰竹菊，传统的圆桌面，房梁上挂着两只红灯笼，两侧的木桩雕饰着龙与凤，高脚茶几上有一只红色的招财进宝猫，第一眼装模作样，第二眼就肃然起敬，有一脚跨进另一个时代的错觉。她正观望，他的短信到了：继续往里走！

厅右侧第一个门槛进，是一个小小的厨房，灶台上放着一只不锈钢蒸锅，中间是一张十厘米厚的实木大桌，桌子里摆着整齐的餐具和热水壶。厨房里弥漫着淡淡的蒸馒头花卷的香气，余文真情不自禁地停留，想坐下来，想揭开锅，想打开橱柜，想倒杯热水。

不要停。他的短信说。从厨房出来，继续往前，是一个卧室，推开门，一张挂着白色帷幔的床。他倚靠在床头笑吟吟地看着她。

她整个人似乎突然浸透了温情，像倚靠在小时候巷子里的煤球炉旁，享受热气，直到满脸红光。

事后，他点了一根烟，一只手搂着她，一只手弹着烟灰。慵懒的情人的窗外正临黄昏。有鸡的归笼声，有狗的叫声，还有孩子的嬉戏声。但是，他们什么也看不见，什么也看不见他们。

她告诉他前几天晚上的一个梦。她梦见生了小女孩，穿着蓝色罩裙，眉眼跟他一模一样，她坐在板凳上等着妈妈喂鸡蛋。她捏着小孩儿柔和的小手，充满着幸福。

"哈哈，我也想要个女儿，我可喜欢女儿了。"他搂着她的胳膊用了用力，她猛然领悟到他嘴里的"女儿"的歧义。

"真像梦一样。"她喃喃地表达。这是实话，此刻她比过去一年多的任何时候都要安静、满足，此刻不虚。

"我也是。"他说。

他手腕上一只百达翡丽的表，恰好余文真知道这个牌子，她多看了两眼。

"不贵。"他说，"有一年的黑色星期五刚好在美国，特别便宜，就买了。"

119

"那种抢购盛况一见难忘。"他开怀大笑，露出爽朗的天真笑脸。他大笑的时候张着嘴，眼睛尾部皱纹扩散得很远，双颊因而变得更圆润，笑意继续弥漫，使下颌的棱角不那么分明。有一条短信提示，他走到窗口，说眼睛不行了，他低下头，露出头顶的白发，他很放松，自然地展示着他并不精致的一部分。

"给我讲讲你自己吧。"余文真说。

"我呀，无趣得很！"话虽如此，他显然处于一种相当高兴的情绪之中，为了不扫她的兴，他告诉她，他小时候就在这样的四合院里长大。他还有一个龙凤胎妹妹。"上次没告诉你?"他的叔叔也生了双胞胎，所以到他这一代，生了双胞胎儿子，实在是情理之中的事。他必须承认自己的父亲是个心地很好的人，对世间所见之物皆怀有悲悯之心，但是最爱的还是他这个长子。与母亲离异后，他再婚，但仍然践行承诺，把毕生的积蓄都用来供儿子上大学。他虽是军人，但对人礼貌，举止优雅，对他人受到的苦难，无论是面上的还是心里的，都能一眼看穿。一直到今天，他身上全是慢性病，但是每次通电话，一直会找芝麻大的喜事分享。有一年他去看父亲，发现父亲的腿又肿又黑，跟屋外的两根树木没什么两样。

"再婚的父母对原生家庭的孩子来说总是处境尴尬。我每次去看父亲，父亲别扭，后妈别扭，我也跟着别扭，所以没有拿父亲的家当自己家的感觉。妈妈呢，当然也有自己的苦衷，她倒没有家庭上的牵绊，但是执着于自己的事业，尝到了很多难以想象的苦……不幸婚姻给孩子带来的伤害，真是一言难尽！如今妈妈在帮着小妹妹带孩子。请妈妈带孩子是我妹妹的良苦用心，目的是转移她的注意力。毕竟她的一生充满辛劳，做一件根本没有成效的事，做得越多，遗憾越多。妈妈一生都在尽力做有用的人，帮着教育孙女、遛狗、做糯米糍粑。但是她做什么都像是临时性的，好像随时都在准备回到自己的老本行，虽然那几乎没有什么可能性。一切珍贵的都已经被时代的洪流冲走了。"

"那么，你是不赞同父母离婚的？"她盯住他。

"他们那种情况，不离婚只会更糟。"

"所以，你支持他们重新寻找幸福？"

"幸福？那是多么……"

他沉默下去，眼神开始迷离。

"你烦了吗？"他想起什么，急切地问，问话时调皮地抿了一下嘴，像是驱赶不快的记忆。

"没有，"她说，"我没烦。我喜欢听一切跟你有关的故事。"

她真想对他说，你什么样子都能赢得我的好感，你的手指很吸引人，你抽烟的样子，你滔滔不绝的样子……她想告诉他，发生在他身上的一切都使她喜悦。她对相貌文雅、长相壮实、举止体贴的男人都有好感。有些人即使年过半百，在冬天的雪地里，他们步态艰难，像是随时会滑倒，但是见到人都会微微一笑，总会令她想起他来。人的魅力不在于年纪，而在于他所呈现出来的样子，因为呈现出来的样子是他心灵的反应。她想说，我理想中的男人，就像你这个样子，年纪有一点点大，但不老；走过许多地方，见识过许多东西，却又像现在这样享受简单的花卷馒头和山野，笑的时候这样自得又温柔，说起话来这样漫不经心又亲切……

余文真告诉他：

"我现在租住的老巷子里面住着许多脾气暴躁的老人，他们白天谈拆迁，晚上跳广场舞，似乎生活里只有这些事。"

"人跟人是不一样的。"

后来，他不再说话，他点燃一支烟，又点燃一支。余文真意识到他的烟瘾有点儿大，但她愿意看到他舒舒服服的样子。他松弛自在的样子让她觉得自己有吸引力。

"你想我吗？"她贴着他的胳膊问。

"当然。"

"有多想？"她接着追问。

"嗯？"这不像她，他愣了一下，即刻察觉到自己的不自然，加大音量说，"不非常想的话，怎么会过来？"

他的话促使她的担忧一点点减少，勇气一点点增加。"我想和你在一起。"

他看了她一眼，觉得这话很多余。

她出其不意地补充："我是说一起到老。"

"像这样，"他笑出声音来，"这样光着身子白头到老？"

他留意到她的脸慢慢变白，她的手臂在颤抖，他收住笑，清了一下嗓子，敛声说："即使鸟语花香的世外桃源，人也是不自由的，我们做不到了无牵挂，是不是？"他接着说，"我会时常找机会带你到处走，好不好？"

她的眼睛看向窗外，一只小水缸在窗外的墙边，里面是半缸雨水，水面倒映着一小片蓝天，轻波使天空深远，有灰鸟一跃而起，扑腾着向远处去。她心里明白这景致并不使她有丝毫欢喜，且不说眼见的样样东西都是照葫芦画瓢搞了个变形的外壳，里面，这床、这梳妆台、这吊灯，都变了味，那一刻，余文真忍受着某种迷茫的折磨，但是这种痛苦如此有形有色地扑向她，在这欢愉时刻，它下落得格外迅猛，连假装都无法假装；可是她又发现自己内心并没有特别强烈的要打破某种格局的欲望，换句话说，她宁愿继续忍受下去，如果不是这种难以分清的情绪促使她必须做点儿什么的话。

"你必须做一个决定了！"两年多来，这是她唯一一次想要坚持一个话题的时刻。这几个字到底吐出来了，她目不转睛地盯着他，好像眨一下眼，他就溜了。

"什么决定，离开家吗？"

"是的。"自尊令她赶紧加了一句，"或者咱们就不见了。"

空气一阵停滞。这一尴尬时刻还是来了。在她的逼视下，他的眼神渐渐变得空茫——似乎没有明白，似乎不知所措，但是很快，他抿了一下嘴，清了一下嗓子，就是这么一嗓子，已经令其真实的想法悉数表露。

"然后呢？"

"什么然后？"

"然后王子和公主过上了幸福的生活？"

他说："我们这样子在一起不是很幸福吗。你真的在意那些东西？"

"是。"

"但是对于一个被家庭和事业死死困住的中年人来说，我还有这个资格吗？"

"这不是资格问题，既然已经在一起了——"

"这当然是资格问题。有没有资格，不是你说的算，也不是我说的算，是社会，是命运，是生存。"说完，他的脸面对着余文真，迎着她的目光，他的脸上没有一点矫揉造作，好像这些话他准备了很久，思考了很久，好像这些决定不是他做出来的，好像老早就有那么一根隐线，而此刻，无非是掀起衣服，让人看他藏在衣襟下面的线头罢了，好像他这么一说出来，问题就已经全部得到解决。

她看着他的一系列的动作，使劲眨动着眼睛，他没有再给她更多说话的时间，掀开被子，下床，理了理衣服，进了厨房。愣了片刻，她的脚步不由自主地跟了过去。

厨房里蒸馒头和花卷的香气愈发浓郁。这香气唤醒她的味蕾，但她用眼神哀求他，至少这会儿不要去惦记那食物。他四处走动，打开橱柜，翻过来一个茶杯，倒了一杯温水，咕咚喝了个杯底朝天。他的喉结在欢快地动。

他回头看了她一眼，倒了一杯递给她，之后，走到灶台揭开锅盖，除了酒酿馒头，锅里还有豆沙花卷。他端出来放在桌子上，在一只板凳上坐下来，他的眼睛恳切地示意她坐到他对面。她无所适从地看着他，越发觉得喘不过来气，她的目光在寻找窗户，寻找窗户把手的位置。他留意她的举动，轻轻地说："这里是乡下，还没有被污染，到处都是新鲜空气。"太阳日渐西落，榆树落下重重的阴影。不知哪个方向的房子里，有一条被关着的狗，扒拉着门，发出刺刺啦啦的声响，它低沉的哀嚎通过门的缝隙隐隐约约地传来。换句话说，他一眼就能看穿她在找什么，仿佛他们从来都是如此心有灵犀。但他的话题永远避开她想要的，无论是内容还是气氛，他让她无法好好地、认真地说出她的愿望……换句话说，他早就理解了她的需求，这就是他的答案——找到一个这样的地方，来过上这么一个下午，避开真正的生活。余文真垂下眼皮，不再挣扎。可悲的是，就在此刻，她的身体再次毫无征兆地充满了欲望。即使才刚刚得到满足，新的欲望又充盈在身体里，而这一切，全然被他尽收眼底。不久，他吃完了碗里的点心，牵着她的手往卧室去，到了床前，她顺从地跟随着他的指示再次仰面朝上。

在余文真看来，她俩的关系陷入停滞，但是，在他看来，这种迎合，算是再次默许，仿佛他用力攀登，不是为了享受顶峰的风景，而是为了得到她的首肯，首肯这种非法无情的关系继续保持。

回城的出租车上，余文真一动不动地倚靠在车窗上。从一上车，她就没有看司机一眼，她带去的点心和汤盒从头到尾没有打开，现在又被原封不动地带了回来。车子快速地带她远离暧昧地带。正是这种速度带来的时空转换，把她从粗糙的民俗和生造的古意中带回繁杂而真实的街道，那些刷着新鲜白漆的民居后面仍然住着毫无现代意识的农民，他们任由开发者摆布，今天搞成这样，明天搞成那样，无非是听信自己能从这些改造中带来些许好处，他们自己的东西呢，猪呢，鸡呢，不合游客的卫生要求，那就没有。所以一点儿也不真实，也不亲切。进入那里，再出来，她像一个隐形之物，悄无声响，此刻愈发觉出自己的滑稽。对于他，幽会只是生活的一个组成部分；对于她呢，幽会是挑战死水一般生活的战场，是破冰行动，是新生活的幻想。

真像个玩笑，她想笑一下，可是泪水却无声地滑下来。一切如此了然，那举着尖刀再三刺到她尖叫的，正是这个捏着蜜枣，让她尝尝甜不甜的人，再无他人。突然而至的愤怒令她浑身无力，每回味一处细节，都好像是对她的挖苦和嘲笑。她恨他。如果车子这会儿转过去，并且方向盘在自己手上，她一定会毫不犹豫地冲向他……

第二天上午，上班的路上，她接到章东南的电话，像是要把她从深水里拉上来，他东拉西扯地说了许多，十来分钟之后，他已经开始谈托尔斯泰了。关于托翁，他的远见是这样的："托尔斯泰早就告诉我们，一切的事件都是遵循着客观条件而发生的，许多的事迹大部分都是后人夸张传颂而来，而所谓的英雄人物也不过是因为他恰好处于那个位置。"对于拿破仑，也被拉下神座屈服于社会规律，他打趣地说："他活动的全部时期就像一个孩子，他抓住拴在车内的带子，还以为他是在赶车呢。"

她不懂他在说什么：这跟我们有什么关系？跟我此刻的痛苦有什么关系？

"心情好些了吗？"他问，然后期待地等着。不得不说，这个人的声音一直以来都非常好听，尤其在谈到擅长的事情时，抑扬顿挫，低沉流畅。他的声音胜过她从清晨到夜晚，从小巷到单位，从南到北所听到的一切声音，没错，这是事实，但这动听的声音里已经暴露出严重的缺陷，那就是——无情。愈动听愈无情。

暴风雨说来就来。先是刮起一阵狂风，接着闪电划过漆黑的夜空，好像一个丢失了婴孩的母亲痛苦地尖叫，左冲右突的电光，一道接着一道，飞快地闪现在苍穹，仿佛被施了魔法的狗，对着黑夜狂吠不止。电光照耀之下的城市，像无法躲藏的囚鸟，只能忍受一次一次又一次的扫射，接着雷声轰隆隆接踵而至。雷电像一对至死不渝的组合，从东西南北左右上下对城市进行全方位夹击。那些平常日子里坚固的高楼和大厦，这会儿木讷而懦弱，束手无策地承受着，没有一丝迹象表明它们会反击。随后瓢泼大雨倾泻而下，砸在窗户玻璃上，发出叮叮咚咚的巨响，每一滴都有击穿玻璃的可能。雷电交加。大雨下了整整一夜，直到天亮时分才停下来。电不知道什么时候停了。余文真借着微光看到窗台和墙面湿漉漉的，地上汪着一摊一摊的水。出巷口一看，一切都被摧毁了，自行车歪在水坑里，旧房琉璃碎片戳在花坛的外沿，昨晚的末班车就抛锚在十字路口的左拐弯处，一只水泥电线杆歪成四十五度。再看着路过的人，也不觉得困窘，还有些幸灾乐祸的样子，仿佛只要没砸到自己床上，就不与自己相干。

余文真绕过电线，绕过水坑，绕过断枝，站在吴利面前。一句话也没说，吴利在接触到她眼神的第一秒，就看出自己的朋友又遭受了一次打击。"就像被人抽了一百鞭子"。

在吴利的陪同下，余文真去电信公司更换了手机号码，注销了私人邮箱，同时申请调了职，去了公司人事部员工培训处，那是一个非常边缘的小部门，只和新进公司的员工打交道。余文真交代办公室同事，如果有人找她，就说她已经辞职，或者远离月城。"怎么说都行，就说不知道更好。"她如此坦诚地交代，不惜暴露自己有情感烦恼的隐私，大有不断不快的决心。

十

清凉寺巷拆迁的事终于尘埃落定。

巷子里的人，平时各种小小不睦，但是为房子合力与上面斗争，团结了至少五六年之久，为着实现共同目标的团结，就像用白布把沙发呀桌子呀都罩起来，表面上干干净净，清清爽爽，甚是和气。如今整条巷子集体搬进了南新桥的"四季阳光"。现在回头看，争也罢，斗也罢，给他们的选择并不多，或者说没有。他们口口声声说不肯再往郊区去，不肯再退让半步，可是，等到搬迁合同一签，他们便知道，就算送到东郊，他们也无计可施了。"幸好没那么远。"他们自我安慰说。余文真心里想，他们但凡真的去东郊走一趟，就会知道东郊俨然大上海。各家安置好，开始走动时，渐渐了解拆迁里的门道，比如，有些偷偷去送了礼的人，分到了好的楼层，觉得理所当然，所以不觉得意外惊喜，那些以为无有通融的人，凭运气分到了心仪的，本来应该高兴几日，却因为知晓些内幕而疑虑重重。最积极最难讲话的许姓邻居，暗地里肯定没少折腾，不然怎么可能分到接地气带院子的一楼？如今养花种菜，还没滋润几天，发现满院子里香烟头和塑料袋，开头觉得是偶然，后来想明白是老邻居们在报复。气极、抗议、理论，没什么用，到居委会去闹，三言两语打发回来。威胁要换房，白纸黑字红章，哪里能更改。"素质丢给狗了。"凭自己的坚韧，他天天仰着脖子闭着眼朝上面吼叫，有一日连叫数小时，以为震慑住人家了，第二天起来，院子里塑料袋、烟头、擦过的纸巾还是应有尽有。

　　这些昔日老兄弟见了面，三句话不到，便开始指桑骂槐、冷讥热嘲，"四季阳光小区"突然成了"钩心斗角大城"。本以为脱离了清凉寺巷，才发现差不多样样照搬而已。余文真家是七层楼中的四层。四户人家共享一部电梯。东边户，朝向好，客厅也够宽敞，虽然面积一样大，可是结构巧妙，没什么浪费，不像西边户，冬天冷，夏天西晒，眼睛刺得睁不开，挡个厚厚的窗帘，又十分影响采光，后悔得见人就叫唤。沈国芳也装模作样地喊冤，怕邻居生出嫉妒心。搬家的时候，余文真没参与，她回来的时候，房间分配结束了。一百二十平方米，妥妥隔出三个卧室。南边的两个分属父母和弟弟，北面的最小，只容纳下一橱一床一桌，余文真自然而然地拥有了这个屋。她进去的时候想，如果她一直在，会不会还是分给她这个屋。想了一秒就得出了肯定的答案。她耸耸肩，一屁股坐下。不知道为什么，看着父母高兴地在屋子里窜来窜去，她却情不自禁地想起城东酒店玉石绿的真丝面料壁纸。她无法跟快乐的家人同频了。不兴奋她自然也不表现出来，就是这种凹型性格，就好像一只被上了发条的钟摆，一旦摆动就会继续摆动下去。小区围墙外，是一所农民工子弟小学。孩子们从早上七点多到晚上五点多，会在操场上奔跑、追逐、厮杀，他们的声音时而熠熠生辉，时而又像小蝌蚪一样纤细、柔弱，惹人爱怜。

再远处，是挨着小学的一排排简易棚，闪闪发亮的不锈钢支起四个角，顶上盖着防雨布，起先十多间，并不显眼，到了九月份突然增加到两排四十多间。一辆辆中型货车在仓库进进出出。一车车的彩钢夹芯板、隔热材料、铝合金、铝塑板运来，堆到水泥地上。

有时候深更半夜，那片区域仍然灯火通明。妈妈说那是一个棉纱中转库，专门在网上卖货。

有一天夜里，余文真被一连串汽车的喇叭声惊醒。她掀开窗帘看出去，一长条车灯，一辆接一辆，车灯连绵向前，闪烁着耀眼的光芒，这光芒占据了全部的视野，整个世界宛如小行星。空车迅速行驶的哧溜声，超载巨物的汽车起步沉闷的咔嚓声，失去耐心的喇叭被愤怒的拳头砸响，嗷嗷嗷。

余文真吃惊地拿起手机拍起了这个奇景。很快，这所谓的奇景就成了常态。先是有同事也在网上注册了账号开始卖货，再就是有朋友穿着月城百货商场根本没见过的款式别致的衣服，在眼前晃来晃去，她哪儿都没去，她在网上买的。

前年，淘宝商城的"双十一"还像一个笑话，是对单身人士的善意嘲讽，淘宝销售额达到了五千万，第二年的数据竟然迅速窜天，到第三个年头，卡车货车面包车进进出出，吵闹声变得司空见惯、见怪不怪时，无所事事的余文真也注册了淘宝账户，官方目标是五十亿。人们一方面觉得商家疯了，一方面又凑在一起研究如何下手。唯品会、京东、苏宁易购也悄然效仿。

网上购物风行，小区的守卫兼干取包裹的工作。六十多岁的老头艰难地寻找快递单号上的名字，累得直喘；单位里的门岗同样被来自全国各地的邮包堆满，纸箱子东倒西歪，令保安制服也失去了它的庄严性。那些令身边所有人兴奋或沉迷的网购，余文真丝毫没有融入进去的冲动，她最近养成沉思反省的习惯，但是又总是卡在某个关键的节点无法挪动——想搞清楚"爱"还是"不爱"。

她和章东南并没有完全断绝联系。在她更换手机、更换部门，以为与过去完全了结之时，收到了他的邮件——她只有工作邮箱没有更换。在诸多工作邮件里，夹杂着他十多封邮件。从第一封到最后一封，由最初的关切、诧异，到装模作样的不解和愤怒，但只有一封令她缴械投降。他在信里说：我病了，病得很重，我祈求能见你一面，哪怕是最后一面。她回信问他得了什么病，他说见到你就明白了。

她才发誓没几天，这会儿却又在去往旅馆的出租车里。她觉得一切都太慢，车轮子滚动的声音像在打喷嚏，交通信号灯也卡壳了似的，她的心倒是跳得快，"咔嚓咔嚓"震得车窗晃动。

她没有看到他有一丝病症的痕迹，倒是她自己，越来越体弱，随着身上的肉全部被消灭，脑子里的神经突出来了，她常常会无端地觉得周围太吵。"已经退到郊区了，再嫌吵，只能住深山老林了？"妈妈不理解她一直戴着耳机，事实上耳机只是个摆设，她需要假装没有听到妈妈那些声音：喝水的声音，咂舌的声音，拖鞋摩擦地面的声音，对女儿的担忧……余文真抗拒一切。

　　见到安然无恙的章东南，她已经无力追究。她没有丝毫挣扎就缴械投降。纵然为了这次见面，章东南玩了苦肉计，打起了苦情牌，却仍然没有给她期待的承诺。到目前为止，酒店是他们关系的全部。她看着他那没有受到损伤的眼睛，一种非常不愉快的感觉罩住她。她明明白白地恨他。但同时，她又变得无力。切断了与他的联系，也产生了被世界抛弃的幻觉。折磨着她的欲望并没有因为过量的痛苦而丧失，完全没有。他一伸手，她就顺势倒到他怀里。相见时，身体把一切泄露出去，她像一条猎狗扑在猎物上，一切又回到了他的节奏。他来，他走。她没有赢。赢的是猎物。

　　余文真失眠愈发严重。她觉得，之所以无法好好入睡，跟这些车和仓库有很大的关系。而这些日夜不歇的进出货车也招致了邻近仓库的业主的投诉。一大早，余文真出门去上班，远远看到老人们蓬头垢面地站在物业管理处门口投诉。投诉这个词充满着庄重，是这一两年频频出现在嘴边的话，余文真的妈妈也屡屡使用它，借由"投诉"这两个字，人们的表情就凝重而优雅了些，不似"抱怨"一样不计后果，单单"抱怨"什么事的时候，佐以污言秽语一股脑儿向外冲。"投诉"就高级多了，他们挡住了急于上班的车辆，也会礼貌性地往路牙边让一让。物管处的熊主任无奈地摊开手说："这就好比飞机从头顶飞过，你嫌噪音扰民是一样的道理啊，我们管得着吗。"

　　十一月中旬，余文真就以"好吵"为由继续在"小留"过夜，十二月都过去了，仓库也恢复白天开工了，女儿还是走亲戚一样。

终于，沈国芳开始嘀咕了："家里这么宽敞，你还要花那冤枉钱租房。"她告诉别人自己的女儿在城东开发区上班——她隐隐发现，用那地方可能糊弄过去，可是邻居们一看到余文真这违背常态的样子，猜测她跟男朋友同居，或者干脆已经私奔了。

"我倒是想。"妈妈把这些转达过来的时候，带着一种显而易见的怨气。

但是，女儿隔几天没有消息，她就会三番五次打手机，拐弯抹角地让她回家。如果余文真懒得接，妈妈就会指使弟弟打，再不接，过个一两天，爸爸那老好人的不自然的声音就会从手机里慢悠悠响起。

虽有中转仓库火速扩建成"物流中心"的干扰，"四季阳光"到底跟清凉寺巷是两个天地。没有苍蝇从早到晚在灶台绕扰，没有邻居咳嗽，没有邻居打呼噜，没有邻居炖羊肉，没有邻居打小孩——这里的邻居孩子肯定也是要挨打的，不过楼房隔音效果大大增加，糟心的是郊区风沙大得惊人，早上开窗透气，到了晚上，窗台上一层厚厚的浮灰。小区四周全是建设中的房子：一幢酒店式公寓，一套三十多平方米，据说值三十万；小区南边在翻新小商品批发商城，一半拦了施工网，一半已经在试营业，里面的老板伙计都是福建人和广东人，叽里呱啦的轻声慢语，一不留神，竟有远渡重洋出了国的恍惚感。小区里面有个中心广场，白天还好，到了傍晚，小区被分成五六个区域，一片跳"凤凰传奇"，一片跳"鸿雁"，另一片跳交谊舞。但凡不下雨，晚上六点到七点左右，笼子里的这些人准点把时间奉献给了尘埃落定的马路，把冰冷的马路踏踩得热气腾腾。站在最前排的当属领袖，跳得最好，也最热心，遇到新舞步，不厌其烦地教。余世福和沈国芳，市区街巷窝了大半生，乍来到广阔天空，似乎一时不能适应，常常从窗口向外探望，听不到人说话，他们目光呆滞，无所适从。到了傍晚，他们换了人似的，精神十足地出门，哪里人多往哪里窜。大家说得最多的还是房子。听到有人说"四季阳光"地段好，绿化率和得房率都不错，将来肯定要增值，他们回来会高兴好一阵子；改天又有人找出这个地段的坏处：不仅有批发仓库吵人，而且离墓园还有点儿近，墓园还有扩大之势——他们会为此连着郁闷好几天。但是天黑出门与老邻居相聚，成了惯例。观察久了，余文真发现所有的广场都灯光偏暗，自上而下，看这些老年人的头皮，有点儿像在铁锅里炒花生，炒着炒着，每一粒都不在原来的位置上。

临近元旦前的最后一个星期天下午，社区排练秧歌，人力不够，沈国芳也被邀请上阵，他们换上统一的服装加班加点排练，锣鼓一俟敲响，鼓点轰轰像巨大的针一点点往余文真的脑门上扎。她把整个脑袋扎进枕头里，听广场上不知疲倦地轰炸，体会这些老迈之人在空无一人的舞台上神采飞扬。

晚上七点多钟，排练声停歇，不是余文真愤怒的哀求，是雨，一场大雨帮了她的忙。雨猛烈地击打在阳台上、窗玻璃上，也顺便把广场上老人们的浓痰冲刷干净。这帮人不肯离去，挤在狭小的凉亭里，结果两个组员发生争执。余文真仔细听吵架双方的声音。很奇怪，男人们的声音总是低落、做了亏心事似的只求简短，而女人们的嗓音洪亮、激情高昂，就算凉亭阻隔，她面前不由自主地浮现起脖子粗壮、头顶白花花的中年妇女，像唱美声一样声嘶力竭。

再次见到章东南，已经是来年夏天，那年春天余文真频繁感觉眩晕，单位体检又没发现什么状况，医生只交代说要加强营养，不要熬夜。有一次，在下班的公交车上，余文真突然感到一阵天旋地转，随后一头栽倒在地，头磕在椅背上，当时车速平稳，一切正常。送医后，额头裹了纱布，眼角涂了碘伏，妈妈拍了照片去代她向公交公司索赔：误工费、精神损失费、整容费，公交公司跟余文真看法一致，都认为是当事人自己的错，想把沈国芳的耐心拖垮。刚好月城城市频道学习省台，开通了新闻直通车，一帮子年轻力壮的小伙子们扛着摄像机到处找新闻。他们接到沈国芳的电话，开了一辆面包车过来，竟然找到一辆停在路边的公交车，让沈国芳上去重现余文真摔倒时的情景，到时脸上打上马赛克仿照成当事人。沈国芳彼时已经开始发胖，身体臃肿，摔了两三次，一次比一次艰难，一次比一次痛苦。摔到第四次，越来越有状态，俨然她本人正是那个无助的乘客，被暴躁的司机一脚急刹车，从车子尾部直接甩到前部。沈国芳摔倒的镜头被剪辑成三秒预告，在城市频道甫一播放，公交公司立刻预感到不妙，当即派出谈判代表，很快赔偿了五千元，沈国芳拿了钱，摁了和解手印，这才罢休。

初战告捷，沈国芳把五千块钱存到了一张存折上，放到余文真的房间。因为二十八岁还没有结婚这个事，沈国芳悲壮地说起了钱的用途：养老！

"不是自己的钱，拿什么嘛！"余文真小声嘀咕。

"那些贪官，大明星，只要在那里比画几下就能拿到成千上万的钱。上个月，电视里说的那个贪官，家里搜出来的钱数坏了好几台验钞机，你这一点儿算什么？"妈妈的嗓门逐渐加大，简直要重现前几天的义愤填膺。

余文真没敢继续顶嘴，她把那张红色的存折放进了抽屉，过几天拉开抽屉找个什么东西，一眼就看到了它，她拿一个笔记本盖住了，可是第二天，她偏偏又需要拿这个本记一些东西，刚刚拉开抽屉，想起里头有存折，她缩回手，可是抽屉怎么也关不严。这区区五千块像一块沉重的巨石使余文真难以心安，连带那张写字台都变得暧昧。有时候天色暗沉，它的影子又厚又重，沉默无声地立在那里，两个抽屉拉手像一双眼睛，对她的不劳而获挂着讽刺和审慎的凝视。

弟弟不知道从哪里学来了四个字——"不婚主义"，他站在厨房门口学给妈妈听，好像在不知不觉之中，他也深陷姐姐未嫁的困扰，说出这几个字的时候，母子俩心照不宣地看了一眼余文真的房间。

在这个鬼地方，任何主义都是笑话。余文真想，"顺从主义"才行得通。虽然家被称为所谓的避风港，可是，它才是时时刻刻提醒她失败的地方。

此后不久，章东南来到月城，他送了她一个新款iPad。那次分别，他送余文真出酒店，酒店隔壁是一家蛋糕店，余文真突然想起来那天是余世福的生日，她随口一说，章东南便陪她进了蛋糕店，指着橱窗里最大的蛋糕要买下来。

"别，"余文真说，"我爸爸知道那绝对不是我的风格。"

"你们不过生日？"

"我们吃面条。"

"从来没有买过蛋糕？"

"没有。"

"那就换小点儿的。"

"他还是会怀疑的。"

"他不会。最小的，可好？"他站在蛋糕店前的电线杆下，歪着头轻声地讨价还价，这于他们之间是非常态的事，余文真被这非常态的事迷住了。她说："就不。"

他搂住她肩膀的手腾出来轻轻地弹了一下她的脸："真的不行吗？"他嘟起嘴，那口气里的失望简直像七八岁的孩子。

他到底说服余文真买了一个精致但不便宜的蛋糕。他问店员要贺卡，要蜡烛，还用彩笔在贺卡上写下了"生日快乐"几个彩色艺术字，乍一看，就像印刷在贺卡上的。这是一种不常见的细致和浪漫，她想象他每一年的某一天都会替某个女人订生日蛋糕，写下生日祝福，突然想哽咽，她把头别过去，尽量不去想这件事。

"你要孝顺你爸。男人没你想象的那么强大、那么勇敢。"他说笑着把笔放回桌子。他几乎是拥着她在路上走。终于和他在酒店之外的地方见面了，有个声音对她说，忍耐是值得的，温柔知足能够感动人心。当然，她后来明白，这是为了彻底的告别。在他心里，那已经是最后一次了。纵然当时余文真骨瘦如柴，但是那一秒，她觉得自己可以走很多路：一千米，两千米，十千米，一直可以走到天亮，走回自己的房间。

在等出租车的最后几分钟，他告诉她说他要出国公干。"三个月，"他说，"也许我回来的时候你已经大变样了！"余文真觉得那是一种试探，是怕失去。她摇摇头说我不会变，我会一直就这个样子。

"变是好事呀！我肯定无权干涉你的呀。"他说这话的时候看着别处，相当明显地露出他不敢面对的意思，单单那一刻，他像是不经意露出以前不曾露出的一面：灰暗、无力、做不了主。

直到很久之后，余文真才理解了这种指令：你开始新的生活吧，恋爱吧，结婚吧，不然我没有借口离开你呀。后来她承认自己其实已经听出来了但努力装出完全不懂，因为怕失去或者因为拒绝屈辱，当时无法分清，事后变得不重要了。长时间的分离，难得的见面，她所有的精力都用于呈现最好的状态，她想表现得落落大方，不卑不亢，愈发有魅力，能应付当前局面。事实上她的状态越来越差，有时候她感觉自己快要死了，死于对这段关系的误解。在他走后很久，她的心头再次升起对他的憎恶。她明白他在耍花腔。但是，她丝毫不感到惊讶，他施展这种聪明和技巧是行家里手，和他的关系一定会以他需要的方式结束，既出乎意料也算是合乎逻辑。

"三个月，没法发短信，也没法打电话了。"他说。

"可以写邮件。"余文真说。她小心翼翼地说出这几个字，生怕他会说出"邮件都没法写"这样显而易见的混账话来。她想象他坐在一架大型飞机上，等他从飞机上下来，就会被成群活泼、单

138

纯、健康的女孩子包围，这个景象在他说"三个月"的时候就开始出现，后来一直在她的梦里持续，以至于有时候，她几乎分不清真实与梦境的差别。她知道大多数亚洲男人在西方国家没有什么吸引力，章东南这种形象的应该更没有，但是仍然不免想象他能遇到令他惊艳而又对他感兴趣的女人，会用他擅长的寻找新奇酒店的能力让年轻无知的小女孩心旌摇荡，与其说惧怕他被人爱，不如说她惧怕承认他"非常擅长招人爱"这个事实。

十一

章东南离开之后，写过几封邮件，发过来一些照片。瓷壶、糖罐、杯碟等，以及看上去形状不一的石头。他显然没有平时风趣话多，最长的一封信是介绍如何在不起眼的地方获得物美价廉的石头——

岩石破碎后，经地下水长时间溶蚀，形成奇石，并被泥沙埋藏起来，不会被风化破坏。河流上游石系刚从母岩分裂诞生不久，呈多边多角，几何形，石表过于粗糙。中游石在被水流冲运后，棱角柔和。下游石因长久地冲滚磨炼，形成圆形或椭圆形，及砂砾。

山野市井到处充斥不可估价的好物件，可惜多数世人不懂。

如此单调，如此清白。

附件里的照片，余文真一张一张点击放大，但她印象最深的仍然是他之前发过来一块青花绸缎的照片。那简直是他最钟爱的收藏。他的一位朋友当时去江西一个地方出差，看到一个老妇人在卖鸡蛋。铺在篮子上的这块布吸引了这位收藏家的注意。收藏家的本能让他觉得那不是一般的青花布，他问老人家：鸡蛋怎么卖？

　　"一块钱一只。"

　　朋友略一沉吟，面露难色地说："鸡蛋我想要，可是塑料袋提回去，估计一半都破了，这样吧，加五块，篮子也一起卖我吧。"

　　老人一听答应了，她的竹篮子，买来也就一两块钱，何况已经使用好几年了。收藏家付完整篮鸡蛋的钱之后，要求这块布仍然盖在上面，"布也加五块，省得太阳晒坏鸡蛋"。

　　得手回到城里，收藏家立刻请人鉴定。果然没错。这块布其实是宫里卧室用过的帘刷，太后不能容忍屋子平淡无奇，没有情趣，帘刷用三织造最为精工细作的绸缎，上面精绣兰花、海棠等。故宫博物院有一张照片与其基本符合。

　　"见到我太喜欢了，我朋友忍痛割爱，一万块卖给了我。"

　　"一万块？"余文真当时吃惊地喊出了声。

　　"五块钱收来的东西卖一万块不稀奇，他两千块钱收来的一只大明成化宫窑梅瓶后来拍卖了二百万。"

　　那张手机传给她看过的青花布的照片她反复观摩，经过这个故事，这块完全看不出是精绣云龙暗花纹图案的绸缎，顿时质感倍增，变得尊贵、迷人。

　　正是他言称"出国公干"的这段时间，余文真至少明白了一点：有一种关系的法则就是这样，无论他进还是退，他都不会受伤，而你，无论进退，收获的只有痛苦，或更痛苦，直到这段关系彻底结束为止。

他选择过去，也选择将来。她只能安静地、识趣地、懂规矩地等待他。一旦他出现，作为回报，他会用心寻找与她的现实完全相反的时空，给她一个完美的情人形象，除此之外，她就像一个摆设，但是很快，她会保护性地否定自己的判断。许多个夜晚，她像被关在一个无形的笼子里，经常把爪子从笼子的缝隙处伸出去，但她仍然相信笼子是暂时的，出去是待在笼子里的最终目的。在他声称出国的最初几天，她像一个寻宝的人，一点一点地勘查。本来寻宝才是目的，现在，回忆自己勘探过程的细节却成了最终的目的。

他的确给她写了邮件，很短，"马上要出去开会，勿虑"。要么就是"太忙了，忙疯了，忙到吃饭的时间都没有"。比他在国内的时候发的短信短十倍，如此几次，透露给她的信息是：他一直被困在水下，上来就是为了透一口气，而他还要在换气的过程中冒着窒息的生命危险给她发几个字。他简直不是在生活，他是在打仗。

这是一种看不见的压迫力，使她不敢写比他更长的信。如果他让她勿虑，那么她所能做的也只有请他勿虑。

在失眠难安的夜晚，她反复看那本薄薄的小说《你好，忧愁》，每一次拿起似乎都有新的发现，女主人公跟她父亲一样对男欢女爱满不在乎，小说有一个章节当时没留意，后来重读令她大吃一惊：西利尔宣布永远爱女主人公，向她求婚的时候，却触怒了她。"我拼命搜寻动听的、模棱两可的话。我不愿意嫁给他。我爱他，但不愿意嫁给他。我什么人也不愿意嫁，我不舒服。"如她自己所言，她的爱情里没有负罪感和反省，完全不会为宗教、幻想和感伤所羁绊……

还有一本触动她的书是阿连德的《幸运的女儿》。女主人公是智利人，为了寻找情人，只身前往加利福尼亚，那可是一百五十多年前，艾利莎什么也没有，除了自己的勇气。不幸的是，她到达的时候，她的情人刚好离开了，她千辛万苦追踪情人的步伐，一年又一年，一个又一个挫折，但是，最后，她收获了和爱情一样珍贵的东西——自由。

爱情和自由。余文真的心久久荡漾，就目前而言，游荡的自由完全不可能，而开放的爱却近在眼前。这样的书引导她的生活自然已无可能，年少时，每一本书都会在心头留下痕迹，但她到了文学不能左右的年纪，二十八岁的时候，心脏糊了硬邦邦的浆糊，只有微孔，可以透进去一点点的风，这一本本书，像一排排士兵，本来都是中立的，因为最先提到它们的人是章东南，所以现在都站到了章东南那边，无声地帮助章东南把他的理论灌输进余文真的脑子。每一个夜晚都那么挣扎，以至于时间模糊不清，有时候她不相信自己才二十八岁。

她隐隐觉得，也许爱和分离都不存在，存在的只是自己的意念。意念并不会消失，既不会背叛爱情，也不背离于道德。爱是可以独自完成的，章东南已经离去，但关于他的幻想仍然在进行，在左右着她。

过年之后，余文真计算他说的日期，应该回来了。她问他的时候，他只回答了短短的一行：行程有变，不便透露，回来后立刻告诉你。安心。

就这几个字，不多一个，也不少一个。一切都可能成为武器：黑色的字。没有语气的句子。不能透露的行踪。她身边的一切变得没有温度，墙，滴着水的龙头，塑料圆珠笔，打火机。她偷偷抽烟，模仿他的动作，在福禄寺巷那暗幽的房间里。

十二

　　工作之外的时间，余文真都习惯性地把电脑打开，看看章东南是否有信来。他已经有一个星期没有消息了。她一次又一次刷新邮箱页面，像一个得到了秘密指令的警察，潜伏在 一个光秃秃的山丘陵等待从天而降的气球。

　　有一天，她在天涯论坛看到一个帖子——"我要揭露你的真面目！！！"

　　以她目前的空虚状态，街上两个老人互相吐口水，她也能驻足看热闹。有一次下班回家，街头有一条长长的队伍，她个头小，看不到队伍的前端在哪，却情不自禁地站到了队尾，等到近前，才发现是新药店开张，大家在排队等着免费量血压、发氢气球。她悻悻离队而去，为自己的无聊感到悲哀。

　　这行打着三个惊叹号的文字，令她不由自主地点击进去——

这个倒霉的故事开始于他到我的城市出差，那时候我刚结束一段不幸福的婚姻，有点儿郁郁寡欢。有一天，我在离家不远的月牙公园的亭子里坐着看书，亭子旁边有孩子们在嬉闹，我沉默寡言地坐在人群中。正准备离去的时候，突然他喊住我，请我给他拍张照。之后，等我走开的时候，他从后面气喘吁吁地追来，有点儿不自然地告诉我，他偷拍了我。他说他爱好摄影，并且刚刚那张照片非常好看，他不能让这么美的人看不到自己的靓照，他要走了我工作的地址——一个寄照片的地址而已。我大大方方地写在他递过来的便笺上，然后又闲聊了几句才离开。

　　一个星期之后，我收到了他的照片，我的侧影，比我之前的照片都要好看。我没有化妆，脸上有不少雀斑，可是在他的镜头下，日光神奇地遮盖了雀斑，因为完全不知道有人在拍照，他摁下快门的那一瞬，我的表情很自然。包裹照片的信纸上有一句话：美无权遮掩，不，美必须强调。后面用铅笔画了一个笑脸。

　　在我们这个四线小城市，一个离过婚的女人的生活是艰难的，但我还算幸运，有一个小小的蜗居和一份稳定的工作。我对我的生活谈不上满意，但也没什么大的缺憾。孤独的时候，我会一个人在公园里读书，我内心渴望离开这里，正在徘徊不定。

　　我没有回信，这么老土的搭讪，我还是有警惕之心的。但是，到了第二周，他竟然又寄来一个邮件。里面除了公园风景照，还有一封手写信。这个人竟然用两页纸描述了遇到我之后他再次出差到此的情景。他说他不由自主地再次来到那个公园。他在信里说：是因为你这个形象才使我去了第二趟，我完全可以不出这个差，后来我站在没有你的公园里，才发现，真正美的是人，不是物，不是景，物和景都是被人衬托出光彩的。

无论如何，这一招特别灵验。他给我波澜不惊的生活带来了惊喜。他的这种从天而降的浪漫令我有点儿不知所措。有那么一两天，我反复地看这封信、看照片，甚至特意又去了一趟公园。现在，公园因为他的信而变得不同凡响，格外神秘而生趣盎然，我认同了他的观点，物和景都是被人衬托出光彩的。我给他回了信，用他在信中提供的E-mail 地址。

他的文字很特别，像一片树丛下的地面，空白但布满了光影，透过这一片模糊我感受到一丝温柔，仿佛丝绸的反光，隐隐闪亮，触手可及，也许会带来变化。新的情感？幸福？好运？死心的年纪还没有到，我没有理由不喜欢生活丰富的滋味。

一个月后，我们约见了。那一次他来，带来了很贵重的礼物：两颗定制的心形水晶，上面刻着英文字母。大的是白色，小的是红色，它们并排放在礼盒里，他轻轻将红色的捧出来，放到白色水晶上，不一会儿，红色水晶渐渐下沉，嵌进白色的水晶的中心，严丝合缝，成为一体。我对此十分惊讶，但也笑纳了。这个人有一种能力，就是让你觉得，他到这个城市来，甚至他拎着旅行箱，去任何看似与我不相干的地方，都是为了寻找如此平凡的我。

其间正好是小长假，那时网上开始流行陌生人结伴穷游。"我俩当然算不上陌生人了，自然也可以结伴游那么一次，对吧？"他用这个理由提议来一趟说走就走的旅游。我变得像少女一样天真，立刻做了响应。我们一同去黄山旅行——三天时间，他非常周到，景点、饭店和住宿，无一不提前用了心，并且每天的行程，不多不少，刚刚好够兴致，住宿是同一个房间，他的意思是省钱。他一贯并不吝啬，但他说，能省就省，反正有两张床。事实上他没有冒犯我。在第一天晚上，我们关着灯尽情闲聊，一直聊到其中的某一个先睡着。

旅行结束的那晚，他睡了过来，抱住我要一起入眠。出于戒备——虽然已经形同虚设，我希望得到他的承诺——此时，我才刚刚知道他已经结婚，有孩子了，更多的，他似乎提不起细说的兴致。

我是冲着结婚才恋爱的。

那就不恋爱。

正是这句话，给我泼了一盆冷水。

分别的时候，他说，没关系，我有耐心。我会让你感受到包容和快乐。

他小看了我，下一次他又来，我仍然没有委身。

你是我的挑战。

什么挑战？

价值观的挑战。他意味深长地说，有一天，我会为你改变，或者，你会为我改变。

他不越雷池的行为获得了我的信任。经过和他的交往，我慢慢发现自己是一个感情炽烈的人，即使生活在平凡里，我也渴望闪烁的星辰。并没有什么有形的羁绊，除了自己内心的胆怯。所以，他的出现，好像一个昭示，昭示我可以拥有一双翅膀，去过远方的理想生活。

我们关系发生实质性改变的那一次，是我邀请他来的：来吧，我们开始约会吧。我的本意是，来吧，我们认真地谈一谈我们之间的事。他来了。但我们没有来得及谈，因为一切都太快了。

午后的阳光洒满了房间，空气里有微风吹过，城里人的脸白而圆，配上孩子气的笑，他站在我的房子里，突兀而自在，他正待离开，却仿佛将要登台，带着一种天生的庄重，使我误以为一台舞台剧正待拉开幕布，而他如此庄严，只是为了去别处，为了卸下彩妆，为了回来。

我后来写过一封信给他：

"落在你的手心，我喜出望外。"

他离开之后，我的生活发生了显而易见的变化。时而我觉得房子里充满爱情，时而觉得里面只有孤独；时而觉得自己拥有令人羡慕的一切，时而又在被遗落的边缘。我开始隐隐不安。我最终安静下来，疲劳战胜不安，我相信他对我的占有就是一种承诺。

我等他带来离婚的消息，他明白我在等待他离婚的消息。如果没有这种默契，那么，一切美好都是兑水的，甚至变质的。

我原本不修边幅，在家里总穿着睡衣睡裤，平常的爱好就是像老年人一样养花养草，可是只要他一来，我总打扮得花枝招展，为了见他一面，我会买一件三千块的香云纱，只因为他说对我们这个地方的特色衣服谜之迷恋。他后来又说自己更喜欢女性自然的线条和有力量的美感，而不是光靠节食养成的瘦猴，下次他来的时候，他会发现我有了结实的大臂，我从健身中感受到他形容的那种有美感的力量。有一次，当着他的面，我即兴单手举起一条实木圆凳。没有什么是恋爱中的女人达不到的。有次饺子煮好了，盛出来，一口咬下去，汁水溅到他的衣领上，我窘极了，很难堪，他走后我特意去本市最有名的一家饺子馆，请教大师傅怎么让饺子的汁水不往外溅。大师傅告诉我，往起捞的时候，火别关。这样捞出来的饺子不灌水，更香更有味儿。

我喜欢被他激发出来的生活的能力。为他学化妆，涂颜色深浓的口红，甚至开始自学英语，总而言之，我一直在做着向新社会跳跃的准备。心无旁骛。现在，轮到他了。

我铆足劲在他下一次来的时候跟他说清楚，但是他来的时候，我忙得手忙脚乱，为了照顾他的饮食，顾及他的日程表，等我要说的时候，时间不够用了，他一边收拾行李箱，我一边急急忙忙地问他到底怎么处理。我说一句他就微笑地点一下头，等我说累的时候，他已经悄无声息地收拾停当，站在那里等着道别。

他走后，我总会静静地坐很久，思绪随着飘荡的尘埃不知去了何处。他带来的欢快自在的气氛渐渐飘散。

在相处的时间里，他推荐过几只股票——缘起我时不时买几注彩票。有次他在我的包里偷偷放一个礼物，看到了一沓彩票。我说我父亲十年来从未间断，但最大的金额也只有三百块。他没发偏财，但仍然相信运气。

"十年如一日地买彩票，可是中奖之后呢?"他带着一丝不易察觉的嘲讽问。

"之后?"我没想过。

"之后还是会把钱存起来，过原来的生活，因为生活习惯早就成形了，不易更改。"他说。

他说:"现在咱们的经济进入一个高速增长时期，成为发达国家指日可待，生活方式和消费方式都会进入全球化，所以，许多老一辈的经验已经淡化，准确点说是靠边站，把钱放在股市和房市、买基金才算是良策。"

然而我心事完全不在这里。渐渐地，我开始失控，会在不方便、不适合的时间给他打电话。即使他提醒了我，我仍然故伎重演。而且每次通电话，都是在追问他什么时候跟家里摊牌。

有一次他来，带过来一个消息，他说我们见面的那个公园周边可以投资一套房。这里有潜质。

我不要投资，我要你离婚。你要表个态。就现在。我说，如果爱，就一定有忍耐，但全部的忍耐不可能是爱。我的口气变得很坚定。

他猛吸了一口，悠悠地说，我本以为时光停留在幸福一刻。

不，没有瞬间的幸福，幸福需要长久。这一次，我打定主意不被他那一套搞晕。

是的，我们一直很相爱，但是我觉得在这形式化和物化严重的时代——

我不懂。相爱就要一起生活，所有唯美虚幻的承诺都是要流氓。你必须做一个选择了。

我会的。我会的。

刚才他还是欢欢喜喜、自在享受的，这会儿，他的面色沮丧，双手垂在两侧，身体靠在门框上，好像他被强行安置在那个位置一样，显得很不自在、很不适应的样子。

我一时心软，怀疑自己是不是过度了。

我本来不是这样的人，都是因为你把这事拖得太久了。

直到那时候，我仍然试图从理论上说服他，而不是从品德上怀疑他。

直到我们相处一年半之后，他仍然一如既往地想灌输给我什么纯粹的爱情关系——这种观念折磨得我几近狂乱和失智。我接受了他一个又一个借口——虽然在听到的那一刻就将信将疑：他的孩子们在学校闯祸了，把别的小朋友的门牙打掉了，他得处理这事走不开；他老婆突然尿失禁，一次又一次，没有查出原因……头一两次，我体恤地替他难过，为他担心，想起那个可能因为我而被抛弃的女人，我感到惋惜和愧疚。还有一次，他肝部隐隐作痛，他还发来一个看不清姓名的彩超图，我担心得要疯了，结果再见到他的时候，他的脸色、他的胃口跟之前毫无差别。几次怀疑他在撒谎之后，就再也不信任他的任何话了，哪怕是真的，我也会先发一个质疑的问号，一旦发现是谎言，我的怒气就会直接爆表。在我的步步紧逼下，他开始减少见我的次数。以至于一旦他动身离开，我就开始坐立不安，我渐渐变得让周围人讨厌，甚至也变成了自己不喜欢的样子。我决定终止令自己难堪和深恶痛绝的游戏。

那一次见面，是一个深夜，他兴冲冲地赶来。我们贴到一起，这就是他的习惯，二话不说，先亲热。之后，他已经很累了，可是这个问题我已经准备得太久，根本刻不容缓了，在他还没有来得及喘口气的时候，就逼问他：

你谈了吗？

他挣扎着睁开眼睛，但嘴唇紧闭，保持沉默。

你退缩了吗？

我需要一点时间，孩子，抚养权，财产分割……

你之前就应该想到这些。

他不耐烦地打断了我：计划是一回事，而现实又是一回事。即使你年少的时候经常想到自己能成为一个英雄，可是危险来临的时候，你还是会本能地躲避。这是很简单的道理。他反复说着，仿佛竭力在不单要我，也要他自己相信，他的难处太多了，他的勇气已经到顶了，他的婚姻固然是个错误，不过，错误的婚姻它也是合法的……他不能让孩子成为我们大人错误的牺牲品。

所以，我可以成为牺牲品。我盯着他问，是不是根本没有谈。你一直就在消费我，玩弄我，根本没有一丝一毫的爱。我越喊越响，面部表情也失控了似的变得狰狞，但是，顾不上了。他高高地扬起眉毛，绷紧上唇，一副不忍直视的样子说，难道我此刻就在这儿，不能说明问题吗？

那个刚刚发上来的帖子，到此中断。

十三

　　余文真从这段文字中嗅到了一种同类生物的意味。震惊和混乱中，她的手指一阵一阵发麻，变得僵硬，手心上全是汗，额头上全是汗，胸口却阵阵发凉，似乎有什么东西堵在气管里。帖子里出现的那个人，那么似曾相识，文字里透露出来的情绪和痛苦，她能够瞬间感应到。她的身体剧烈颤抖，感到呼吸困难，好不容易长出一口气，慢慢沿着床边蹲了下来。不知道过了多久，她尝试站起来，可是没有成功。到了夜里，她的身体仍然没有回暖。她瞪大迷迷糊糊的眼睛，只有窗帘的缝隙处有一处亮，其余的地方都黑乎乎的，连呼出来的气都发黑，像个黑土做的笼子。

　　第二天，那个帖子更新了——

　　　　问题就在这儿：这些现在几乎不能让我高兴起来了。
　　我似乎不愿注意那些甜言蜜语，以及他不辞辛苦地奔波，他从出差的城市绕过来，没有直达火车，要坐大巴，还要坐三轮车，有时夜深了，不好打车，只好坐上某个拉客的摩托车，闻那些喜欢出汗的劳动者身上的汗臭味，这些事我视而不见，很不在意，单单为那个答案没有得到而格外痛苦，情绪激烈，连一个好觉也不让他睡。

我不会允许你这样继续下去的，必须做个了断了。

别闹了！再爱你的人也会被你这么瞎胡闹折磨疯的。

是不是说你一来我就好生取悦你，你一走我就过我自己的生活，对你毫无要求，就是懂得爱的、神经正常的人？

我被自己的话吓了一跳。到这时候，我突然意识到他真正的面目，只要仔细认真地理一理，线索就会一目了然地出现。

你这样失去理智，我就更应该冷静地多思考一些时间了。

他把我逼得失去理智，现在反过来拿我失去理智说事。

我还有事，我得走了。他说道。

我跟你一起去。

他拿上自己的外衣，开始穿鞋，一句话也不说转身就走。

在极端愤怒的控制下，我忘了自己对这个人的行动和自由根本无权干涉，我揪住他的袖子，他早已领教了我的泼辣，他神色严厉地立在那里，甩开我放在他衣袖上的手，大步流星地拉开房门，走进了黑夜里。我未加思索，脚上穿着拖鞋，门也没有锁，就跟在后面，跌跌撞撞，但步子坚定。他拦了一辆出租车。出租车停下来的时候，他还没来得及拉开车门，我先于他坐进了副驾驶。他放开车门，重新拦下一辆。可是已经迟了，我冲过来拉开车门，不进去也不撒手。

连我自己也觉得真是太难堪、太丢人了。

我消停了几天，一个星期后我又打电话给他，我说我冷静下来了，我甚至说知道自己错了。爱是松，不是绑。

在这个电话之后的第三天，他出现在我的家门口。

跟之前一样，开始的几个小时，我们互诉衷肠，浓情蜜意，我们彼此都能感觉到对方强烈的爱意和思念，我觉得差不多了，慢吞吞地说，你就是来白嫖的吧？

我看到他那光滑的脑门上眉头紧皱，神色阴沉，又开始焦躁不安起来。看得出，他怕这个时刻。

你要做一个敢说敢担当的男人。我平静地说道，没有以婚姻为目的的恋爱就是耍流氓，无论怎么样，你一定要兑现承诺。

这会儿他在这里，烛光摇曳，他的脸一半在明处，另一半在暗处。我很想看得更清楚，看清楚那上面有多少爱、多少智慧，又有多少谎言。我曾经痴迷的他身上那不动声色的教养，现在，更像是老奸巨猾者的伎俩。

他转过头来望着我。他的眼神暗淡无光，充满沮丧。

"你不了解男人。我没有那么狠心。"他说。

我几乎要用眼睛挖掘他的灵魂，把它摊开来。

"可是一开始我们就讲好的。"我说，尽量不那么咄咄逼人。

"如果我当时不答应，你就不会爱我。"

"所以你当时是随口答应，并没有慎重地考虑！"

他一副被弄得不知所措的样子。我大老远地跑到这里来，你觉得究竟是为了什么？就是为了跟你在一起呀。我对你朝思暮想，难道你不知道这一点吗？就算不在一起，我也对你牵肠挂肚，我深深地爱着你。可是他说这话的时候，两只空虚无聊的眼睛里隐隐露出烦闷和厌倦的神情。他的眉毛机械地向上抬了抬，一个他完全不自知的动作，但我已经捕捉到不止一次两次了。我顿时觉得胸口闪过一阵冷气，一阵钻心的刺痛袭来。

看着他的一张一合的嘴，他就是靠这张嘴操纵着我的情绪，把完全不可能的事说得有鼻子有眼，他用这张嘴制造悲欢起伏，让人欲罢不能，这张嘴没一点儿原则，我不要再听从这声音了。

不要再敷衍我，我怒从中来，严厉地说，我只给你一个月的时间，如果一个月你还没有解决，我就到你单位去，找你的领导，到你家，跟她当面谈。如果你不做了断，我就去替你做了断。

你不会这么做的，对吧？但是，她听到对方的声音中有那么点类似心虚的成分。

为什么我不会？

我漫不经心地说着，眼睛却使劲地盯着他，我发现他害怕了。我意识到他其实从来没有认真，也不会认真地考虑和我的问题了。

拿出行动来，现在。

最后我们达成共识，我给他半个月的时间，他回家做个了断。此后十多天，我总把手机捏在手心里，任何一天，任何时刻，都可能是有结果的时刻，我甚至想，无论哪一种结果，我都能接受，只想尽快做个了断，这种没着没落的生活已经让我人不人鬼不鬼了！

离最后期限只有两天的时候，他突然打来电话。我一阵狂喜，立刻接听。但他在电话里声称出国公干。

怎么这么巧？我的心顿时拧住了，好不容易忍住剧痛，干巴巴地问。

是的，很巧，这次出国很难得，非常难得。但是时间不会太长，三个月，这也是一个非常好的机会，对我的职业前途有举足轻重的影响。你一定希望我能走对这一步，对不对？

我被说服了，不，假装被说服了。抵抗是徒劳的。

他消失不到两周，我凭着自己疯狂的嗅觉，找到了他的行踪，我比他想象的韧劲足，加上有英文功底，翻墙去查他声称要去的地方。他在形容那个国家的时候，弄错了时差、气候和基本风俗。

我恶狠狠地戳穿他的谎言，表示立刻动身要到他单位去说清楚的时候，他向我发来了分手短信：

"一次次看到你动不动就发脾气，让我有了心理障碍，每次见到你，我都高度紧张，没有愉悦可言，我想了很久，可能分开是唯一的选择了。"

我怒气冲天，疯狂地拨打他的电话，给他留言，然而，他拒绝接听我的电话。我写邮件，不回。打到他单位，不在。找他的领导，单位说管不着他的私事。我只好在网上揭露他的行径。

在我写下这些的时候，我像一条恢复了嗅觉的狗，但我没有变得像狗一样顺从，我反而嗅出了真正的恶臭的出处，从他身上散发出来的，过去不愿意面对的疑点——被坐实。他让我们之间所依存的根基都化成了飞灰。

这就是一个感情骗子，打着爱情的旗号，给过我虚虚实实的承诺。这承诺玩的是字面上的游戏，从来就没打算兑现，我尤其鄙视这一点，打着爱情的旗号追逐女人，到了选择的时候变成缩头乌龟，可能之前用这样的方式屡试不爽，可惜遇到了我，现在，我确定我不是唯一的受害者，还有更多的受害者。我相信他每到一处，第一件事就是邂逅那些容易被看穿心思的女子，专门收集小城市的姑娘，专门对像我这样平凡、没有见过世面，或正遭遇困境的女性下手。发现对方难缠了就以出国为名，实行软着陆。吃准了我们都不是对手。除非想身败名裂、人尽皆知，否则只能吞下苦果。

并不只有余文真一个人在关注。这个帖子的点击量在不断更新，不断上升，像无声雪花，从几十到几百，到几千，到几万，预示着这个既平常又丑陋的故事缓缓地、静静地在全国各个角落的人们的电脑里，飘扬。最后一次更新，是一段加黑加粗的宣言——

和你的开始照见我的无知，今天我的痛苦就是为无知所付的代价，我认了，但是你也应该付出代价，只要我一息尚存，我就不准备放过你。我要把这些来龙去脉放在网上，永不删除。你大可不认同，大可狡辩，欢迎对簿公堂，欢迎鱼死网破。

现在，我诅咒你，诅咒你必将遭到应有的报应！

十四

　　在这些癫狂的、饱含绝望感的文字里体会一个陌生女人的熊熊
怒火。句子和句子之间有锋利的角。句子把她拖进漩涡，然后句子
又把她从漩涡里拉出来。许多迹象表明，这个男人就是章东南；如
此一来，许多事就解释得通了！到现在为止，没有照片，没有姓
名，没有事件的发生地，但，就算不是同一人，也基本是一样的货
色，一样的套路。

　　一直到天色大亮，余文真穿上衣服出门上班。那天太阳并不剧
烈，但是她感到有尖利的针丝往她的脑仁里刺。走到半路上，觉得
快虚脱了，停下来，又慢慢往前走。人行道边和前院里的茱萸树挂
满了黄色的花，在她的注视中像柔软的云朵般微微颤抖，透明又细
薄，即将凋谢的百合花的余香弥漫在空中。下班的时候，黄昏的光
辉拉长了所见之物的影子，她同时看到自己的：细细的，长长的，
摇摇摆摆的。她把大衣腰带拽到一起，勒得紧紧的，只要动一动，

帖子里的细节就会被拉出来,那不是旁人,那正是另一个她自己。

过去几年的记忆一点一点涌出来。仿佛有一双手牵着引领她往回看。她看到了之前完全忽略了的细节。比如有一次,在酒店里,刚刚亲热完,她坐在窗口的沙发上,他们俨然一对默契的恋人,他进卫生间清洗,但是,不到半分钟,他突然出来,拿起床头柜上的手机,又进去了。

她的心里很不舒服,但是,不知道为什么,她把脸转过去,假装没留意。或许,她知道过一会儿他就要走了,或许,她觉得这应该不算什么事。但是,还有一次,他把她支下楼买小吃。对,他说他饿了,想吃东西。等她回来的时候,听到他用一种非常暧昧的声音在通电话……她一进来,他就匆匆说了"再见"……

还有一次,是个小长假,她心血来潮,想去广州看他。没有空,那会儿正出差!那么坚决,毫无商量的余地。

最后一次,他看到她瘦得离谱,骨头抻出来,他的手触摸到的时候明显地感觉到了,他佯装什么也没发生,把手缩回去,对,是人都不会这么干的,眼睁睁看着她下坠、下坠,一直往地狱坠,铁石心肠。

她一直沉默。这不仅是她一贯的性格,还因为她以为必要的沉默能掩盖她的浅薄,必要的沉默可以洗刷不洁,必要的沉默可以考验他们之间的感情,甚至,必要的沉默增加悲剧性,以至于上苍被感动,给她一个好的结果——至于什么是好的结果,她也并没有想好——但是,她是一个成年人,没有承诺的关系就是一种男女关系,这容不得假装受骗。她没得到过承诺。她想过,像论坛里那个女人一样，理直气壮地提出来，但是，她没有得到那个机会，他的所有甜言蜜语里，没有包含承诺，这就是她此刻什么声音也发不出来的原因。就算这会儿包裹着这颗心的有无限的无声无色的愤怒，也难以发出声响。可是为了那所谓的浪漫，她自己知道，究竟付出了什么样的代价。她的心变得坚硬了，像对什么都丝毫也不在乎了，两条腿像灌了铅似的慢慢朝家走去。高空的星星出来了，夜色更浓更静了，所有的人都从她身边超越她，每走过一个人、行过一辆车，就带来一股冷风，但她对此漠不关心，毫不在意。到了半夜，她独自在床上发抖。那远处的狗的叫唤，或者是哪家晚归的自行车上锁的声音，又甚至是哪个老年人清嗓子的声音，那样近又那样远。她把自己全身从头到脚裹在被子里。密集的清晰的梦层出不穷。一次她梦见和他坐在乡间院子里剥蚕豆，太阳暖洋洋。她看到一个怒气冲冲的女人冲进来，端起水杯就喝，她吓得心脏缩成一团，赶紧找地方逃。还有一次，她正在给他做饭，一个披头散发的女人冲进来，拉开她的冰箱，又揭开煮汤的砂锅，一阵风，若无其事地出门走远了。她听到清脆一声响，自己的心砸到地上。醒了之后，她无法动弹。看自己在梦里像条丧家犬，瑟瑟发抖。

每逢做这样的梦，她都能吃平常的一倍，喝牛奶喝满满两杯，运动量却缩到平时的一小半。尽量不动，好像一动，骨头会裂开。

还有一次，她梦见坐在车里，她家没人会开车，但邻居朋友几乎都在学开车。小区内部道路上停满了车，拆迁安置房的车位本来就不够，妈妈到底手快，抢了一个车位，租给自己楼下的邻居。她家的车位号是16，她常常经过自家的车位，上面停着一辆沃尔沃。

那天夜里，她梦见沃尔沃后座上坐着一个女人，骨瘦如柴，头发和眉毛都稀稀拉拉。她看着特别不舒服。她经过的时候，那女人把身子探到驾驶室，拼命地摁住喇叭，她惊慌地一回头，遇到对方充满敌意的笑。她被笑声和喇叭声惊醒。

她想爬起来，虽然竭尽全力，身体却不听使唤。她再次回到车位旁，这一回，车灯亮了，但车内空空无人。她觉得这更加可怕——看不到她们的脸，她觉得更不安心。

她所有梦过的女人都有一个特点：怒气冲冲，我行我素。

相形之下，余文真显得格外平淡乏味。她看着梦里各种虎虎生威的女人走来走去，目瞪口呆，屏住气，一声不吭。只有一次，有一个身形瘦削的女人丢下了一句话：倒霉的东西。说完，扬长而去。

福禄寺巷口修鞋匠的锤子击打皮革，"当当当"，砸得路牙子都在颤抖。她心想：我讨厌这个地方不是没有道理的。这里的一切都令人生厌，这里的一切都让人没有人的感觉，只有死的感觉。还有我自己，我是一个小丑，我是一个笑话。她每天都重复这样贬损自己，像一个仪式，像每个工作日早晚的打卡。似乎只有这样，她才配继续纠结下去。

她想起在上塘古镇和章东南告别时，一个小贩在一个屋角，对着空空无人的街道不停地叫卖：橘子汽水，橘子汽水！一声又一声，他俩走过去很远，他仍在那里叫卖。

余文真向章东南投去疑惑的眼光。章东南笑着说：

"那是营销策略。他在唤醒人们体内的渴望。"

每个人的体内都隐藏着许多未知的渴望。可是对于这个小贩来说，只有唤醒他们内心对"橘子汽水"的渴望，才是他需要的。

"如果唤不醒呢，到现在都没有人看他一眼。"

"人们今天也许不知道自己被唤醒了，等到明天，或者后天他们会欢欢喜喜地上来买一瓶。他们不知道是昨天已经被唤醒了渴望，还以为自己突然心血来潮，想喝杯汽水呢。"

余文真这会儿突然明白了，章东南就是一个到处兜售汽水的男人，他四处走动，为的是给那些已经被唤醒对汽水的渴望的人买汽水的机会。她清清楚楚地看见了自己对汽水的渴望，所以以为自己跑向了汽水。说到底，她的姿态，从来都不是受害者的样子，不，她像一个攀登者，她保持着向上的姿态，误以为快到山顶了。

曾经折磨她到精疲力竭的嫉妒和恨意奇怪地减弱了，渐渐地，她反而觉得他不那么遥远，不那么丑恶，他变成了能够从正常眼光去评判，去打量，去观察的人：他身上有一种长期训练得步履轻盈的风度，把年轻女孩着迷的派头演绎得活灵活现，但他骨子里一点也不挑剔，不爱好整洁，到处撒网。不，他比帖子里的那个人更坏，更下流，更残忍。

之所以能忍受到今天，因为她幻想着章东南会带她脱离她原本孤独和贫瘠的生活，她假装一切都是爱情的必经之路。因为也是他提供了一种机会，一种摆脱这死气沉沉的生活的途径，她认定他有把事情解决的义务。这个虚无缥缈的幻想已经浇灌她好几年了。如今，幻象全破了。

羞耻，像一件大褂，黑色的，密不透风的，丝般柔滑，轻盈顺滑，慢慢地，从头顶往下，她一动不动，立定，眼睁睁地看着自己被罩住。罩住她之后又变成了一根无形的绳索，拉着她向东，或西。之前她也产生过羞耻感：穿得寒酸，马路上滑倒，被人当空气，被领导呵斥，但如今却是到了羞耻的新境界。这种羞耻感，令她失掉了欲望，身体的欲望、情感的欲望，乃至吃饭的欲望，一切的味觉，酸甜苦辣，对她都如同泥土，如同落叶，如同砖块，很快，她像被抽空的木乃伊，不冷不热，不疼不痒。

四月份的时候，许多人已经开始穿短袖出门了。

有天清晨，余文真比往常更早地收拾妥当，从福禄寺巷出来，等着去单位方向的26路公共汽车。26路原本不经过福禄寺巷，这地方路窄人多，一堵就是十多分钟，于是巷子里的老年人端着小木凳去市政府静坐。他们用这个办法解决了许多问题，这一回也是。才六点多钟，上班族已经蠢蠢欲动，她看到一个个头很高但很瘦的男孩正往嘴里塞蒸饭，蒸饭里露出火腿，他吃得津津有味。她在心里想，这些人，是老板、经理、饭店的清洁工，又或者是准备去学校的学生？他们为什么那么轻松？因为他们心里没有羞耻，她回答自己说。根子在这里，算是找到了，可是又能怎么办呢。她正低头发呆，等抬起头来的时候，看到自己要乘坐的那辆26路不知道何时停下来，载完客，又开走了。正在这时，一辆写着往高铁站方向的汽车进站，她毫不犹豫地跳上车，好像她一直在等。一路上，她没有找座位坐下，抓住拉手，随着车身摇摇晃晃。她内心赌气地想，自己应该做点儿什么，否则好像新鲜切开的伤口，不撒点盐就等于白切了一样。

新建的高铁站在清晨的光照下，庄严威仪，每扇墙上都是熠熠生辉的电子屏，这些色彩，像一张罩子，把人脸上的表情全部罩住了。她进到售票处，买了一张去广州的车票。付完钱后她发现，与他的距离，其实不过三百四十九块钱的车票。刚认识他那会儿，去他的城市，还得花费一天的时间，可是，这会儿，车票显示只需要七个小时就能到达。

她走进候车大厅。大厅地面锃亮耀眼。正好有一组高铁乘务进站。这些人一共十位，男女各半，男的下巴刮得净净的，穿着笔挺的藏青色西装，皮鞋接触地面，摩擦出有亮度的节奏，女的穿着同色外套，脖子上围着红色底色的丝巾，头发梳成发髻，别在耳后。腰杆挺直，再挺直一点。继续往前，安检，到了候车室，喇叭是双语叫唤，把人群往一个个黑洞里引，一茬又一茬，通向各处。人们来来往往，经过她身边，目标明确，只有她，晕头转向，兜兜转转，像蜜蜂在秋天的郊外游荡。上了车，她坐在窗口的位置，沿途花红柳绿，但她内心一片空虚，过去和未来交替变换，似乎千头万绪，却又互不连贯，没有一个明确的计划和想法。

从高铁上下来，她打上出租车，看着高楼挤着高楼向云天，到处是广告牌，也完全被电子屏笼罩住，街面上人裹着人、车挤着车、噪声追着噪声，车子一直开，这慌乱的感觉像是十个月城叠在一起。

她在离他单位不到两百米的地方下了出租车。走了几步，脚步开始发虚，踩在地面上不那么坚实，深吸一口气，硬着头皮继续。一直走，已经看得到他公司的那幢大厦了，这幢大厦他展示过照片给她看。他一定以为她没记住，不，她记得可牢了。她左右看了看，进了靠近大厦左手边的猫空咖啡。咖啡厅的门是掩着的，但一楼大厅没有人，服务员正在向不锈钢保温壶里灌水。水欢快地划出一道弧线，隐没到壶里。

找了一个靠窗又挨着楼梯的位置坐定后，她给章东南发了一个信息：我在你们单位楼下的咖啡馆里。在过去的那些天里，她想了无数次面对他的方式，但最终她只从别人的经验里学到了一点，那就是：强硬。发完短信她立即关机。究竟想以如此突兀的操作达到什么样的目的，她其实也没底。她甚至不确定他这会儿一定在单位。她只想赌一次。赌一次措手不及有没有效果！

彼时，微信已经开始悄悄流行，但余文真的身边尚无人使用，她的微信通讯录里只有三五个好友，没有章东南。

这是突兀的行为，也可以说——宣战，这是痛苦的生活引发出来的愤怒，这愤怒其实早就潜伏在那里，从第一次，那些不知道侵犯为何物的人举杯欢庆的时候就有了，今天，它释放出坚硬和野蛮。

发出短信后，她半张脸隐在窗帘后面，一直朝马路上看。她能听到服务人员的脚步声，也能听到自己的心跳声，每一秒都像被施了魔法一样定住，又像是卡壳的电视节目，一帧一帧缓慢地移动。有那么一会儿，她怀疑自己的举止，像一个在车祸现场瞄准时机想趁火打劫的不法之徒，又像一个内脏已经被撞破裂，但外表毫发无损的受害者。差不多过了一刻多钟，在街对面的斑马线上，出现了她为之而来的身影。在等绿灯亮时的一瞬，他拿起手上的手机看了看，似乎有点儿不知所以。绿色指示灯一亮，他大跨步冲过来，超过了不老实的骑脚踏车男孩。门推开的一刻，她猛地缩下身子，她感觉到他的目光在四处梭巡，一会儿，带着愠怒的脚步开始朝楼梯方向去，在他抬脚的时候，她清了一下嗓子，他停下来转过脸，五官有点儿扭曲。

落座后的很长时间，除了那句"电话怎么关机啊"，他们没有吭声，然而正是这短短几个字泄露了他的怯意，泄露了他的恼怒，更泄露了他的——不知所措。之后他俩目光再无对视。他拿起调羹，搅拌热乎乎的咖啡，又撕开一包糖包，端起来尝了一尝。她怀疑他的舌头根本还没有接触到，却又忙不迭地拿起糖包往里倒。这不像他。

就那么乍一看，他还是老样子，没有变，但是渐渐地，她发现他早已经有着惊人的变化。这个去年还容光焕发的男人，装模作样的男人，此刻脸色发黑，因为一贯身材圆润，配上不那么精神的面孔，给人的感觉就像是用打气筒灌了一升的气体在皮肤和肉之间。他的大腿侧向座椅的外部，好像这样才能支撑身体的平衡。

咖啡厅的一角放着一些报纸杂志。有一本杂志的封面赫然写着"世界末日"这几个字。最近电视和网络上都在频繁地热议玛雅人的预言。难道他不是十分会捕捉话题和热点吗？他看上去没有展开的意思呀。她想笑，想发出"哈哈哈""咯咯咯"或者"嗷嗷嗷"的笑，反正就是完全跟她本人不相干的笑，可是，笑过之后呢，她到底忍住了。

她察觉到自己的胳膊有点儿颤抖，衣袖接触到桌沿，发出哧哧拉拉的摩擦声，暴露了她的紧张和不知所措。意识到要镇静的时候，已经晚了，他在气势上立刻占了上风：

"你怎么突然来了，也不说一声？"

"你什么时候回国的，怎么不告诉我？"

"太忙乱了，"他说，"发生了太多事。"

"很大的事？"

"是的。"

"那也不至于回来了也不告诉我！"

"告诉你又没有办法去看你，难道不是更扫兴吗？"

他的口气极度不耐烦，亲切、气定神闲的笑意不见了，就像一条板凳抽走了一根腿，她发现他整个人都不是那么回事了。她想他也应该从她身上发现了同样的变化。他似乎听到了她的评价，突兀地说，你也不同了。

她没有问他哪里不同，因为她深知自己的不同在哪里：她的自我已经完全融化了，她想。她是带着改变什么的决心而来，本以为自己突然来这么一着，便是开启一个新的篇章，可这会儿她脸色煞白，不死心地积攒着力量，以期获得一个全新的开始，事实是，她仍然是那个懦弱无比，连正义都不敢要求的人。她以为这样可以支撑一会儿，但是时间越久越糟糕，她在他眼中仍然看到的是屈服和无能的自己，他开始竭力寻找结束这场谈话的借口。

他说他的太太生病了。

"现在？"

"不，在几个月前。"

"什么病，要紧吗？"

"不太好，一两句话不太说得清……"

"但你仍然出国了？"

"我都说了我太太生病了。"

"所以你没出国。"

不知那短短的一秒，他的眼皮快速跳动了几下，最终，他承认了："没有。"

"但你竟然没告诉我。"

"我担心你多想。"

"我多想什么？"

"你总是多想。"这几个字说得又硬又厚，他真的愠怒了，他的声音里透出一种之前没有过的东西，那是一种很决绝的东西，显现出一种划清界限的凌厉。好像到现在他才意识到自己的处境不妙，这个发现，一下子把他的耐心全部消耗了。

她心里有一团无形的东西堵着，从胸腔到喉咙口，但那不再是渴望，那已经变质，像牛奶放在冰箱外；像烧干了水的山芋黑乎乎地粘在锅上；像从鱼肚子抠出来的一摊内脏，那令人恶心，那是憎恶。她不再说话，直勾勾地盯着他的眼睛。后来她自己也感到纳闷，自己竟然没有扑上去，没有撕扯他的衣裳，没有大叫着剥开他的真面目。没有。反而她的内心像放久的棉花糖一样一点点软塌下来。

她咧开嘴笑了一笑说：

"你真不容易。"

"什么？"

"我说你处境一定不好，照顾家人一定很累，工作也一定很累。"她被自己的滑稽逗乐了，她纯粹是怕自己发疯，但是，像是有一排栅栏突然从他眼前倒下，他整个人突然精神一些了。他说："你很体贴。"说完端起茶杯，渴得不行似的喝起来。茶叶末沾在牙缝里，多么狼狈，要是过去，她看都不敢看，仿佛她的眼睛有破坏性。喝完水，他保持着刚才的姿态没有动，在他身上，耐心和不耐烦奇特地混合在一起。

她也不自在，不通畅，像衣服突然缩了水，像是手腕上的牛皮筋套到了脖子上，甚至也觉得很口渴，可是自己面前的水杯空了，她没招手请服务员，而是端起他面前的柠檬水一饮而尽。这是她第一次在他跟前展示粗鲁。喝完水，她像被噎住了，喉咙在滚动。

他又开始点烟，刚刚点燃，余文真把烟从他的嘴里夺了过去，大力吸了两口之后，又不露声色地把烟还给了他。她嘴里叼过的那支烟头上留下了清晰的口红印，更加显得她粗鄙。是的，她有意的，她没法压住内心向上喷涌的东西啦！余文真在心里喊道：来，快开始吧，把事情全部摆出来谈吧。

他没有。他不肯说。做贼的人总是心虚，他不进攻。他的脸色不好看，刚开始发红，眼下这会儿是发紫。他已经习惯了一个唯唯诺诺、唯命是从、毫无反抗精神的余文真。不，只能说让他感到吃惊。他的嘴角，那细微的纹理已经表现出相当拒绝的表情。他有他的方式，他有他的原则。

已经过了饭点，但他完全没有请她吃一顿饭的意思，没有。她知道他在等她主动站起来，但她就是动不了。很奇怪，她深知一切如此荒唐，但他们竟然都没有发作起来，她很期待他接下来的表现，甚至很高兴轮到她让他坐立不安，甚至煞费苦心。那种期待里面藏着麻木的快感，好像这才是她忍受三年痛苦的最终目的。

"我得工作去了。"他咧开嘴，挤出一丝勉强的笑，好像憋得太久，他的脸颊和耳根都开始发红。看清一个人竟然如此轻而易举：他躲闪的眼神里，他的嘴角，他的手指，他的坐姿，像救生衣在漏气，呼呼呼。

她呼出一口气。一种突如其来的心有灵犀，她感觉到他们对彼此的欲望完全地消失了。上一次，他们一见面即能感受到彼此的欢愉，分别的时候，那种思念之情还在，但现在，这些跟男女之情有关的东西，完完全全地消失了，一点儿不剩了。她看着他的背影在门口消失，那扇门缓缓弹合在一起后，她像才攒够了力气似的，抢起他面前的茶杯，狠狠地砸到地上，随着"哐当"一声巨响，茶杯四分五裂，现在，她成为焦点啦！服务员纷纷跑过来，屋子里所有人的目光都聚集在她脸上，但是，没有一个人上前来责问她，他们的眼神里反而充满了同情，甚至敬畏。余文真呼出一口气，掏出钱包付钱。

在回家的高铁上，余文真留意着窗外的风景。她努力回想广州这座城市是什么样。见到章东南之前，只觉得热，又觉得湿、黏稠。楼房密密匝匝，简直没有一点缝隙，然后呢，然后她的周体都是麻木的，她的视力都是模糊的，因为灌满的愤怒，令她没有余力去仔细打量。车子开动时，天色接近黄昏，高铁两旁农田和树木快速往后退，杂草、矮山和不远处的规规矩矩的成群楼房，随着时间的变化，天空的颜色也逐渐变化，一开始，四野明亮，慢慢地周遭暗淡，夕阳的余晖洒在铁栅栏、小水沟、某户人家的大门、堆着废铁的工地，这些平常看不到的景致，就像生活中的反面，也像一个人的脊梁背。经过楼房稠密的地方，她意识到另一座城市到了，可是这些建筑一样丑陋，一样没有特色可言，仍旧不过是月城加强版……到了月城，天已经完全黑透了。站台广场两边拉着横幅，看不清横幅上的字，广场一角还在修建，临时照明灯旁边，不锈钢围挡上方飘扬着小彩旗，因为是本省第二个通上高铁的城市，人们可自豪了呢。她慢慢离开广场往前走，人们擦着她的臂膀走过去，看不清撞她的人的脸，一切都黑乎乎的，只有黄黄的路灯下那一小片的行道树叶上还覆盖着一星点的亮色。

遭遇爱情，有的人，只不过像是买了一张游乐场的门票，坐了一次过山车，从车上下来，摇晃几下就能镇静下来；而有的人，却像被拖进了赌场，押了一把，就输光了半生的运气，被打得半死，推出赌场门外，表面上还是个人，皮肤上看不到口子，但身上一多半的血已经暗地里流尽了。

下卷

十五

　　很长一段时间，余文真不出门，不上网，纷纷扰扰的流言，关于气候变暖的争论，与美国关系紧张的传闻，有人在街上砸一个小国家生产然而属于中国人的汽车，一个朋友的妈妈被骗去一大笔养老钱嚷着要跳桥寻死，如此等等，雾气氤氲……对她来说，梅花开了，地震和飓风，同事以比公交多五毛的价格拼车上班，妈妈买回来包治百病的祖传秘方，洪水灾区需要捐款，儿童拐卖案，非典后遗症，等等等等，就像纸片从耳后划过。智能手机一代一代出，小区里流行拼团装地暖——在三年前还想都不敢想，冬天的屋里屋外一样冷的局面将要被破除了，东郊要造奥特莱斯特价名品店，"把世界买回家"！广告语豪迈。她被要求每周回一次家。回到家其实大家也都无话可说，即使聊聊闲天，每一句话在她听来都是含沙射影，晚饭后等天快黑的时候她再去楼下散会儿步。她绕着小区走路，走动的时候急匆匆的，以免于跟人打招呼。好像不是向前，而是向下，直到精疲力竭地躺平，那时又发现床像一个更深的巢穴。

到了夏末，生活有了新的转机。说来也巧，清凉寺巷拆迁搬到南新桥的安置户，买菜要到明庄菜场。明庄菜场的经营户也有许多是清凉寺巷附近拆迁的安置户，共同点使妈妈和卖鱼的张辰光熟稔起来。聊得投机，张辰光透露给妈妈一个信息，他有一个条件很好的外甥还没有对象。张辰光的外甥，三十岁，有固定工作，有"五险一金"，两年前在"四季阳光"边上的"一品苑"分得两个中套。一套父母住，一套用作他的婚房，已经装修好，他却无心谈恋爱结婚，原因单纯是玩心重，他沉迷于游戏，家人也都是干着急无从上手，今年夏天，他却透露出自己想要成家立业的决心。他妈妈见他改邪归正，步入正轨，大喜过望，生怕儿子突然反悔，立刻火速发动亲朋好友找合适对象。

一个快三十岁的老姑娘，生出遇到完美对象的念头简直就是有罪。那个打游戏的缺点还是妈妈再三再四地探询出来的，如果不坚定地盘问，对方的条件就只有"不高不矮，不胖不瘦，有一份正经工作，家里还刚刚拆了两套房"。这个年轻人完美到令全家坐立不安。

但余文真不算是相亲，而是偶遇。有一个周末，她回家，妈妈拿出一件绛红色针织开衫出来说打折了，给自己买的，回来看看紧了点，让女儿试一试。余文真不知是计，边穿边喊："你怎么能穿这么瘦的衣服，起码小了两个号。"说着套在身上照了照镜子。妈妈说，你穿刚刚好，涂个一样的口红，再看看效果。口红涂好了，妈妈突然说，哎呀，今天想吃酥鲫鱼，你去帮我买条鲫鱼。沈国芳娘家有一个亲戚是江苏人，还是小女孩的时候她头一回去走亲戚，吃的就是酥鲫鱼，从此对酥鲫鱼念念不忘，长大后硬是学会了做这道苏菜。她做的酥鲫鱼，家族里很有名，筷搛不碎，鱼骨酥透，无鳔无渣，酥香中透有微甜。逢年过节，来亲戚、过生日，她都会做。妈妈一宣布，房间里念书的弟弟立刻发出嗷嗷的叫声，以示响应和期待。

一个年轻的男子坐在卖鱼的摊位上，垂着头玩手机。余文真指着游动的鲫鱼说："我要两条。"

对方抬眼看她，定定地，带着微微的笑意。她挺了挺背，稍有点不自在，但没有觉得冒犯。

那人扭过头朝门帘后面喊："舅舅，舅舅！"喊过转过头来看着她，带着笑说，"请等一等啊。"

原来他不是摊主，难怪身上没有鱼贩的气味。不一会儿，那个舅舅笑着走出来，挑两条肥美的，过秤、宰杀、洗净，11.9 元，痛快地说："给十块就行了。"递过来的时候特意多套了一只塑料袋。余文真不怎么上菜场，见了谁一概面生，接过来说了谢谢，往回走，心里对这个新地方生出些好感。

彼时的余文真虽然没有结过婚，但经过层层催促与暗示，焦虑已经深深扎根在她身上了。她的头发扎成松散的马尾，露出有一条很深颈纹的脖子，最使她像个妇人的却是那不轻易露出情绪的眼睛，她不常喜，亦不常笑。亏了新衣服和口红，略略遮掉些老相。

对方相中她之后，妈妈才捅破了窗户纸，那个鱼贩的外甥叫王一明——她早就见过，对她相当满意。现在沈国芳的身份不光是余文真的妈妈，也是对方的战略伙伴。

余文真因为疏于观察，声称完全不记得那个喊"舅舅"的人高矮胖瘦，所以讲不出好坏。说这话的时候，妈妈狐疑地盯着她，到底信了，隔周又催她去一次菜场。

说是隔周，已然初秋，暑气消散，有了些许温暖的光打到脸上，孩子们开始穿夹克在楼下踢球。皮球滚来滚去，他们追到草坪上去捉。草坪很娇嫩，他们的脚却没有轻重，一阵辗转，摔倒，更多的压过来。余文真站在边上略有些急躁，不是急草会被压死，是急邻里老奶奶会发怒。在巷子里住的时候，但凡有个孩子捅破了玻璃或菜坛，责骂声从四方传来，在巷子中心汇合，光是音量就带着杀气，寒光粼粼。有些孩子们倒不在乎，但有些会皱眉挤眼，甚是惊惧。如今方块笼到底不一样，多是灰色的涂层，楼牌号小小的，贴在单元格里，每层都挂着空调外壁机，眼前不止房屋形制、窗户玻璃、楼间距的宽窄曲直，两边的楼房，要不是阳台上衬衫和短裤的样式不同，分不清谁是谁的屋。草和树都是同一年种的，同年同月同日生的样子。没有呵斥，没有诅咒，玻璃更不会碎掉。仿佛因为楼层高了，人也文明了。

从小区出门，沿着围墙走，过一条马路到菜市场。从巷子到笼子，人人都道是翻了身，只有贴着围墙走，看到围墙顶着大大小小竖插的玻璃碴——防小偷不错，防自己也够了，这么潦草又廉价，冷不丁暴露出它的低劣。

余文真进到菜市场，那个外甥果然又在。这回她看清了：精瘦的身形、慵懒的坐姿、无所谓的眼神。她刚一挨近，他就认出她，站起身，把手里还"轰隆隆"响的手机揣进兜里。这么一对视，对彼此的样貌算是印象深刻了。她一时慌乱，不能不说点什么，只好再买条鱼。给钱的时候他却不肯接了，也没有舅舅出来过秤。她的票子递在插着氧气泵的透明箱子上空，箱子里的水"嘟嘟嘟"的。他打定了主意不伸手接。她坚持了几秒后，他的脸却慢慢地红了。他眉与眼挨得很近，头发刚刚理过，有点不服地竖着。地下半层菜场的日光灯照得余文真的脸有点蜡黄，瘦得过头，衣服兜不住，眼睑深邃，无端的神秘性，跟菜市场也完全不搭。她只好缩回手，急急地逃出去。

接触过眼神，她心里有了底：他是外在条件、教育程度跟自己旗鼓相当，没太多优越感，也没太拿自己当回事的人。妈妈问文真的意思，她没有多想，答应相处看看。

但是头一次约会，就不痛快。说的是一大堆闲话。是真正的闲话。他从自己的小学生涯、初中生涯、高中生涯，说到了大学生涯——其实是省城的一个不知名的大专。她也说了小学生涯、初中生涯，班上的胖子、高中闺蜜吴利，如此等等。他说他们学校的学习委员，上一次见到，胖得跟什么似的，看着真糟糕。

她陡然想起章东南，微胖的肚子，微胖的下巴，圆滑的手背，心里一阵烦躁。

她说："糟糕不糟糕，不是光凭眼睛就能看得出来的。"

"难道肢体语言不是语言吗？"说完他嘴角翘一翘，表示自己讲出一丝哲理来了。

不知何故，她突然沉不住气，"嗖"地立起来："你可见过哪个

183

达官贵人尖嘴猴腮、面色蜡黄？"

"体肥膘厚肯定不行呐，不然为什么减肥这么流行！"他一根筋起来了。

王一明——他的名字简洁直白，没什么美感，虽然习惯性地顶了回来，但是被她一顿抢白后，突然失去了辩解的心情，尴尬地掏出手机翻起来。

第二次约会，他穿了件洗得干干净净的粉红色T恤，竟然没有刮胡子，头发也没有梳清爽。凌乱是一种美，凌乱也显出人的滑稽相。她自己并不怎么讲究，之前也不注重男人的发型、手表和鞋，奇了怪了，现在偏偏情不自禁就会留意这些无关紧要的细节：王一明肩头有一两片类似头皮屑的白点，她顿时觉得败兴，十分败兴。好在出门的时候，她妈妈早有防备，叮嘱她"看清现实，顾全大局"。

王一明也搞不清她怎么就不高兴了，还以为她天生的，依然谈笑自如——她觉得这哪里叫谈笑，一个劲地"我我我"。"我"里面能有什么呀，谈谈世界，谈谈思想不行吗？

然而他不谈。

两个人的关系里，一个劲地主动说说说的人，尤其是回忆童年，那基本可以确定是动了心、有相处意愿。可是他的童年，都是月城里的事，哪里需要说，哪里有意思，余文真想。

而且他并没有他舅舅介绍的那样完美无瑕，高中就学会了上网，那时候网吧少，花钱多，他就到处借，被人追债到家里，被大人狠揍过数次。后来家里商量送他到与世隔绝的山里远亲家戒网。

村子离公路远，不要说网吧，就连电都没有，熬了一个多月，别的没改好，和年长的远亲在一起学会了每晚喝半杯，后来一杯，后来两杯。一回到城里，在酒和网吧之间，他只能选择其一戒掉。想到喝酒更烧钱，还费肝，家里对他上网开始睁只眼闭只眼，他也算安安顺顺地成人了。他是真没心思找女朋友，有点儿空闲就泡在网吧。勉勉强强混了个大专，全靠大专院校招生难。

然而他骄傲。"银翼杀手""赛博朋克""基因改造""人工智能""星球大战"，你一头雾水，他点到为止，他懒得向一般人解释。

物质世界并不重要，现实世界不重要，发肤体表不重要，油盐酱醋算个屁，不算个屁。

他不是没发现自己处境孤立，一开始不屑一顾，后来略有警惕，但努力不到位，给人不明事理的印象，再后来索性把别人的眼光搁到一边，发现也没多大损失。如今三十而立，重新扎进人际关系，他显得赶不上趟了。把他带回家参加家庭聚会，连刚刚上大学的弟弟都似乎有些学问。饭后在沙发上闲聊，争论历史、时事，两伊战争、台海局势。弟弟喜欢历史。为什么日本"明治维新"能成功，中国"戊戌变法"却只能失败？弟弟想显摆，也有与人探讨的意思，他竟然无言以对，长久地沉默。绝不是谦虚。"超级玛丽""魂斗罗""魔兽""帝国时代""英雄联盟"，只要给他一滴水珠，他能扯出漫天飞雪。本以为游戏的世界无边无际，到这个家竟没有听众。大家都找不到话接，眼光纷纷投向余文真。弟弟也想帮忙，递出别的话头，让他表现，他说来说去，还是那些个虚幻的东西，言语枯乏，情绪倒剧烈。余文真越听越觉得丢脸，愈加板着脸——后来弟弟说根本不丢脸，她却认定早就丢大了，该有笑声和回应的时候也一概沉默，哪里是家长见面会，简直像医院候诊室。她的情绪也影响王一明，他不自在了，一会儿左腿跷在右腿上，一会儿又调过来。妈妈冷眼看着，不停地往桌子上倒瓜子和开心果，招呼大家别闲着，又带头嗑，末了屋子里就是咔嚓咔嚓嗑瓜子的声音。

到了九点多，王一明站起身来告辞回家，他的电动车在楼下一发动，这边妈妈的责备的眼神射向余文真，怪她又要把唯一的机会丢了。

"不知道自己几斤几两啊？"妈妈拉着脸，声音绝望，她手里拿着抹布，被自己的声音提醒了似的，她把湿乎乎的抹布猛地朝桌子上一摔。

自己的身价断崖式下跌至此，两年多前还不是这个妈妈，在帮她力争房本上加名字吗？

本以为这事就这么灰头土脸地结束了，可是下一个周末，余文真进门，妈妈正好拿了自行车钥匙出门去买菜，竟然半天没回来。天快黑的时候，她进了门，一脸神秘地告诉女儿："你猜我听到了什么。"

余文真抬眼看着妈妈，等她揭开谜底。

妈妈卖起了关子："人家说你身上有一种见过世面的大气的东西。"

"什么叫大气的东西？"

"就是你的气质甩别人几条街。"

"气质"两个字经由沈国芳的嘴里说出来，产生了一股怪异的作用，整个屋子的人都屏住了呼吸。

原来王一明的舅舅找沈国芳商量两个孩子的婚期。结婚的事，余文真一直不参与，她表示全听妈妈的，按本地习俗走流程。流程的最后一项，王一明上门，带了一只蛋糕，就在楼下新开的"克莉丝汀"订的，和蛋糕一起拿出来的还有一只戒指盒。打开一瞧，戒指上有颗白芝麻大的小钻。余文真接过来，戴到手上，巧了，刚刚好。她低头微微一笑，算是默认。

钻戒戴到手上之前的几天，妈妈的话题重点是"般配"。她有一个老同事，也是老朋友，女儿嫁给一个香港人，吃香的喝辣的，住在能看到海景的房子里，生了一对双胞胎，可是妈妈最后的总结是，"瑶瑶和她老公不般配"。好像在自己家里来这么一句不般配，能把瑶瑶妈妈从早到晚的炫耀和甜蜜都打压下去。妈妈指责别人不般配时朝女儿轻轻一瞥，并无存心伤害的意图，反而是刻意掩饰不悦的意图。

这是促成余文真默认求婚的重要原因，还有什么促成了自己的决定呢？是这些外表一模一样的安置房。巷子和周边的一切人，都像被搅拌机重新搅了半天又挤出来了，各自见了说不清是欢喜还是嫌弃，他们彼此知道对方的底细，因此享有她结婚与否的知情权，那些扎堆在公园拍婚纱照的摄影师，乃至有婚礼场景的电视节目，所有这些都在影响着她的选择。别人的人生就是自己的人生。终将登台，终将上场。不可省略，不可避免。

余文真在单位的各个科室来往奔波，送文件，找领导签字，在会议室和食堂穿梭，听同事之间传领导的八卦。八卦的核心内容基本不变，男女关系，升上去的职，升上去的薪……有时坐公交车，看到白花花清一色老头老太，都没有地方下脚，老年人说起话来"砰砰啪啪"，一梭梭子弹撞到玻璃上又弹回来。这就是生活，这就是生活。派出所在电视上开了一档栏目，教百姓认识人性的卑劣。大多数骗局都是围绕情和钱；这个节目特别火，电视台一鼓作气，又开了一档调解亲情矛盾的栏目，大多数时候都是为了房、情和钱。父母把房子给待娶的儿子，或者父母不肯把房子给出了嫁的女儿，或者男人不肯把房子给服侍他许多年的妻子，又或者儿女同时攻击父母偏心。每天晚上七点，亲情分崩离析，唾沫飞溅，这样的电视看多了，令人产生一种房子在接管人类、带动人类进步的幻觉。所谓爱情，就是出没于你心头的不存在的幽灵，驱赶它，远离它。

非结不可，非结不可。这声音轻轻地在脑子里回荡，先是像雨点滴打在瓦片上，后来像刷子在刷着窗户玻璃，又像猫在夜间咆哮，这声音最终占领了高地。有人娶是好事，没人要才给家庭蒙羞，也不是个办法。吃一堑，长一智。就这么定了。

她正式去王一明家拜见未来的公婆。"一品苑"和"四季阳光"原本就是直线五百米的距离，虽然都是拆迁安置房，地段景观交通大致差不多，差别也有。"一品苑"的不锈钢宣传栏做得像模像样，形态各异的"先进人物""好人好事"小剪纸，横七竖八，把玻璃罩里挤得满满当当。

她把婚期告诉吴利。吴利说，好事好事，一个全新的开始，把过去覆盖掉，新的男人，新的房子，新的生活方式，从此之后，长大成人。

这几句话她说得又快又急，又拍手又过来搂抱，有一种想要为余文真的生活定下基调的意思。心肠是好的，但也很伤自尊。她帮文真介绍过好几次对象。但是从那些对象的身份来看，几乎没有功成名就的成功人士。她想都没有往那方面想，可能想了，又明白余文真驾驭不了，就放弃了。肯定是。

当年的十月一号，有了一个像样的婚礼。宾客共有二十桌，留下上千张婚礼现场的照片，足足五本厚厚的影集。婚纱照所显示的，是一个女人有了未来的模样。婚礼结束全家凑在一起看照片的时候，除了余文真邀请的亲朋，她还认出了一位失去联络的小学同学，以及一位初中同学的哥嫂，他们都是王一明的远亲。承办酒席的老板也认识余世福。受同样的教育、共同的熟人、类似的经历，一切都显示出某种合理而必然的缘分。他们在一块平面上，不仅是家庭经济条件旗鼓相当，学历身份也仅有毫厘之差，这些都让人觉得加倍安心和妥帖，双方的父母都表现得很大方得体。这样，余文真绕了一个大大的圈子，终于回到了原来的轨道上。在敬酒的时候，一个同事，已经拖家带口了，打趣余文真说她结婚的时机刚刚好，不早也不晚，既享受了青春，也变得更理智，是聪明人的选择。她带着一种被过早摆布了的自我怜悯的口吻，只是为了让余文真更高兴。她只是在表现好意。过去的自由！即使她偏离了出去，又能完好地回到这里，充分说明到目前为止自己仍然享有自由选择权。这种感觉挺好。

妈妈多冲洗了几大幅女儿女婿的婚纱照,摆在余文真住过的房间里,算是女儿二十九年闺阁时光交出来的满分答卷。在收拾衣物的时候,妈妈问她几件羽绒服哪里去了。

"拿到那边去了。"

"什么时候拿的呀?"

"不记得了。"她白了妈妈一眼。

事实上,那些衣物她留在了"小留"。所有人都想当然地觉得她退租了。她闭口不言,仿佛这个房子过去没有存在过,现在,以及将来都不会存在似的。没有为什么,反正就是没有退。房间仍然是刚租时候的样子。一张床,些许衣服,零碎小物件。房东对她的底细一知半解,也渐渐失去了兴致。城市膨胀的好处就是如此,越来越开放,越来越繁杂,也越来越容易躲在里头含糊隐身。

那几个星期她几乎没去过"小留"。再去,发现巷子格局发生了些许变化。不是大张旗鼓地变,而是悄无声息地变,比如房东南边二楼的窗台向外扩了一个二层多的阳台。上面放着几只花盆。花盆是旧的,花是新的。从墙与墙的缝隙之间侧着身子穿过去进自己的房间,一抬头,两扇墙之间竟然也搭了顶,等站到窗口,发现地面的杂草铲除了,象征性地抹了层水泥,水泥地刚抹好,一只猫在上面兜过圈子,它的爪印错落有致,绕了两圈后,消失在墙角。墙角有一只梯子,沿着梯子,能进入对面人家的阳台——也是新搭的,用劣质的空心不锈钢管围起来,顺着梯子爬上去,能看到另一侧的院子,存放了些宣示主权的杂物:一只缺了门的碗柜,一只雕花床，没有床垫。这个院子像一口井放在另一口井里——本来就没法住人，既没进口也没出口。余文真不用想也能料到，这背后一定有争执、抢夺、相互恫吓、几番摩擦。城市频道专门有一个小组，就是到类似这样的巷子里劝和。那些相互友好了数十年的邻居，为加盖翻脸，为阳光权争执，撕破脸皮，互揭老底，甚至发展到挥刀舞棒。十八频道有一个叫王强的主持人，草根出身，因其亲民，每天坐在圆桌前替人调解。在当事人说明原委之后，观众们各抒己见，一场节目一个半小时，有时候促使双方当场握手言和，有时候两个当事人在摄影棚揪作一团，但大多数时候是文斗，用语言作武器，拿对方的陈年旧事作子弹，尽量捣毁对手的意志。台下有数十上百名观众，也能引领局势，有时伶牙俐齿反而遭受到观众的鄙视，木讷慈厚的得到同情；有时则相反，会表演的赢得支持，说真话的反被攻击。节目总是令人不胜唏嘘，到末了难分胜负。余文真听说"小留"的主人也上过这个节目，不是房东自己，是侄子全权代表去的。那一集不知何故，没有播放。无论如何，她是没占到优势。本以为这后院是天赐秘境，出入神不知鬼不觉，如今这里四处有眼，说不定哪天就有人闯进来了，窥见她的秘密。她不得不从里面把窗户扣死，从巷子进出。她租这个房子的用意就是不与人碰面，现在，这功能失去了，她每次来都难免和其他的租客打照面，她想着退租算了，可是房东却懒得露面了，老太太学会了网上接收转账，根本不与租客见面。余文真自然没透露自己结婚的事。谁管你结不结婚，等到拆迁令一来，自然会通知你搬家。

十六

　　一切都还挺好的，余文真有过一段时间的蜜月期。定好婚期后他们就自然而然发生过那种事。王一明的前戏时间不长，没有讨好女人的意愿，甚至还略略欠缺一点儿耐心，但横冲直撞，舍得出力，而余文真也不好意思提醒他。虽然两人明白对方有过其他异性的事实，但面子上还要装一装，至少不能让他知道她对此事有偏好有心得，只能遮遮掩掩，顺其自然。好在节奏刚刚好，有那么一种规规矩矩水到渠成的意思。他从没计较过她订婚的事，反而趁着高兴，说了自己的几桩恋爱或艳遇。如她所料，都发生在网吧里。网吧里认识的一个女孩子，偷她姐姐的身份证出来上网，化着浓妆，看上去很成熟，还抽烟。下半夜的时候，他打游戏迷迷瞪瞪的，她贴过来和他亲热。她穿着超短裙，裙里面没有内裤，他当然不会客气。后来知道她的身份证是偷来的，吓得半死，赶紧闪了。他还交往过一个患有严重洁癖症的女朋友，只要他碰过的地方，她就一个劲地洗啊洗，洗得他觉得人生无望。他说这话的时候，拿手从她的领脖子里伸进去，摩挲几下，又把手拿掉，表明自己只是单纯地验证一下她有无洁癖。她恼了，拿手抽他。他才猛地跃上来，要征服她。一定要幸福，她心里想，幸福是对伤害我的人最大的报复。

有一个例外的惊喜。有次王一明陪她去逛新建的商场。商场一楼大厅躺着一架锃亮的黑色三角钢琴，一个孩子摇摇晃晃地走到钢琴跟前，一顿猛操作，逗得顾客们哈哈大笑。王一明童心大发，也走到钢琴边上，伸出手指，直接弹了一段《欢乐颂》的开场部分，然后调皮地伸了一下舌头，回到余文真身边。

余文真张大嘴，好半天回不过神来："你竟然会弹钢琴！"

"小时候学过的呀。"

"你小时候就学过钢琴？"

"我还会弹吉他呢！"

"真的？"

"我还会打鼓呢！"

"所以你有音乐细胞！"

王一明耸耸肩，得意洋洋却又漫不经心地走开了。

那次偶然所见，令余文真无比兴奋。当天晚上，她回娘家吃饭，把这个事当成新闻在饭桌上说给爸爸妈妈听。他们的反应不那么热烈，甚至可以算是没听进去。妈妈问她今天逛街买到了什么，余文真说我没心思逛街，就想拉着他在大厅里再弹一次。

"所以你什么也没有买咯？"

"什么也没有买。"余文真说。

弟弟在鼻子里哼了一声，也算在回应她。弟弟的口琴吹得很好。虽然没有经过考级，没有经过专业培训，可是能吹完整的曲子。他骄傲了吗？他飘了吗？

关于王一明的天才部分，就这样结束了。

余文真的婚房朝向好，卧室窗户朝着一条线一样的小湖泊，也有公园的规模，但是没多久，远远地就看到草坪上放着几尊变形金刚雕塑，湖水看似不深，似乎怕有人落水，全部用不锈钢栅栏围住。简直以丑为荣，以牢为任。她突然想起市领导班子刚换不久，这个大领导做过农民，援过藏，有务实精神和安全意识。她终于悟出来了，一届领导一个主意、一个方案、一套班子，从公共环境就能看出，真是说复杂又简单。她再没兴致去湖边走路。又有一次，余文真趴在床上看书，王一明偎在她边上玩手机。不知何故，余文真突然想起城东新金陵酒店的整面玻璃墙。她伸长脖子，把脸贴在玻璃上，让眼里的余光接触到那一线湖水的光泽。突然，王一明从后面压了过来。她挣扎着要躲，他不许，她毛了，用力一踹，他从床边滚落到地上。她以为他罢手了，不设防地继续趴着玻璃，结果他一跃而起，整个人压了过来，三下五除二，剥掉了余文真的衣服，余文真反手捣他一拳，他更来劲了，身体的每个部位都使上了劲，猛拉猛扯，带着恶作剧的执着，加大力度……她张嘴喊，玻璃窗户被震得微微颤抖。他腾出一只手捂住她的嘴……

她疼了一个礼拜，走路的时候微微张开腿，但没有跟任何人说，他们是新婚，才两个多月，这是一个偶然事件。一个星期之后，她又坐在窗前发呆，想起章东南，想起他覆盖在她身上，十分留意她面部的表情，问她：你舒不舒服？他的力道刚刚好，节奏也刚刚好。结果，冷不丁地，王一明突然又蹭过来，她正胡思乱想，被他一碰，吓了一跳，身体突然收缩，准备侧身逃开，他立刻兴奋起来，摁住她肩膀，同时双腿叉开，占据她准备逃跑的路线。

有二就有三，下一次，但凡她心情好，顺水推舟了，事情也就平常般发生、结束，可是，一旦她抗拒，他就会力气飞涨，变本加厉，她也算年轻力壮，没觉得身体吃不消，睡一觉也就好了，过不去的是心理上，王一明的粗暴使她十分反感，简直相当愤怒，但彼时她尚不知其严重性。

王一明其他方面的毛病也不少，比如不做家务。她下了班还要拎菜回来，洗切炒，还罢了；他还脏，也罢了；他晚上睡前还不肯刷牙，一次两次三次，后来她也不提醒了，看着他丢下碗筷往沙发上一躺，捧着个手机专心玩游戏，一开始不戴耳机，游戏声音震耳欲聋，她抱怨了几次，耳机倒是坚持戴上了，可是一戴就戴四五个钟头不会摘下来。每天晚上家里静悄悄的，只听到她自己整理房间时走动的"啪嗒啪嗒"声，以及放水洗碗时水压不稳，"扑哧扑哧"冲到碗里的声音。

这都不算什么事，这些缺点他从来没有刻意隐瞒，他懒得光明磊落、不以为耻，亦不以为荣。月城的风气，整个来说，虽然经常跟着风潮喊一喊男女平等，女人要买衣服，要做瑜伽，要管财务，要做老板，要开车，要和公婆分开住，这都是真实存在的。也有女子当家做主的，比如沈国芳打败余世福。但到头来，真正在厨房里忙活的仍然是女人，带孩子的也是女人。换个说法，哪个男人晚上喝醉了酒，在楼下大喊大叫，那也是寻常的，要是换成女人，喝得人事不省，那可就是事故了。男人在外面搞三搞四，朋友们一个劲地劝和，女人若有不清白的事，人人则会来劝分。真正平等的地方有吗，一定有，但不在这块区域，家里的家务都是余文真做，所以并不是王一明突然变成了大爷，他不过是持之以恒地做他自己。每晚睡前，王一明若打游戏累了，或者是坐久了，肩膀和腰都疼，想要活动活动，如果她不抵抗，他的频率就像闹钟，定时准时，温和有规律。但这温和与规律渐渐地使他不够尽兴。不久，他开始解读她的身体密码，她不抵抗不保留地迎合，他会草草收兵，但凡她不情愿——真假他能感觉得到，他立即会跃腾而起，眼里有燃烧的火焰，他冲锋、冲锋，稍停片刻，听一听阶下囚徒劳的抵抗，再冲锋。他满头大汗，头发上的汗珠子洒得到处都是，然而却有一种至死方休的大快意，他哼哧哼哧，没有一句完整的句子，但他的喉咙、他的头发、他的毛孔，全身上下从头到脚都洋溢着理直气壮的蛮横气息：老子乐意，老子快活极了！之后他倒头就睡，其间无论电闪雷鸣，或者邻居家着火，都不会使他醒来。

虽然第二天早上起来，他看到蜷缩在旁的妻子，会猛然醒悟似的别过脸表示羞愧，可是逮到类似的机会，绝对还会再犯。

第二次剧烈抵抗导致受伤，距离结婚还不到四个月，天已经是最冷的一月份，有几天竟然达到了零下八九度。余文真平常舍不得开空调，放着游戏电脑的房间更是冷得像冰窖，王一明对此显得无所谓，嘀咕两句，套上睡衣在床上玩手机。余文真打扫屋子洗衣服，做家务做得冻手，哈气在手上搓，搓着搓着觉得悲凉。她一个人的时候，爹妈都急得跟热锅上的蚂蚁似的，想她赶紧嫁出去，可是嫁出去之后白天工作，下了班做家务，半夜还不得消停，生活质量一点儿也没提高，痛苦也并没有减小——不经意一想，她就明白了这一点：她沉浸在新的苦涩里，虽然这个苦涩的表面上蒙了一层新纱布，洒了香水，可是一不小心就露出本质来。就像此刻，她搓着冻僵的手，看到卧室阳台上晾的衣服也结了冰似的硬邦邦，她心里想，我真贱，单身不好吗！

上床的时候，王一明赶紧挪过去一点，有让她暖一暖的意思，她心里有气，并不响应，侧身贴着床边睡下了。迷迷糊糊地，感觉有手从腰上伸过来。她不乐意回应他，假装睡着了。他的动作加大，存心想弄醒她的意思。她心里反感，不想贴近他，不愿接受他的爱抚。但是，她知道自己必然要演戏，否则等待她的肯定是一场无法承受的撕扯。她这么想之后，转过身，闭上眼睛，把自己的脸凑向他，但是，她的身体却不自觉地缩起来。她的小臂碰到他的肩胛骨，就像一块石头遇到了另一块石头，弹了回去。他来劲了，纵身一跃，掀翻被子压了下来……

腹部以下火辣辣疼，一直到天快亮，疼痛才不那么剧烈，窗帘缝透进来的光半明半暗，她能看到窗外一小片天，惨白，一块云都没有，像一块淡灰色的布铺在窗外。她想起和那个人一起去过的云天酒店。床挨着阳台，阳台仿佛在屋外，其实一切都罩在蓝布上。但那里的蓝比真实的要高级，而且有云。云的形状各不相同，缓慢变化，间或飞鸟掠过，耳边清晰传来配合鸟儿飞翔时的风声，而且没有一丝尘埃，不像这里，只要两天不擦，桌面上就厚厚一层。天渐渐大亮，楼顶尖利地竖在眼前，遮蔽了遥远的模糊的记忆，一种揪心的哭泣想要突破喉咙，终于被压回。她感觉心跳得很快，震动耳膜，嗡嗡地，过三五分钟，才缓和下来。又过了很久，对面楼上老头的咳嗽响起来，一声，一声，止不住的节奏，隔壁人家孩子的哭声也响起来——想必被硬生生叫醒上幼儿园去。生而为人，没有不苦的。她这样想，还是支撑着爬起来去煎鸡蛋。她掐着点出门，王一明还没有醒。有时候他起得早，会让她搭他的车去单位。但他始终没让之形成一种惯性，她不愿意他保持这个惯性。说不清原因。门口的保安，站得笔直，向每一辆进出的车敬礼，他们的制服刚上身的时候崭新得跟警服一模一样，一等洗了几次，就露出真面目，领子袖口都软绵绵垮塌下来，但是这会儿，还是有一种让人心安的威仪。栽着行道树的街边，有小情侣说说笑笑等公交。还有一个奶奶捏着孙子的手，生怕他往马路上窜，这些人消散了秋天清晨的凉意。公交车远远地驶近，玻璃上的光芒向前移动，直至，把路边的人吸进去，带走。

就在那天，她突然想，我遇到了一个变态，章东南在干什么？她想象那个男人仍然经常出差，出差到一个个小城市，瞄上一些不那么出众的女士，制订约会方案，预订别开生面的酒店，表演他的博学和优雅，之后，嗅到危险，以出国的名义逃离。

她跑去福禄寺巷，新婚的痕迹在她身上荡然无存，怕人看见，她从两墙之间的夹缝挤过去，想掰开窗户爬进去，可是窗户被自己上次从里面反锁了。她愣在那里，一动不动，但心里清楚，头顶和栅栏那一边，定有许多双眼睛在盯着她呢。傻蛋才以为自己每次都神不知鬼不觉呢。自欺欺人呐。

她到底还是从前门进去，房内黑漆漆的，她想了想，没有开灯，反而把窗帘也拉上。借着微弱的光，实在无事可做，久不开窗，一股霉味。她拿起桌边的一张纸，对折，再对折，如此三番，成了一个小长方形。

她从中撕开一个口子，展开，是八双规则排列的无珠眼，她找到另一张，继续折，折到最小的时候，从中间部位挖一个孔，还是无珠眼。她折了更多的长方形，排在床上，一个、两个、三个，她手都酸了，表情严肃。一抬头，天已经大黑，这下她完全隐没了。她跳起来，"腾"地撞到了书架上，这才发现自己站在了床上。她俯身去摸自己的鞋，摸到一只，又摸到一只，想起身，突然失去了平衡，上半身落到了地板上——她眼冒金星，差点休克，觉得自己掉到了悬崖，掉到了深谷，掉到了深海，硌疼她膝盖的是礁石，鱼群在眼前想要分食她，好半天痛感才缓解，她咧着嘴念叨：我必须造一个木筏，我必须造一个木筏。

她挣扎着起身走到窗口，爬出去，向有王一明的房子去。

之后，她遭到王一明掐脖子，拧双臂，用膝盖顶住下巴……程度都不致死，但也够受的。到目前为止，只有吴利知道这事，可是她没有提出新的建议。吴利的孩子已经上幼儿园了。她自己的生活，似乎完全没有变数了。正因为没有变数，即使她给出建议，余文真也不会采纳。如果她说，你离婚吧，这个男人有这毛病，不会给你带来幸福的，余文真就会情不自禁地想起她那个毛病更大，腰已经勾下去的老公；如果她说，你忍耐吧，男人莫不如此，那些超级完美好男人，我们是不会有那个好运遇到的，余文真就会想，忍耐的结果都在你的脸上。所以余文真完全不会去问她的意见。见面的时候，她俩一起逛逛街，喝喝茶，挑几件衣裳，说说闲话，这就够了。

但那阵子，余文真是真怕了。可是她不说破。说破有说破的规则。说破一定意味着战斗，战斗意味着胜负，胜负意味着两个家庭的分崩离析。

有一天，她溜出单位去市中医院看心理咨询医生。报了一个假名字挂了号，去到诊疗室，竟是一位七十多岁的老太太。老太太头发全白，戴副黑框眼镜，让余文真把手伸到桌子上先搭脉。余文真说我是来做心理咨询的。老太太点点头说，知道，许多时候，人因为器官出了毛病却没有痛感，反而心理上感觉不舒服。她听了觉得有道理，伸直手，安心地让她把脉。

医生又问她的年龄、工作性质、家庭状况，她什么都轻描淡写，重点提到几次被强行过夫妻生活的痛苦片段。

"除此之外，我没有什么不舒服的。"

老医生看看她，在病历上写几个字，又看看她，又写几个字。她觉得医生写完了就会继续往深里问，或者给她一些建议，但是，医生的笔好不容易停在那里，她亲切地凑过脸，对余文真说："你还要来。今天我只有一个小时给你。"她把门诊的时间写到了病历上，什么药也没有开。好像玄机会在下一个时间揭晓，可是已经经历了一个小时的期待，余文真的心更加灰冷了。

拿着病历，她一直待在门诊室的走廊上，磨磨蹭蹭到十二点左右，医院里的人群开始慢慢散去。奇怪的一点就是，无论早上多么繁华，医院也终归跟菜市场一样，到了饭点便慢慢归于平静，直至空空荡荡，像她此刻的脑子一样。

这种事发生了，就似乎不再结束了。这个事情的节奏是：她乐意，他倒安静了；她假装不愿意，王一明不那么粗暴和兴奋，可以收手；她真的不愿意，王一明会更粗暴更兴奋，也更满足，事后他会很识趣地安静地待在一边。他痴迷她当时的怒火，但却怕事后的风暴——事实证明，事后的风暴再猛烈，也冲洗改变不了他一丝一毫。

这个房子，跟妈妈家又有什么不同？过来过去，变化微乎其微，生活说是自己的，哪一样是自己的？风格还是人物？

"我离我真正的意愿越来越远了。"

但是，无论如何应该硬着头皮走下去。往回走已经太晚。与过去之间的裂缝已经产生。要回到娘家的生活，过去的街道，忍受异样的目光，还有那些贴了标签等着对号入座的身份，似乎同样难以接受。

有一个礼拜天，她独自回妈妈家吃午饭。饭后往回走的时候，不经意地拐偏一个弯，拐到了和家相反的方向，进了一片小树林。小树林是新造的，在楼房和楼房之间，挨着主道，树木棵棵差不多高，间距齐整，大有观景道的意思。时已春末，林边草地一片新绿，三角梅盛开，小道上有学生模样的人在谈恋爱，帽子把脸遮起来，但是彼此一直在抢着说话，说不完似的，叽叽喳喳，快快乐乐，一直往余文真的耳朵里冲。爬藤月季花丛里，蜜蜂在穿梭，发出嗡嗡声。

她走着走着忘记了回家。也不知道走了多久，身上渐渐发热。天空好像与别处不同，像是淡蓝墨水画出来的，一缕缕太阳的光从枝叶的缝隙间落到小草的尖头上，洒在盛开着的白色、红色、蓝色的野花上，她甚至不知道这些花的名字，但是，这些花就那么簇拥着开放，不吵不闹。

为什么我会站在这里呢？她停在一株野蔷薇边上，野蔷薇开着粉色的花，一串串，一簇簇，余文真蹲下来，一股暗香袭来。她摘下一株，捏在手心里问自己：

我多久没有闻过花香了呢？

时间直达那场欢送章东南的盛宴。从那时起，他用最甜蜜的方式酿造了最苦涩的果子，他形成了无形的屏障，横亘在那里。起先因为迷恋，后来因为不甘，他制造了一个幻境，从此开启美丽新世界，即使他离开，这个幻境长久地挡在月城万物之前，这个幻境填满了她，侵占了她，俘获了她，从精神到肉体。

如果不是这个幻境在作怪，我就不会遇到今天的局面，我的人生就会是另外的样子，更加平庸，也许更加不幸，那时候的不幸另有原因，但是，今天，这不幸的源头只有一个——章东南！

一股恨意。并没有经过酝酿，就那么突如其来，但它不是从天上降下来，它像潜伏在心灵的某个角落，就在等这个时机涌出来，就好像什么人释放的一个信号，然后就"腾"地自然而然地出来了。她原本就在草丛里，这个制造幻境的人，送来这副眼镜，她还没看够，他又不声不响地拿走了他的VR眼镜，没错，都是他造成的。我终究不是韭菜，割了一茬还能长出新的，从认识他的时候起，就不长了，如今烂在了土地，陷进了土地。她被这个念头击中了：邂逅即命运。所以我婚姻的不幸并不是一个意外，而是一个必然。身体像是灌了水泥的地基，牢牢地钉在她心里。没有不幸能够戛然而止，能够戛然而止的就不是真正的不幸。

获得了一条通道似的，她大力拂开手边的蔷薇，猛地站起身来，一阵眩晕，她赶紧立住，等那阵眩晕过后，她加大步伐，迫不及待地发力奔跑起来，很快，她离开了丛林，回到了水泥路上。

十七

　　她打开那个曾使她惊悸的论坛，那个要揭开别人真面目的帖子早就不知所终，但是，略一搜索，类似的帖子竟然数以万计。果然是太阳底下无新事。男欺女痴这样的事，重复、相似、关联、无休无止。过去，现在，将来，一直在。永在。

　　她把电脑关掉，走到了街上。过去住清凉寺巷的时候，晚上出门，就会在临街的铺面里转，到处都是熟人，开店的，打工的，向上追溯，还认识这附近住的爸爸妈妈舅舅叔叔，有时候没有带钱，看到什么好玩的好吃的也可以先拿回家。这会儿，世界好像变了，她在街上兜兜转转，到哪里都是生面孔。店铺里都是带着各种口音的外地人，跟她小时候见到的不一样，小时候见到的外地人多半在工地活动，穿的也肉眼可辨，现在住在同小区的人，多半都是陌生人。一楼的店面开了个咖啡馆。也卖煲仔饭和小龙虾。老板是看上去二十出头的小姑娘，进出开的是辆宝马，见人就笑，路过的，贴着她家蹭网的，她都笑嘻嘻地看着。一开始以为从哪个南方大城市来的，衣服和车子再新，口音变不动，头两句寒暄听上去还好，说多了，音调就露馅了，一声变二声，二声变四声。后来，她琢磨出，那姑娘是涡县人。下午三四点，厨师们蹲在外墙根抽烟，个个都很年轻，肤白面净，有次她下班晚了，去店里订一份煲仔饭，说要等十分钟，她通过半开的门看到上回蹲在外面偷偷抽烟的小伙子在哼着歌宰鱼。鱼在案板上无声地挣扎了几下，开膛破肚后不动了。小伙子又打开龙头冲洗案板，水流的"哗哗"声伴着他的歌声，他的声音欢快清亮，一点儿听不出人间的烦恼。人怎么可能这么开心。她是不开心久了，觉得这么多的开心让人疑惑。

拐了弯，进了新御道街，新造的房子一排排的，外墙尚未粉刷，亦无人入住，很像是荒野大道，一堆堆没来得及推平的小土堆，四周是被踩踏得萎蔫的荒草。她对这城市没信心，收拾干净了无非只落一个字：丑。

回到家的时候，王一明不知道去了哪里。随着她坐定，房子里马上一片寂静。

客厅有一台液晶电视，电视柜上放着三只遥控器，复合木地板是交房时铺好的，做工粗糙，脚踩上去有点儿松动。阳台上是自动晾衣架，上面挂着两件衣服，一件是王一明的绛红色短T恤，一件是王一明的烟灰色休闲裤，两件都是婚前买的，他只穿婚前的衣服，结婚时置办的几件衣服还挂在小卧室的衣橱里。她走进小卧室，打开橡木色衣橱，一股刺鼻的油漆味。说是环保，全是自欺欺人，常开常刺鼻。靠窗的写字台才是王一明的大千世界。联想宽屏旋转升降显示器，黑红色电竞耳机，樱桃牌带上盖彩光黑轴键盘，至少有十只鼠标摆在角落。结婚半年多，用坏十几只鼠标。

这个家像两块生砖摆在一起，到处是缝，到处不贴，到处硌得慌。

玻璃上贴着"囍"字，经过大半年，颜色褪得差不多了，只等胶水失去黏性就会脱落。

钥匙开门的声音惊醒了她，她站起来回到卧室。是王一明，他在客厅和厨房里磨蹭片刻，随便填饱了肚子后，别进了游戏室，很自觉地戴上了耳机。

家里再次静下来，比刚刚还要无声。简直像一只储钱罐，而她则像一只被误投进来的游戏币，到哪个角落都似乎不是地方。

突然一个声音出现，她屏住呼吸，仔细辨认。她确信听见一种妈妈很久之前缝制衣服时棉布撕扯的声音，一开始，剪刀的"咔嚓"声，然后是试探性的"哧"，之后才是整块布条"刺啦刺啦"，一撕到底，清脆悦耳。每次听到妈妈撕扯布条的声音，她便知道快过年了，妈妈要给她和弟弟缝制新衣服了。撕布条的声音能给她带来微微的喜悦和期待。"哧哧哧！"这个声音变得亲切。"哧哧哧！"这个声音唤醒了她身体内部的某种情绪——微微的期待和年幼时的简单，她似乎也变得像小时候一样，大脑空白，某种经年累月形成的自律像被抽走了似的。一种野蛮力量在滋长，她有一种想做点什么任性事的胆识。就像一个贪生怕死的士兵，在大军压阵前豁出去的瞬间。我跟你们拼了。她听到一种浑厚的声音从身体里发出来，对着她耳边说。

我跟你们拼了。她轻声地重复了一遍，这次她听得更清楚了，不过更沉静，更有力量。她钻进被窝，蜷缩着睡了过去。

半夜，王一明又蹭过来了。开始了。一个声音对她说，预备。她双臂松弛，没有任何抵抗，他的手继续摸索，她放平左腿，对方感觉到了她愿意，停顿了一下，她不露声色，又放平另一条腿。她表演的痕迹太明显了，她自己意识到时为时已晚，对方也识破她了，识破她在表演愿意，他来劲了，半个身子迅速贴住了她。完了。她想。我去上个洗手间。他五成力已经使出来了，小臂肌肉绷紧像铁块似的，上厕所！她对准他耳边叫了起来。他松了松臂膀，她钻出去，不声不响地进了厨房，接了一盆水，从冰箱冷冻层拿出来一盒冰，哗啦啦倒进去搅了搅，趁着寒气往上冒的工夫，端进卧室，照着王一明兜头一浇。

王一明几乎没来得及做任何反应，头上脸上的冰块快快乐乐地往地板上滑，顷刻间，他的身上及身下的床垫上汪起一摊水，他左右晃了晃脑袋，水花四溅。

余文真一字一句地说："下次你再敢这样，我就报警。警察不管，我就宰了你。"

酷暑七月，这盆水算个屁。可是王一明抹了脸抬眼看她。她两目圆睁，牙关紧咬，手臂抢得很直，滴着水的盆抢在空中。她与自己判若两人，王一明吓得一言没发，把手伸进耳朵里两边拍打，巴掌碰到脸颊，发出清脆的声响，他用这声音替自己掩饰尴尬蔓延。

一盆冰水浇灭了王一明的兴致，也浇起了余文真的斗志——原来发作可以这么爽。之后两个人处于一个相互观望期。早上上班，先出门的会打个招呼，后出门的赶紧点头领情；下了班之后，先回来的会打个电话，问后回来的到哪里了，其实到哪里都一样，就是一个和平相处的态度。

到了床上，王一明更小心些了，有时候蠢蠢欲动，先小心翼翼地试探，包括早早洗澡，洁面，把电脑提前关机。余文真静观其变，不哼声，但是她一定会拿个什么东西放在床头柜上，有一次是一只充电手电筒，还有一次是一罐辣椒酱，玻璃瓶外写着"朝天椒"几个字，表示有所准备。

王一明老实了一个月，有天晚上，余文真下班，看到有人在厨房发出响声，探头一看，是王一明在做蛋炒饭，厨房里一片狼藉，他回头朝老婆挤出笑，一脸谄媚。她嫌恶地一转头，到客厅，他已经端着盘子跟了出来。

还有一次，他主动提出去她的单位接她，看场电影，她拒绝了，心里冷笑：来不及了，这些小伎俩！

事情就是这么个事情：你若是狠一些，别人就会弱一些。她发现了愤怒的力量。愤怒一旦发挥作用，它就是一把刀，一根榔头，一块盾牌，一条通向自由的路。

王一明老实一些了，一种完全不同于夫妻关系的紧张和戒备在他们之间形成。他们彼此怨恨，但都达到了奇怪的默契，维持着不沟通的姿态。星期四下班回来的路上，下起了雨。雨并不大，也有没有打伞的人在走，电动车一辆一辆经过她，溅起微弱的水花，无边无际的潮湿，简直没有一块干的地方，她渐渐满心凄凉。

她的警惕心保持了半个多月，有一天夜里，他开始偷袭她。一切都在暗地里完成，直到进入的那一刻，她猛然惊醒，没有手忙脚乱地挣扎，而是暗暗深吸了一口气，然后伸长脖子，奋力吼叫起来。那吼声简直震破了天。效果甚好！他停了下来，她再一次发出嘶吼，他已经离开了，她仍然发出了第三声，因为蓄势了，所以这一声比前两声更尖更长更恐怖，很快，她看到对面一幢楼有好几家的灯亮了，有人走到阳台上，朝她这边伸出脑袋。对，这就是她要的，她有意要招来全楼的注意。尖叫声继续，王一明吓呆了，转身逃进了游戏室，锁住门。

冷战持续了小半年，夫妻俩都感觉到两人关系的远景，其实像一条黑道，进来了，摸索了，感觉到压抑、束缚、透不过气，可是转身呢，仍然是空气稀薄的，充满着未知和不确定，正因为两人都知道关系到了千钧一发的时刻，所以谁都不敢做把婚姻搞死的刽子手，因为谁都知道前后都是家人亲戚拥堵，所以沉默是目前最好的选择。

他们之间形成了新的局面：如果她不满足他，没有性生活，那么就没有交谈，没有一家之主的义务。但凡有了接触，哪怕没有尽兴，他的温顺的样子就回来了，那么一小会儿，会令她有一个错觉，他们的关系能够向好，只要她基本顺从。但是，很快，他的狂暴的一面露出来，疼痛感会提醒她：

这是一个变态。

夫妻之间的冷战堪比两国纷争。外交层面不显山露水，反倒举止更加沉着，甚至相敬如宾，不卑不亢的意思，可恰恰如此，暴露了暗地里的波澜起伏。有利害关系的相邻国，比如母亲和婆婆，全部一眼识破，希望国际关系和平，竭力劝和，希望他们早日正常化，那往日见面不打招呼的左右邻里，背着当事方抱怨，顺便隔岸观火，怕被惊扰，又唯恐火势不够猛烈。

最先想解决问题的是王一明的妈妈。自己养的又懒又古怪的货色，她心里有数。老邻居向她告状，说王一明和余文真半夜打架，把她家一个多月大的孙子都惊着了。婆婆听了很觉得抬不起头，她错在急躁，为表诚意，亲自给沈国芳打电话，订了包间，点了海鲜，开了红酒。两家人碰杯推盏，搜罗话题，气氛搞得热热闹闹的。婆婆以为时机成熟，开始数落儿子的缺点——而且是避重就轻的弱点，不爱洗碗，不爱搭理人，嘴巴不甜，让王一明当着岳父母的面，给余文真道歉，做口头保证。

"保证什么？"

余文真同情地看了一眼婆婆，心里想你儿子比你知道的更恶劣。婆婆讪讪地垂落眼皮，她是真不知道矛盾点在哪里，她勉强补充了两三句，诸如自己管教不严，把儿子宠坏了，不懂得照顾体恤人。余文真本来还好，听着听着就更来气，她自己也没有料到，自己竟然站起来要走人，在她推开椅子的一瞬，接触到父亲茫然无措的眼神，余世福难得这么松弛高兴的样子呢。余文真拿眼睨注着父亲，她想着他真笨，结婚才一年的小夫妻是眼下这个样子么，各坐在各的家人旁边，话不多说，眼神也不碰一下，竟然完全看不到情况有多严重？可是想到他们吃进嘴里的东西还没来得及消化，得有多难堪呀。走是容易的，可是然后呢？这么一想，心肠却又软了，婆婆过来摁她，就顺水推舟坐回椅子上。

她也设想与王一明发生了争执。比如，她会要求王一明承担家务。

"我从来不喜欢吃自己烧的饭。"

他反复强调自己烧饭不好吃，他最多会说我会洗碗。如果他洗过了，你还有情绪，那么他会表现出更强烈的委屈。"你让我干什么我不是都干了吗？"但事实上她要求的是他的参与感，他要在现场，他参与每一道菜的过程，聊天，陪伴。他显然无法理解这个要求。一个人干活，另一个人看着？这就是折磨人嘛。

换个做法，要求他洗衣服，这事发生过，他把所有的衣服全部塞进了洗衣机，倒上小半瓶洗衣液，启动机器。半个小时后，他把衣服从洗衣机里拎出来，来回摆动，同时眼睛盯着余文真，意思不言自明，这算什么家务，这算什么事，值得劳我大驾吗？就是那么个神气。如果你进一步要求他晾晒起来，也是没有问题的，他照做，做完会用这样的眼神复述一遍同样的意思，但是，下一次，如果你不提，他仍然不会主动把衣服抱进洗衣机。因为这么微不足道的事，有什么记住和争执的必要呢！

还有，如果她希望他每天出去散步。他会怎么说呢？他会照做，只要你好声好语地邀请他，他会陪着你沿着小区绕个两三圈，但是，这不会形成习惯。他会迁就，但就算是迁就的习惯都不会形成，只能是偶尔，像意外事件。

她并不愿意在这些事情上多费口舌，因为就算他做到了她提的这些要求，甚至比她要求的附赠更多，比如交出他的奖金，比如记住她的生日，那么，他们之间隐秘的处境会改变吗？

不撕开这层纸还好，摊到桌面上之后，她和王一明全家人都变得生分，她不肯再去婆婆家吃饭，周末的时候王一明也不在岳父母那一幢现身，裂隙肉眼可见，以不可阻挡之势扩大。

然而她没什么好怕的。但凡再有人试着说她一句，她就尖叫。那一晚过后，她的嗓子仿佛开了挂，从此变成女高音，随随便便就能飙到电视机摇晃，仿佛能达到1000赫兹。过去煞费苦心隐藏愤怒，带来了什么？只有恶果，苦果。过去在意脸皮和尊严，不肯嘶吼，以为叫出来丑陋可笑，宁愿处于一团浓雾当中，所以没有一丁点儿力量，所以任人摆布，所以越陷越深。这下好了，人生迎来转折。她一亮嗓子，王一明立刻缩起脖子，双手高举，表示投降。这一招所向披靡，简直没有任何阻挡。

底层人也要脸，甚至觉得体面第一重要，但是，也很容易撕破脸，为什么呢，因为终究离不要脸太近，滑一滑就到了不要脸的边缘。

有一天上班，打完卡，在电脑桌前静静地坐了片刻后，她在电脑上写了一张为期一个月的病假条，发到人事部门邮箱。她说家里有急事，改日来补手续。因为语焉不详，人事部以为她需要保胎。余文真结婚一年多，怀孕正常不过。但是结婚怀孕又是一场不见硝烟的人事大战。表面上女员工怀孕生子前工作正常，产假也会待遇如旧，但事实却是，生完孩子再回来，原来的岗位被占走了，新的岗位又难适应，真会手足无措好一阵子；过度娇气的，还会二度请长长的事假和病假，只发基本工资，大家彼此退让一步，避免正面碰撞。这边王一明并不知道她已经请了长假，见她早出晚归，不管他的生活，想必也是万分自在，每天去父母家蹭饭，吃完饭两手一抹嘴就回家，伙食费嘛，提都不必提。

余文真来到自己的"小留"，她倚靠在床上，天已经凉了，风从开着的窗户里吹进来，远远的，经过墙壁过滤之后，带着悲哀的阴冷。

人一旦达到了悲伤的顶点，心里反而会变得淡然，生了一层膜，如果这时再有人上来划拉一刀，她一定不会觉得有多么痛，相反，那一定充满着凌厉的快乐。她觉得这是一个天大的发现——痛苦到极致，引发的反而是一种觉醒、一种反省，继而，使人达到轻松和无所谓。仿佛为了验证自己的发现，她咧嘴笑了笑，她的笑里什么也没有，空空荡荡。

十八

  那一年城里到处都是大新闻：有一户人家拆迁的时候发现破了胆的热水瓶里藏着几十枚价值不菲的古铜钱币。在此之前兄弟们为了拆迁款，三年来同仇敌忾，有传言说他们已经商量好由谁负责上吊来占领制高点，以期获得更多的赔偿，本以为他们的感情固若金汤，现在，他们一家人又在为这些铜钱的处置而相互大打出手。三个人分成三派。父母成了两棵沉重摇摆的树。

  传闻靠近市中心的徽派建筑里出现了比猫还大的老鼠，公园里有比房子还高的气球，街上出现了飞奔的鸵鸟。像是配合这个城市的复杂性，父母也贡献了家族的一个秘密。

  "你小叔叔当过兵。"

  "这不算秘密。"她和弟弟大笑，家里有穿军装的小叔叔发黄的老照片。

  "可是小叔叔杀过人，这事你们知道吗？"

"啊!"

所谓杀人,是有一次坐铁皮火车回家探亲。火车整整开了一天一夜,第二天天亮将会到达终点。有个扒手,凌晨两点钟的时候,扒了一个旅客的钱包,得手后冲向另一节车厢。正好余同志醒来,他从对方逃窜的后背嗅到了罪恶,毫不犹豫地追了过去,对方进了厕所,掀开窗,扎进了黑夜。

"怎样?"余文真迫不及待地追问,"小叔成了英雄?"

"没有,小偷死了。找到的时候,手上还攥着偷来的包。"

"死了?那小叔叔坐牢了吗?"

"没有。"

"后来呢?"

后来小叔叔的行为举止都十分怪异,他终生未娶妻,似乎也与那次经历有关。有一年他来哥哥家小住几日,几乎每天在凌晨两点钟的时候醒来,到楼下散步。可是白天,别人问他的时候,他会一脸茫然。他甚至不再坐火车。看电视里面遇到警匪打斗片,他或者默默走开,或者要求换台。

他死得早,就算不死,也没有人有机会从他那里得到更详细的信息。他把一切埋在心里。

这样啊!余文真很希望自己有一个神秘的刚正的英雄的叔叔,但是故事最终化为乌有,没有踪影,成了一个不精准的传说。

这之后,她不断地想起这个小叔叔。有时候是白天,有时候是半夜,有时候是早上,想起陈旧发白的照片上那张光洁而不清晰的脸庞。

这间放着古钢琴的出租屋，现在成了避难所。

她先把窗户打开通风，用扫帚扫了扫几平方米的地，地方再小，窗户再严实，到处仍积满了灰。才几年工夫，这个城市太阳不见了，星星不见了，可灰尘无处不在。好在这里令她觉得安全，没有过去，没有将来；没有职责，没有防备。有时候加班晚了，余文真在小吃店随便吃点儿东西，就过来一趟。有时故意带走一本书，有时候又故意留下来一本书，为下次来添些理由。有一次，天下大雨，又没有带伞，她本可以直接从公司回家，但是不知道为什么，偏偏绕过来，淋得跟落汤鸡似的。那个点正是晚饭时间，邻居屋子里传来的嬉闹声，炒菜的香味，隐隐把她往别的方面拽。她挺住了。窗外跑过去三四个小孩来玩水。他们有力的脚步摩擦着地面，有时还来敲一两下窗。他们一直以为这屋子是空的。没有人来阻止他们，余文真也不吱声。书架上挂着绿萝，窗台上两小盆多肉是她从办公室的桌子上挪回来的。去年一年的水电费都不足十块钱，房东大方地说算了。潦草的生活，就像一个等待起航的水手，随时站起身来走人。

不光是余文真，整个福禄寺巷，过的不是生活，过的是将来的生活。所有人都在等待，等着全部拆毁的梦想实现，到时一切都会消失，就像清凉寺巷一样。"安安家具店""胖子面馆""玲子冲印"，先是粉刷门脸，再是合伙人变更，或者重新装修，但等待它们的唯一命运是拆得粉碎。这里的一切终将消失不见，所有人都在等待财运滚滚而来的那天，没有担忧，没有伤感，没有不知所措，只有等待的焦灼。但是，眼下，他们还得熬着，熟悉的人和不熟悉的人混在一起，四面八方的人混在一起，对空气里分秒必争的变化视而不见。

请假的事儿，余文真谁也没告诉，她把所有的白天都消磨在了这里。她每天进门第一件事，是把窗帘拉拉好，以免被外面发现。刚进来时视线昏暗，也不开灯，等到眼睛适应了，她躺到床上，开始发呆。

她想起和章东南头一次坐在一起喝酒的情景。她的领导和同事们向章东南举起酒杯，对他说，"让知识来侵犯我们吧"，"让金钱来侵犯我们吧"，"让富裕来侵犯我们吧"，"让先进来侵犯我们吧"。但是他们并没有喊："让男人来侵犯我们的女人吧。"他们以为没有喊出来的就不会被侵犯，如果他们有一天知道她被侵犯成这样，他们还喝得下去、吼得出来吗？

时间产生了应有的距离感，几年前的事像镜头一样清晰地在回放。她看到自己被那个从天而降的大人物搞得晕头转向，她如泥人儿一样逆来顺受，任他摆布。

"你点燃了我，你放了一把火，火在我身体里熊熊燃烧，没完没了，快烧焦了。你呢，你眼睁睁地看着这些火苗蹿出天际，你没有灭它，甚至都没有解释为什么要放这把倒霉的火，就那么大摇大摆地走掉了。现在我的头发烧没了，我的眼睛烧瞎了，我的皮肤烧干了，我的手也烧成灰了，我遍体鳞伤，到处都疼得撕心裂肺，你不能像什么事都没发生过一样，对吧？"

愤怒在胸膛堆积，憋得胸腔隐隐作痛，她把写着这些字的纸一点点撕成条，再撕成小块，捏在手心，裹成小团，然后扔进垃垃圾桶。

距最后一次跟他联系已经一年多了。她嫁作人妇，他浑然不知。不清不楚的关系就有这个好处：你不知道他的底细，他也不知道你的。他们两个，彼此是彼此的迷宫，相互是相互的盲区，哪怕曾经聊得津津有味，假装热火朝天。

这天，她从家里出发，直接来到"小留"，拨打了那个电话。不多一会儿，他接了，但似乎特别纳闷，"喂？"这个语气所呈现出来的意思显而易见——我们不是结束了吗？

"我要和你在一起。"余文真大声地说。

"你还好吗？"在他看来，这不过是一个玩笑，一个特别一点儿的开场白。

"我改变主意了。"

"改变什么主意？"

"就是我要真正和你在一起。"

余文真不自觉地开始模仿网上的操作。

"你了解的，我有两个小孩。"

"我跟男朋友分开了，"她补充说，"为了你！"

"我从来也不敢有这样的要求。"

"既成事实了。"她果断地打断他。

沉默。他的呼吸传过来，既紧张又迷茫，继而发出几声干巴巴的喘息声。

"你说话！"声音里带着某种决绝甚至几乎是恶作剧式的喜气。

没有听到回答。

"你不说话我叫啦!"她情不自禁地拿出了对付王一明的方法。

他在那头立刻咳嗽了一声,似乎很怕她叫出声来,她觉得可笑。男人都吃这一套嘛。他重复地清理嗓子,电话里发出一声咕哝,他正在试图说出点儿什么。他难堪的时候,五官会略有点儿扭曲,她能想象出来他的模样,但是,他的教养,或者说他一贯的形象还不允许他做出决断的样子,甚至也不允许他说出难听点儿的话,光是沉默。但现在,这一套已经不灵了,她已经满不在乎了。

"好,这不是小事,要认真地想清楚。"果然是这一句,不过就是那几个伎俩反复使用。他的手段她了然于心,而她将要做些什么,他肯定一无所知。

到了周一早上,她又穿戴得整整齐齐,来到"小留"。她先开窗通风,给花浇点儿水,把两天内积攒的灰掸了掸,一切停当,然后坐到床上打电话。

如果"凑巧"那个贴吧里的男人是他,那么,她和王一明举办婚礼的时候,他也许刚从那个麻烦的阴影里摆脱出来,抚慰惊恐的妻子和略有知晓的两个儿子。他必然会老实一段时间。他的老实像盖了帆布的海水,底下依旧波涛滚滚。一俟卸下心头大患,他可能仍然继续那一套。他压根就不会停止寻找猎物,但会因恐惧而收敛,手段更高超,行事更隐秘,更滴水不漏而已。

"这么长时间,你考虑得怎么样了。"

"你指什么?"他的声音发生了根本性的变化,低沉、恼怒,好像声音背后藏着根铁链在垂直摇摆。

"你觉得我应该指什么？"

"我是这样想的。"他清了清嗓子，继续说，"我不认为你需要我，年轻人希望从比他年长的有经验的人那里得到一些他们没有的东西，比如建设性的意见，比如开开眼界，比如经验，比如知识，但是没有女孩子真的愿意嫁给比她大十多岁的男人，要知道那个年纪的人身后一大堆麻烦事，那些事的麻烦程度远远大于她的应对能力。我想你们需要一些经历就够了，就是一些经历。"如此装模作样，如此举重若轻，如此冠冕堂皇。

"你真是个大理论家。"

她突然笑了起来。笑声像个推土机，瞬间推翻了她上一句话里的敌对情绪。这完全不是她预设的计划——现在她看清楚自己了：她就是陷在泥潭里的无脚鸟，无法动弹，她要扑腾，她要溅起泥巴和水花。

"对了，你知道苏轼是个吃货吗？东坡肉、东坡鱼、东坡肘子、东坡豆腐等等全是他发明的！"

这么无厘头的话一出来，他似乎因为错愕而久久没有说出一句完整的话。

"我可是小城市的人，我非常保守。你就喜欢那种简单纯粹的。记不记得你说过，记得了吧？"她慢悠悠地说，很少有机会说这么长的话，向来都是他在说，他在表现，他在展示，他在传授知识和经验。对，不要跟着他的节奏，要建立自己的节奏。

有那么一会儿，余文真意识到自己忘记了呼吸，直到胸口憋闷才长呼出一口气。她把目光从窗口移开，转而盯着钢琴。她一直不知道那架不合时宜的大家伙何故躲在这里，又有多少人真正明白钢琴的价值，最多是对体积庞大之物的敬畏。这份莫名的敬畏使她少付了不少租金，眼下，一道浅浅的光影勾勒出钢琴侧面绛红色的绒布的轮廓，这半隐半现的痕迹使隐藏在绒布之下的钢琴变得古怪。它从来没有响过，就是木头，做成长方形的，白色、黑色，黑白交加的树枝和原木。余文真感觉自己紧紧攥住的手指变得无力了。她惊奇地发现某种深重的忧郁消散了，没有比钢琴的存在更无理，也没有比自己的怯懦更无用，她想尖叫。

过了许久，他开口了："我们之间有误会，我现在没有能力考虑我俩的将来。"他的语速加快，尾音上扬，要挂电话的节奏。

"如果我找一个大楼，跳下去，你觉得你能不能逃掉干系？"

"你不会这么做的。"他的声音哽住——咦，他吓住了？

"为什么不会呢？"

"你不是那样——没有理智的人。"

"所以你吃定我，"余文真"咯咯"笑出声，"我告诉你，我不一样了，我会。"

几乎在"会"字吐出来的同时，她迅速挂断手机，不到一分钟，他打过来了，她摁掉，他再打，她再摁掉，然后关机回家。

摇晃的公交车上，余文真静静地等待着，等待着他的暴风骤雨般的责问或者倒打一耙。有些人的字典里就没有惭愧，有些人就是那么铁石心肠。她已经领教得够多了，别人也领教过了，够多的了。来吧，放马过来吧。

这个电话是一个小型试验，把那个让他渊博和优雅的舞台拆离，让他被打回原形，露出他应有的样子，包括他没有来得及展示在她跟前的那一部分：软弱。事实上他没有她当初认定的那么冷酷无情——真正的冷酷无情是不为所动，没有恐惧，他的恐惧太明显了。她稍稍反常一些，他就有点烦躁，不耐烦，不淡定。

如果她早一点儿用这样的态度讲话，而不是那副任人宰割的样子，他那固若金汤的魅力早就会摇晃，就会瓦解，就会丑态毕露。

这之后的一周，她成了一个两面人。早上，她早早起来，收拾好化妆包，她的时间点和动作都是一个上班的女职员应有的姿态，衣着上也干净利索，争取每天轮换搭配不重样，她天天按时来到"小留"，虽然并没有什么保密的可能，她还是选择从两墙之间的夹缝里侧身进来，翻窗前，还是会左右看看，捏紧手提包包的小貔貅挂件，以免发出声响，进了屋，灯也不开，坐到床上，直接打电话。

他在第一声铃响时接，无论是八点四十，还是九点一刻。他耐心地——一个星期之后，他声音里的恼怒似乎被滤纸过滤得一点不剩了。他说："给我一点儿时间，我会补偿。你还有什么条件，尽管提出来。"

她不提。

她说："我跳楼之前会找到你单位，你信不信？"

"信，但这不重要。"

"这很重要。我到你单位，你们领导可能不管，那我就去你太太单位。我还有证据给她看。我会把你每次来月城住的酒店的名称告诉她。你当然是因为出差，但我不应该知道呀，这就是疑点。对不对？"

不允许他插话。挂掉。躺在床上休息片刻。

又过了两天，开始表演她断定有另一个情人存在的"痛苦"经历。

所有的情节都是经过脑海里排练的。她先是呼呼地喘气，喘到他快要失去耐心的时候，会突然大声地尖叫：

"你相信我会死吗？"

"我相信。"

"你相信随着我的死，你的生活就毁掉了吗？"

"我相信。"

"所以你怕了？"

"我怕了。"

"所以我想怎么样就怎么样？"

"你想怎么样就怎么样。"

所有的伎俩全部使上，无论他怎么反应，都要一个劲地表演，直到他惊恐万分为止。

她比自己以为的更入戏。她躺在出租屋的床上，鬼知道怎么摸到一只打火机，她让自己的手接近打火机，看到火苗在手指间跳跃，尖锐的痛感。

"你作为一个已婚男人，到处勾引女人，除了我，还有其他人，对不对？"

说他胆战心惊丝毫不为过。他的声音疲倦不堪："你，你到底在说什么呀？"

"你知道我在说什么。你自己做的事你自己不清楚么，还来问我？"对，就这么怒气冲冲的样子，就这么高深莫测的样子，就这么像刚刚知道真相、一副深受打击的样子。其实车祸发生已久，骨头都已经愈合了呢。

"你是个道德败坏的人。"她的眼睛紧紧地闭着，对着话筒一字一句地说，"你说服我相信爱不需要婚姻，不需要承诺，爱就是做爱。你告诉我，你自己信这一套鬼话吗？"

他不说话。

"说话，快说，你是个道德败坏的人。再不说，我就要打电话到你单位了。"

"别这样，好吗？"

"当我傻瓜吗，当我弱智吗？还要抵赖，真想鱼死网破吗?!""鱼死网破"在天涯论坛的帖子里也出现过若干次。情不自禁的模仿和抄袭！

难以分辨的长时间沉默。对，就这样坚持下去。"说呀，怎么回事？"逼问！声音变得凌厉，句子的尾部陡然急剧向下，压人一头的压抑感，顿一顿，然后继续。不提信息来源，就是要他无从判断，别让他知道手心里还有多少筹码。他还没有回过神来，她开始哭泣，哭得上气不接下气——有一会儿，头嗡嗡地转，她忘记自己在演戏。

挂掉电话，关机。

余下的时间，她写下来，怎么认识，怎么接触到，怎么开始，他的姓名用"Z"代替，而她的名字用"Y"替代。她先加了他微信，然后把部分内容发到了朋友圈，不说前因，也不说后果，单单为了让人察觉她的愤怒：知识一旦成为猎艳的武器，那知识也同时是杀人的凶器，也有罪，也散发出血腥味。

这世上根本没有远方，只有披着羊皮的色狼，有你这样的脏东西。你这个又聪明又厉害的人莫名其妙地介入我的生活，我变成了爱情的囚徒，但你却露出了恶棍的嘴脸，准备开溜。

彼时，她的朋友圈已经有三十多个好友，但她选择只对他一人可见，事实上，他们也没有共同好友，包括当年一起吃饭的那些人，她因为原地踏步，早就脱离了那个圈子，而这些，她相信他一无所知，他绝对没有勇气去跟她的领导们打探她的生活。

发出来一个片段之后，他的电话打来了。

"你能否冷静一些？"

"我无法冷静，我要用这种方式寻求真相。"

"你先把朋友圈删掉，我们好好谈，好不好？"

"谈什么？"

"谈一切你想谈的内容。"

"我们之间有可以谈的内容吗？"

"有，这里面有误会。"

误会？余文真迅速挂掉电话，发出第二段，是他们之间的短信往来内容。他一定不相信，余文真竟然把那种毫无信量的短信内容全部保存了下来。

他打来电话。等在那里。你想怎么样都可以。他反反复复说着这一句话。

她一字一句地说:"如果你再敢惹怒我一次,我就接着发。如果光发朋友圈不足以使你诚实一点,我会再次去你的单位。对了,那次咖啡馆的聊天内容我也录下来了,到时我会带着这些去你领导那里坐坐,如果你的领导说这些是私事,他们管不着,我就把它发到网上。每一个细节,每一次谈话,我们认识的场合,我们约会过的地点都写出来。我要让你身败名裂,丢掉工作,妻离子散。这是我最终的目的,你就等着。"

尖酸、锋利的话一股脑儿地冒出来。她的声调又尖又细,像一只二胡在拉扯,随时要断弦,随时又要奔到天宫。

很奇怪,这么一说出来,好像她真的有勇气这么干,心里充满了力量。

他变成了这样的人:无论如何被羞辱也不表现出一点点反抗的意识,绝对配合,绝不违抗,好像他一直以来都是这样的态度,好像满足她的心意是他的使命和生而为人的目的。

怎么可能做到报复到别人而自己完好无损呢,世上哪有这样的好事呢?她被自己恶心到了,她剧烈地呕吐,一次又一次。她疲倦不堪,她的心经过长途旅行,现在已装不下任何东西,"厌倦"正在掏空自身的力量。她甚至觉得自己正在蜡化,无论她是什么形状,她的本质都是实心的,充满着堵塞,毫无知觉。

他妥协了:"只要你不做极端的事,叫我怎么样都可以。"

余文真心想,他可能不是第一次这样狼狈了,人这个东西,是不长记性的。哪里跌倒,哪里继续跌。

"你可以提任何条件!"

"任何条件?"

"让我死也行!"

简直判若两人。

她发作起来如此剧烈,如此蛮横,如此不讲逻辑,而之前几年的平静和忍耐,都好比是交响曲的序曲,以这个势头,剧情层层递进,激烈的回旋还要持续一阵子,还需要更多时日才能推向高潮。他惊讶于她的爆发力,始于突然,取之不尽,用之不竭,仿佛可以永久持续下去。最长的一次,她哭了半个钟头,而他竟然不敢挂电话,也不敢喘气。显而易见,他在无条件地妥协。好像他的白天,上午或者下午,无论他在做什么,只要接到她的电话,他一定都是方便接听的时候,她不记得他说过在开会在开车在做其他的事。他没有过。无限忍耐的终点终究到了,她明显疲乏了,沉寂了,没有抵抗的战斗容易使人懈怠,更重要的,有一种恶气消散了。电话滑落到身边,她睡着了,而他一直没有挂,直到她再次醒来。

不打电话的时候她就在福禄寺巷边上闲逛。走着走着,竟然把月城市中心风貌给悟出来了:过去月城人聚焦地主要是以商厦广场为中心的那一圈,如今喷泉早没了,但广场保住了,甚至有所扩大,四周都是现代商业大楼,光瞧这几幢大厦,建成不过十年二十年,冒充省会城市也说得过去;出了商业圈是老居民区,虽是街巷,却是不同历史时期各种风格类型的杂糅,徽派那些,差不多拆光了,还有几处江南园林建筑,过去也是商贾宅邸,年年代代东拆西挪,虽然披着历史的外衣,早失了规模,失了整体性。沿街门面房里的营业项目，都依着这些老居民的习惯性需求，修鞋店、早点铺、炒货店、麻将室、小五金行，虽说经常关张开张，万变不离吃喝穿用那几样，这些居民区之间花花地插着服装厂、电子元件厂、图书馆和中小学，包括那些饭店和娱乐场所，看似无章法，倒是自有规律。这几年，巷子拆得差不多了，小商小铺也渐渐不见了，过去清凉寺巷有家店，专门修改裤脚和织补，现在也不知所终，仿佛天上一只大手，趁人不备，伸下来取走一块地方，捏碎，撒开了，如此反复。如今到处在建规模小区和大楼，成块成块圈起来，各自为政，缺乏商量，相互之间不讲协调，有的像火柴盒，有的像罐头，有的像集装箱，有的像水晶球，不过也不算确切，白天和晚上看，又有不同效果，这会儿要从天上往下看，月城中心区一定是像用锯齿切成若干块的新疆切糕。福禄寺巷这样的地方呢，是漏撒了葡萄干和核桃仁的凹陷处，不香甜，遭人嫌。城市规划、建筑物、园林以及最重要的人文素质，他们共同组建了城市艺术，但最短的那一块会暴露出它的全部本质。如此看，福禄寺巷拖了月城的后腿，也可以说，福禄寺巷才是月城这个艺术品最本真的质地。

有一天，余文真打完电话，洗漱一番，精神抖擞地从"小留"回家，路上她边走边想，如果现在向他提出离婚的要求，他会怎么样做呢？她知道自己不会，但仍然控制不住去往这个方面想，万一他真的离婚了，她就离。她就原谅一切，振作，好好生活。她很奇怪自己竟然可以有这种念头，并且从这种念头中获得力量。简直疯了，一定疯了。不，她不会再与这样的人有任何瓜葛，他也不会，他不会跟一个如此卑鄙地要挟他的疯子一起生活，他的妥协不过是权宜之计，他的服软不过是不愿把事情搞到无法收拾。一定是。

夜风一吹，她的头脑像是清醒下来了，一切无意义，无论怎么做，一切都将更加无意义。

十九

连着好几天早上，余文真被胃里一阵激烈的翻滚惊醒。她爬起来冲向卫生间，干呕了半天，清晨的空气都令她想呕吐。她心里想，坏了，空气都被那个恶心的人传染了。

与此同时，埃博拉病毒在几内亚暴发，尔后横扫利比里亚、塞拉利昂、尼日利亚和马里等西非国家。传播速度之快、影响范围之广可谓"史无前例"，中国、美国、欧盟、世界卫生组织等国家和国际组织纷纷施以援手，向受灾国提供医疗卫生公共产品……

余文真可以想象章东南那假惺惺的叹息，甚至，他如果来月城，会趁机给她科普非洲这片大陆的历史了。

恶心！

天地良心，她知道不能这样清算，但她的矛头一个时间只能对准一个。现在就是他了。没办法，想到他都觉得恶心。

她随时随地要吐，一天清早起来，她趴在洗脸台上剧烈地呕吐。吐得头皮、脸皮和胸口都剧烈地疼，虽然清晨的胃里空空如也，她却持续呕吐了十几分钟，直到手脚发麻、重心不稳而瘫倒在地。

她去了单位的医务室。经过简单的检查，余文真有了。

从医生办公室出来，余文真不声不响地走进旁边的药房，买了两根验孕棒。结论一致，确凿无疑。

如果有什么事是绝对不能接受的，就是生下和王一明的孩子，到目前为止，如果有什么让余文真觉得虚幻不真，就是她即将做妈妈。做妈妈这件事首先坐实了她是一个妻子，可是，婚后生活如此不畅，结婚这个事实，到此刻为止，都像是联欢晚会的彩排——她参加过一次单位联欢的合唱，是庆祝公司上市十一周年，单位有一个大合唱，他们当中的一些人好几次出错：要么破了音，要么站错了位，要么做了不必要的动作，所以临时导演一次次大喊："重来，重来。"

怀孕的消息向她证实，以为的彩排其实都是现场直播。

这一次，她倒是平平静静地打出了电话。章东南只说了一个"喂"，余文真开着免提，对着电话，一字一句地问：

"你死了吗？"

他说在。他像一个天生逆来顺受的人，几乎像余世福一贯的模样了，他像一根散发出腐烂气息的老树根，让人忍不住想上去踢两脚。

"你真无耻。"

他不发声。他的妥协令她憎恨，胃部一阵紧缩。她连连喊：

"无耻无耻无耻!"

他压低了声音开始哀求:

"能不能不这么激烈?能不能不这么冲动?慢慢来,好不好?"

"什么慢慢来?"

"什么事都得慢慢来。"

"怎么个慢慢来?"

……

有一天,她刚刚从福禄寺巷出来,对面来一个人,老远喊"文真文真",她来不及思考,一回头,原来是"四季阳光"小区物管处的小陈,因为收物业费,见过一两面。小陈热情地问:"你怎么在这里呀?"

余文真一时慌乱,脑子飞速地转,面色绯红,嘴里也打着结,不知说什么好,对方突然意识到什么,赶紧寒暄几句离开了。

她心虚了好几天,想着到时候问起来,需要更多的谎言去圆。她去看望一个同学。什么同学?当然是女同学。怎么没见人?哦,同学不在家,所以我留下来休息了一下。休息什么,哪里不能休息,一个人在同学家休息?对了,高中的还是大学的,叫什么名字?回答不了?一定是情人。你有情况了!脑子里的对话让她冷汗津津的,差点主动跑到物业公司找到小陈招认算了。

但是有一天,妈妈小区里有人议论余世福的女儿不正常。妈妈口里传回来的话已经完全变形,说余文真出现在一片被拆除的废墟跟前,对着垃圾堆口里念念有词。

没有第二个解释:她脑子有问题了。

我什么时候对着垃圾堆自言自语了？她想去责问小陈，到底出于心虚，没有动身。

余文真惊恐地等着妈妈带着一贯的颐指气使的态度来责备她不珍惜家庭，然而妈妈不仅没对她有任何指责，甚至趁着在广场上的时候，对着空气发誓，谁要是造她家文真的谣，她就跟谁拼了。妈妈的眼光在人群里扫来扫去，所到之处，都是扭到一旁的目光。余文真惊奇地目睹着这一切，原来"疯"和"狠"，果然可以当武器使，而且威力无穷，战无不胜。

2014年冬天余文真顺利生下儿子王立博。婆婆全家比她想象的更友善，他们操心一切，接管一切。王一明的游戏室被改成临时儿童房，放着童床童车，以及手工缝制的婴儿衣帽，余文真享受了和吴利一样的待遇，镜子里明显看到双层下巴。有一次，她站在楼上的阳台上，看到王一明拉着单元门，看着自己的父亲正费力地把几包婴儿用品从三轮车上取下来往腋下放。她忽然明白了"啃老"的含义：就是这么年轻壮实的儿子，拉着门静静观望自己的父亲弯腰屈膝地搬上搬下，毫无触动感，就好像天生如此，本该如此。他的自私、他的无知，就像眼睛鼻子这些器官一样，长在他身体上，它们不是他的缺点，就是他本身，这样的男人，能指望他改什么呢，这个念头起来，她赶紧摇摇头，想把这个念头从脑子里驱赶出去，以免使往后的日子更加难堪。

她勉强喂了三个月的母乳，因为奶质不好，量又少，鱼汤喝了一碗又一碗，见效甚微，孩子生长发育明显缓慢，索性开始给他喂奶粉。孩子喜欢哭，有时候毫无缘由，一开头就停不下来，她把孩子搂在怀里，变换各种姿势摇晃。地上到处是凌乱的衣服，小孩屎尿的臭味从卧室弥漫到卫生间，睡衣睡裤和洗脸巾上沾染了可疑的黄色斑点，她把鼻子凑上去闻了又闻，不敢确定是什么。疲倦加上困惑，令她心烦意乱。她一声声地呼喊王一明，他则继续以一副不可指望的样子出现，虽然态度温和，但手脚笨拙，让他去给奶嘴消毒，他把奶嘴放进锅里煮，然后走开了，一直煮出化工厂的气味扑鼻才惊跳起来去关火，让他抱一抱孩子，他提拉着孩子的连体裤，荡秋千一样让孩子在茶几上方晃动，像是为了瞄准那盏吊灯。

婆婆见不得孙子受罪，孩子四个月大开始，每天天还没有亮，她拿钥匙开门进来，先是蹑手蹑脚地在厨房忙活，孩子一醒，就赶紧过来抱走，让余文真睡个回笼觉；到了晚上，婆婆把孩子抱回来，已经一切安顿好，尿布换好，余文真只需要搂着孩子睡去就是。搂着孩子睡到早上这个事，她也做不好。卧室床头柜上的台灯发出朦胧的光，孩子娇嫩的额头映在灯下，吹弹可破，他的胳膊腿和腰都柔软无骨、可曲可伸，像小布偶，像陶瓷，还有他的手，白玉般晶莹，她每隔几分钟都要看一眼，任何物品都似乎有危险性，橱柜的移门，床头放的摇头电扇，人撞上去有时会歪几下。余文真会一直盯着电扇看，想把它看得更稳当。甚至床头柜上的台灯，本来夜里开着可以观察小床上的孩子，可是她怕它突然倒地炸开惊到孩子，婴儿床一直往没有危险的地方拖，快抵住了门，又不得不往回拖。她心里那么痛惜孩子哭，常常看他小脸憋得青紫，小拳伸向天空，简直愤怒得想捅破天，可是做妈妈的慵懒地看着，最长的一次竟然有十来分钟没有把他抱起来，就连王一明也忍不住了，他从深睡中睁开眼，睡眼惺忪地去抱孩子，像他这样管不住自己又帮不上忙的人，倒也不会轻易指责别人，只是一边愠怒地盯着她，一边把孩子抖得飞起。余文真到底明白过来：自己不适合当妈，他也不适合当爸。她抓起手电筒，套到脖子上，抱起孩子下楼，从有路灯的地方穿过去，走到一半，良心隐隐作痛，她把衣服掀开，挡住寒气，敲开婆婆的门，把公婆从深睡里唤醒，把孩子塞到她手上。此时的孩子已经哭够了重新睡过去。婆婆不需要她过多解释。科学发达了，"产后抑郁症"这样的名词也被老年人吸收了。孩子被送来送去，全家人都默默适应，没有怨言，很快就习以为常。

产假结束，余文真重新回去上班，发现和单位的人与事都显得格格不入，听到姑娘们凑在一起小声说话，她都怀疑是在议论她，她板着脸坐在办公桌前，尽量闭目塞听，自我隔离。每天下班后，她会先到婆婆家，如果孩子睡了，她会探头进卧室看几眼，偶尔孩子玩兴奋了，没有睡，她会带回来睡一两晚。那孩子越长越漂亮，细细的眼睛，光洁的额头，透明的毛细血管。她在灯下静静地欣赏他，他也回以凝视。他的双眸纯净透亮，以极度的好奇心观察她。母子俩的游戏——一开始她觉得可乐，盯着盯着，她心里有点发紧，目光开始躲闪到一旁，他的小脖子追随她的眼睛转动，甚至扭转不动。她拍拍他，匆匆告别。她不是不喜欢看他，而是担心他一不小心看穿她，发现她不洁。一旦发现儿子想要玩"对看"的游戏，她会克制着不许自己多看，也不许他多看自己。爱得越深沉，越感到不安，儿子的出现没有给她带来新生，对生活的绝望仍然在。她怕把生活的绝望传染给儿子。

王立博半岁时正式住在奶奶家，摇摇床、学步车、玩具都搬了去。余文真每天晚上都去看一眼，她贴在门框上，把头探进去。孩子见到她，手舞足蹈，把学步车撞得直打转，快转到她跟前时，她张开五指，挡着，好像车会撞到她，她心里知道，她在挡自己身上看不见的病菌。

有一天，她站在门口，迟迟没有孩子欢呼的动静，公婆也不在客厅。她蹑手蹑脚走进去，孩子在浴缸里洗澡。爷爷奶奶围着忙得团团转。

"你是谁呀？"见到儿媳进门，奶奶学着孩子的口气问她。

"买小孩的。"

"不卖。"奶奶说，"多少钱也不卖，一百万也不卖。"孩子双手双脚乱蹬，溅起的水花，让他更加兴奋，卫生间里回荡着他嘎嘎的笑声。

"我的天，他长胖了。"余文真倚靠在浴室门上，"哦，真好看。"

"我孙子。"奶奶自豪又讽刺的声音在浴室里回响。余文真赶紧逃出来，出了楼道，可那冷笑的尾音还跟着她拐弯。她成了多余的人。

别家的孙子也是奶奶带，那是共担责任，对下一辈的爱意，这一家子，是默认余文真缺席，默认王一明沉迷游戏，默认这个家诸事不遂意，如果她再生一个，估计公婆也还会包揽下去，没有半句怨言。

既觉得怪诞，也有解脱之感。

二十

　　她以为自己够受的了，倒霉却是刚开始。中秋节那天，余世福被检查出得了肝炎。他浑身乏力，面色蜡黄，低垂着头，坐在躺椅上，他饭单独吃，碗筷单独放。余文真也被勒令不许入家门。一天傍晚，父亲把头探出去看外面的热闹——昏暗的天空，树影丛丛，他手扶着阳台栅栏，以为这样可以看到广场上的舞蹈队，然而，一只花盆砸到他头上，血洇在阳台上，他叫唤着爬进屋求救。

　　余文真回来的时候，父亲已经被拖去卫生院了。阳台上留着一片不规整的血迹，从她的位置看，像一只猿猴的侧脸，她的脑海里立刻出现一幅南美洲地形图——章东南曾经绘声绘色地形容过。

　　"都怪你，你他妈的毁了我。"听到这个消息，她第一时间给章东南打电话，她说这话的时候根本不动脑子，就那么脱口而出。

　　"对不起，我毁了你。"

"你这个小人。"

"我是个小人。"

……

"你现在好受些了吗？"

"比起我所受的痛苦，你以为你这么几句就能心安？"

好像他低三下四、逆来顺受那么几天，余文真一切创伤就都能愈合。休想。愤怒的唾沫朝着有罪的人飞喷，糖果已经被拿走，只有诅咒，只有恫吓，只有埋怨，只有无尽的恨意：这是新的篇章，当下的规则，从来没有落实到纸上的规则，这个规则正在实施。他变成一个懦夫，边缘人，不敢造次，原地打转。

发泄够了，去医院接爸爸。没有车。打辆出租车，她坐副驾驶，双亲坐后面。爸爸过一会儿把头探过来看一眼计价器，妈妈过一会儿再侧身过来瞟一眼。他们的衣服厚，料子硬，动一下，就发出"刺啦"一声响。余文真太阳穴发抖，她想阻止父母，又没有勇气。她甚至没带钱，因为工资每月被七扣八扣，所剩无多，她和王一明闹得厉害，钱的事自然泾渭分明。她比父母更窘迫。

爸爸头上的伤好了之后，妈妈带着他一趟一趟跑物管，跑派出所，敦促他们去找花盆的主人。那盆花被塑料袋裹住，是一株糜烂的朱顶红，开残的花茎还在，花盆做工粗糙，是棕色的瓦盆，毫无特别之处，毫无破译密码。楼上总共只有三户，排除法一用，是谁家的就清清楚楚，可是居然抵赖得干干净净，事情过去七个多月，精神损失费一毛都没有拿到。打官司是个难缠的活，手上砧板厚的文件根本不够，还得写，还得往外跑，区里先跑，不行跑市里，再不行去省里，趁着重要关口，到闹市口闹一下，或者做一个横幅，挂到菜市场，只要上面重视，三五天的事；不重视的话，三五年也解决不了。

持这种说法的一开始是自己人，后来随便谁，只要认识的，聊个天，都能发表如是观点。观点惊人相似，像结了冰的水，岿然不动。

但是，因此一劫，老头子开始悲观。白天嗜睡，到了晚上，目光炯炯，一直到电视台都没有像样的节目了，他情绪开始低落，沈国芳耐不住他哀求，去医生那里求安眠药。这东西真能上瘾，一开始每晚一粒，后来两粒、三粒。一开始沈国芳还打电话让余文真出面。在物业处，沈国芳指证、控诉，物业主任说《物业管理条例》。《物业管理条例》规定他们的权利和义务。条条框框看得人眼晕，沈国芳向余文真投去求助的目光，可她正在发呆。后来两帮人起身推推搡搡，余文真让到拐角处，风波平息了，妈妈在到处喊她的名字，她转过头，装着才缓过神；下周去谈判，到电视台去曝光，也不喊她了。再后来，得知父母正在维权的路上，她会在"小留"的阴暗中坐着，假装必须留在此地，等候什么紧急的消息。她知道自己厌弃陷入这些纠纷；她知道父亲已经对她不抱有指望；她知道自己的心肠永远不会再回到从前。

她到底气不消，把这事告诉章东南，命令他："三天之内搞定！"

三天后，余文真去问沈国芳有没有拿到赔偿，沈国芳说："敢不给？再不给我就死给他们看。"余文真听出了她对数额比较满意。

来年春天。单位组织员工去郊游，顺便植树。东城已经全部城市化了，车子拐来拐去，终于找到一整块的栽种地。一人两棵，埋进土里浇上水。余文真所在的组一共五个人，两对年轻人加上她，年轻人带着单反和手机，一路取景，打打闹闹，把她撇在后头。到了挖土的时候，他们一个劲地朝她撒娇，说他们肯定不如她有经验。好了，你们玩。她拿起铲子，一下，两下，三下。板结的地面，土地干巴。风从小树苗旁边掠过，掺杂着新挖土泥的气味，沟渠里的小虫子，悄然撤退。栽完树，满手的淤泥，裤脚一片污渍，找不到可以洗手的水。好不容易找到一个小池塘，洗净了手，旁人都不见了。她乘车回家。公交车上打开微信，看到队友们已经把栽树的照片发到工作群里和朋友圈刷屏。她放大图片，每个人都有清晰的面部特写和栽树挖坑的动作，好像他们个个都在奋斗，所有的镜头里都没有余文真，连她的背影都没有一个，好像她没到过现场。兜兜转转十几年，初中时的一幕又重复上演了。她在单位这些人面前的存在感像极了她的人生：被忽视，被愚弄，被丢弃，被遗忘。这就是她为什么需要章东南的爱，这就是为什么?！她又气又急，中途下车，换乘公交车到福禄寺巷，摔上门，打电话。

章东南电话接迟了，她毫不客气地警告："如果下一个电话没有接，等待你的可能就是身败名裂。"

"你想要我怎么做呢？"声音里没有一点儿讽刺的意味，就是一种听你安排、由你定夺的字面意思。

"……"

她噎住了，说不出来。他们之间已经进了死胡同，就跟进了清凉寺巷，进了福禄寺巷一样，前面是墙，两边是墙，只有一条二尺多宽的路容她后退。她掐掉电话。

形势已经悄然急转。曾经是她眼巴巴等他来。现在，是他胆战心惊等她的电话。如果有那么几天，她没有打，他倒会发微信过来问她。"你怎么样，还好吗？"

她并没有见过章东南胆战心惊小心翼翼的样子，他所有的样子都是她想象出来的，她想象他孤立无援，欲哭无泪。她想象他哑巴吃黄连，无人可诉，他绝对没有勇气向老婆求助合力来对付这个外来侵略者，光想想他那个怂样，她就觉得舒坦些。

她现在最擅长尖叫。尖叫，哭泣。曾经孤立无援、自惭形秽的人，如今站在道德的高点，只要一空下来，她都能发起挑衅，而他只有一味忍受。有时突然不开心了，她打电话厉声诅咒——愤怒，敌意，尖叫，有一次，她坐在"小留"，一边控诉他，一边敲击键盘："Do Re Mi Fa So La Ti"，她完全没有音乐细胞，她就那么厚颜无耻地重复，制造噪音，他竟然饶有兴味地听着，一言不发，能坚持十分钟，甚至二十分钟，直到她挂掉电话为止。

有时候她自己也分不清哪一次是真的，哪一次是怀着恶作剧的惯性发泄。他完全没有脾气，种种迹象表明，他被这个偏执、歇斯底里、毫无章法的余文真控制住了。她都能清晰地感觉到他的生活像一根清脆的芦苇"咔嚓"断成两截，一头是她，一头是过去。每天他的生活都分成两个区域。一个区域是接她电话时的惊恐不安；而另一个区域里是佯装什么也没有发生时的道貌岸然。可是，她并没有任何得胜的喜悦，报复并无快感，就连胜利也包含耻辱的滋味。反而使她一再回想当初的自己，如惊恐的老鼠，整天在他的阴影下揣测、等待，她所谓的沉湎爱情，现在看，很难检验和甄别，究竟是一种任性还是对外部世界的向往。大多数像她一样没有目标、没有野心的人，在内心深处也深藏着七彩的幻象。

父亲生病的这一阵子，余文真越来越睡不着。即使睡着了，也会时常惊醒。她的梦险象环生，有一次是掉进猪窝，无数小猪仔在她的脸上啃来啃去；还有一次，她梦见自己陷进沼泽地，真切地体会周身和脚底下柔软的烂泥流动，可是双脚触不到实地，双手也抓不住实物。她无声地挣扎，直到醒过来为止。

有一次，她醒来，看到有人蹑手蹑脚地从门口进来，她缩紧身体，回想着防备的武器放在哪个部位，怎么样尽快地抓住。可是那人已经悄悄在另一侧躺下了，没有碰她，甚至连被子也没有拽，直接蜷缩着睡着了。她知道，王一明也开始怕她了。背地里，他没少抱怨她。说她怪，说她对孩子不关心，说高估她了云云。她怎么会不知道呢，她只是没有办法站出来揭穿他，对他们说，喂，不是他说的那样，他不是好东西，他是个变态。

揭穿之后呢？余文真用冷漠、固执的目光展望着这些事情，却看到了对自己更加不利的部分，若论阴暗和难堪，恐怕是现在的自己更多吧，她虽然无心欺骗王一明，但是事实已经如此了，如果他去打出她的电话单，或者跑去她的单位看一看，他的愤怒一定会大大强于她，那时候又会是什么样子呢？她想着想着又睡着了，她梦见自己的上半身和下半身分别在两个房间里，而她的眼睛却在另一处。她是个四分五裂的人，否则怎么解释她一会儿在这处端详自己的上半身，一会儿又在别处打量着自己的下半身呢，她再次挣扎着醒来。这次，窗帘白了，小区里的路灯也熄了，那一丝朦胧的清晨白，抚摸着她的眼睛。

王一明从精神到肉体的双重疏离，带给她新的感悟。有时候她深感庆幸，觉得自己掌握了局面；有时又深觉遗憾，要是早点儿学会表现愤怒，命运会不同，也许不会有那么深重的自卑和软弱，不会选择王一明这样的男人结婚。说来说去，目前只能在错误的圆圈里打着转了。这么一想，她又想哭，可是看看场合不够恰当，理由也不充分，所以又停住了。

她现在来到"小留"的频率反而增加了。"小留"要拆的信息随处可见，福禄寺巷边的铺子搬空了许多，报纸上也出现了诸如"加快旧城区改造"这样的新闻。所有人都在觊觎这块过去看不上眼的老破旧地方。福禄寺巷就像一个等待化妆师进场打扮的小姑娘，正在待价而沽。越觊觎越复杂，持久战打得她更尊贵，谈判一轮，违章建筑又多了一些，到如今，层层叠叠，毫无章法。经过数次冲突，邻里之间终于懂得同仇敌忾的重要性。他们的梦是一样的：有朝一日，戴安全帽的和拿量地尺的走过来，比画几下，今天的一众小市民，屋里堆得尽是破烂，谁知道呢，摇身一变就是百万富翁。形势越好，地面上越不堪，灰褐色的野草把潦草的水泥地顶出来。破损的家具塞在余文真进出的那条通道，支棱着残腿，瘫在那里，被浇上雨水和灰尘，像是准备战斗，又像是正在求饶。

她有次进屋后一抬头瞄到对面二楼的夫妻。男的在刷手机，女人的脚步和抱怨声在楼板上零零碎碎地往下落。余文真始终能听见她的忙碌和躁动，但从没有看清她的脸和身体，只隐约看到她的腰身很修长。唯有一次，余文真正离开的时候，在巷子口撞见了她。她正提着垃圾往垃圾箱去。脱离了余文真印象中的凶悍，反而显得很温柔，见到老人，她微微露齿，表达自己的友善，在和余文真擦肩而过的时候，她的身体后仰，留出更多的空间。这是从容，这是她自身的教养，这是天赋，不是小巷子盛产的东西。果然，这对夫妻也是巷子里的亲戚，是搬来参与战斗的，不久，他们坚持不下去，搬离了福禄寺巷，但是关于她，余文真记住的只有这个特征，路遇时侧身，或者包含怒气的声音从略高的地方往下落。

因为悬而未决，这块城市的囊肿，仍然坚挺地鼓胀着。租金不见涨，合同也不续签。余文真每次来，发现房间里的物件，却是越来越多。一张绿色的沙发椅子，是从网上淘来的，家里没有地方适合这个颜色和款式，就只能搬来，占了床边的大半区域，坐在椅子上离窗口更近了，其他的东西：一瓶330毫升的SK-Ⅱ神仙水，她刚刚知道章东南没有出国公干，向他发出强烈的声讨——那年的生日，他寄到单位的，如今显然已经过期了，不知何故，只有一次，她倒了一滴在手心里，无色液体，晶莹剔透，她凑上去闻了闻，有一种淡淡的气味。但她没有再打开，一直放在那里，直到瓶身上的字蒙了灰，明明过期了，她毫无丢掉的意思。钢琴上还有一只淡蓝色皮革链条袋，她不认识品牌，也不知道价格，因为从来没有用过奢侈品，这个包也一次也没有使用过，防尘袋都没有开封。抽屉里有一只iPhone 6，她打开过，插上卡，试用了好几个晚上，但她终究没有带出这个小屋。拥有他的礼物，是她不愿面对的耻辱，但她可以决定这耻辱留在此地，还是被带出门外。书架上的《你好，忧愁》里，夹着两张陈奕迅演唱会门票。陈奕迅在省城开演唱会，当时坐汽车大约一个半小时的路程。她之前提到过喜欢陈奕迅，在她向他宣战之后，陈奕迅又来省城开演唱会，他寄来了两张前排的票。她压根没告诉他收到没有，但她也没有勇气去看，一切都毁坏了，他送的演唱会的票，毁坏了她继续听陈奕迅的兴致。床的尾部有一只德国产的咖啡机，也是他寄来的。这个混蛋，她想，他果然见过许多高级的东西。在她局促地躲在这六七平方米的阴影里发抖的时候，他用这些东西来讨好她和平息她的怒火——他知道她喜欢。不要说咖啡机，倘若三年前，就是一只星巴克咖啡杯，她都会感激涕零。包包旁是一只陶罐，是结婚前和吴利逛街时淘来的。当时没有来由地喜欢，觉得很有腔调。后来她想起来，有一次听他介绍名画，他向她描绘过卢浮宫镇馆之宝《泉》。她脑海里有那只陶罐的印象，她逛街时一遇到，立刻和《泉》里的那只对照了一下，觉得两者简直一模一样。她爽快地付了钱带回来。假的就是假的，越看越心虚，越看越别扭，但也没有扔掉。另有一只银色的发夹——款式简单，但沉甸甸的，应该也不便宜。他还为她买过梳子、袜子、口红等小物件。过去，礼物像是迷魂香，是柔软的武器，使她头晕目眩，很容易打开，后来，这些东西照见她的短见，而眼下，这些东西对她的生活一点重量都没有，但是她保留着，像是自己过去生活存在的证据，也像是对自己的讽刺，更像是——一种警告，总之，足够古怪，无法用语言来总结。不能。

后来她麻木了，不去纠结这些问题，再后来，这些东西成了

245

"小留"的一部分，看到这些，似乎反而使她觉得痛苦真切，也才觉得这块地方到底与她相干，心里有些安宁，她在窗口放了一盆茶花，眼见花骨朵密密麻麻，却不见开。

夏秋还好，冬天的"小留"，简直就是地牢，它临北，背阳，光照不足，这一年里前后加盖，更是阴沉暗黑，屋内也没有空调和取暖器。有天晚上，她想在这里过一夜，过一个独自的夜晚。那时孩子还在肚子里，被子里没有一丝热气，腹部冰凉，脚后跟都像冻住了，晚上十点，寒气直逼到脖子，嘴里的热气呼出来就凉了。她赶紧抖索索地起床，她心里想，如果冻死在此，说不定还能上本市新闻，到时候，有理没理，会被人封为本市第一傻。有一次，她在巷口碰到房东的邻居老郑，据余文真观察，老郑和房东应该是死对头。见余文真走来，老郑站在原地不动，余文真侧身从墙缝里钻进后院，走到一半，那老先生，紧赶慢赶凑过来，他的身躯覆盖在过道进口——要不是因为身躯肥胖，他肯定也挤进来了，他四下瞧了两眼，把嘴伸向余文真的方向，用自以为直达前方，实质是四处扩散的声音警告说，住那个房子，是要生病的。

余文真愣了一下，继续往里走，老头儿有点儿急了，把半个肩膀也伸进来，提高音量说："那屋子不吉利，谁住进去谁生病，你就没感觉到，你这姑娘傻呀你。"

她不吱声，心里只觉得有趣。她可是在清凉寺巷长大的人，哪里不知道这些老年人之间的那点儿正义和冤仇：翻脸可能就是为了根绳子，改天其中一个背了运或中了风，马上就会冰释前嫌，握手言和，合着伙来坑租客。

见余文真还不停下脚步，老头儿真恼了，他提高音量叫出了声：

"你房东糟践你，说你在外面搞了事，婆家不要你，娘家也不敢回……体面人哪住这里呀！"

余文真的肩膀缩了一下，很快逃窜进屋。她早应该想到是这样。一个人租这么巴掌大的地方，不与人来往，时见时不见，就会遭到这样的诽谤和造谣。就是这样，她早就料到就会有这样的看法。不然呢，这些人？

一般中午的时候比较安宁，放学那个点一到，第一拨孩子一进门，打麻将的也陆续散场了，家家户户就凌乱了。有些孩子要拉小提琴，有些要背古诗词，有的在啃雪饼……她侧耳倾听，等待孩子们在墙外奔跑，发出与什么相撞的叫唤声。除了打电话，其他时间她都默默无语，她习惯于做一个隐形人，发呆令她有种奇怪的感觉。好像这会儿她就是老大，一个君主，就好像有人在旁边伺候她，一会儿递给她一杯茶，或者一盘水果，或者一碟点心。她连个"谢谢"也不用说。是的，现在，她谁的气也不受，谁也无法强迫她，谁也不知道她有一个"小留"。那个败坏的人不敢不接她的电话；那个变态老公，不敢近她的身；她的孩子，她有意远离他，为的是不污染他的气息。许多时候，余文真以一种似乎悄然不动的身姿无思无欲地躺着，她起身的时候，仿佛甚至忘记具体的时间，等她重新走到门外，她仿佛看到自己已经被切割：三分之一属于自己，三分之一属于过去，三分之一已经死去，正在深埋。

二十一

　　2016年的夏天，发生了两件事。第一件事，是王一明彻夜不归。大约凌晨两点多，余文真睡了一觉醒来，发现王一明不在身边，基于他们的许多夜晚在斗智和斗勇中度过，他的缺席比他半夜回来悄然在身旁蜷缩一晚更使她觉得轻松，再一觉醒来已经是下半夜三点多钟，她警惕起来，走进客厅和朝北的房间，都是空荡荡，她拨打王一明的电话，手机显示是关机状态。

　　她坐到沙发上，把头天剩在杯子里的水一饮而尽，然后披上外套走到婆婆家。婆婆家的灯是熄灭的。她拿出钥匙开门——出于交换，她也有钥匙留在婆婆家。她摸黑走过客厅，想探头到婆婆房间看看儿子。一只小壁灯突然在脚边亮起来，从半掩的门口，隐约看到儿子睡得正酣，婆婆已经醒了，探起头直瞪着她。她又朝公公的房间看了一眼，门是关的，那张床小，应该容不下两个人，再说，王一明没有理由跑来跟他爸爸挤一张床。客厅的沙发上堆放着孩子的玩具，没有他来过的痕迹。她什么都没问，掉头就走。回到家，她忍不住跑去小卧室，打开王一明的电脑，她仔细点击能打开的任何文件，寻找可能留下的线索。并没有什么不寻常的发现。她坐在沙发上又等了大约半个钟头。她做了几十种设想。他找了一个情人，此刻正快活呢。他和同事们在斗地主。他在网吧玩游戏。他醉驾，他可能晚上跟哪个同事喝了酒，然后开车被查出来。他出了车祸，在医院抢救，医院没有找到家属的手机，警察也还没有顾得上。想这些事的时候，她盯着客厅里的每一样家具。她的脑子里充满各种事件，各种时刻，越来越心神不定。她不管他玩游戏，也不管他喝酒，甚至上班不上班都由着他。他们之间的关系，就是你不动我，万事好说，王一明也不忌惮什么。这种情况，整夜不归而且关机，既显得怪诞，又似乎合理。她觉得他正在归途中，马上要拐进正大路了，马上要下地库了，马上要刷门禁卡了，马上要摁电梯了。她好像听到电梯下行的运行声了，再侧耳听，一片死寂。她又惭愧又疑惑，这个她不在乎的人，躲避还来不及呢，怎么现在这么焦躁不安呢。余文真又打了一个电话给本区值班交警，得到今晚无突发事故的答复后，她决定不声张。无论发生了什么，肯定都已经发生了。

早上八点钟左右，王一明回来了，她站在客厅的门边，他的手一触到把手，她就把门打开了，露出来的是一张憔悴不堪的脸，面色青紫，他的板寸此刻似乎失去了分寸，斜在头顶，显得特别滑稽，他下颚的棱角也不那么尖锐，眼神变得很躲闪。她的心突然变得虚弱，声音也变得无力。她说你去哪里了，我都快要报警了。

"我打牌去了。"他说。

"你不应该关机。"

"手机没电了。"

此刻，像一个隐喻，又像一个讽刺，太阳出来了，窗帘变得晶莹，有了柔和的光泽。

她匆匆洗漱了去上班，其实她很希望理直气壮地提出要求：你以后到哪里去都要跟我说一声，尤其是夜不归宿的时候。话要出口时，她意识到自己那隐秘的"小留"，如果她提出这样的要求，对方也提出同样要求的话，她就得撒谎；其次，即使怀疑他在外做什么比喝酒打牌更坏的勾当，事实上，她心里明白，她也不希望自己全部掌握。

想象一下，如果他们都不做假，把真正的想法放到桌面上，四位老人一字排开坐在沙发上等他们交代，哇，火光熊熊，雷声阵阵，分崩离析，各奔东西，所以，只能半遮半掩，只能吞吞吐吐，似是而非地活着。

而且接下来，她想象妈妈的反应。她最开始的表情一定是，我又能再想到什么办法把你嫁出去呢！

中午在办公桌前午休，女同事们有一句没一句地聊天，有一个新来的实习生突然问她幸福不幸福。

"幸福？"一惊之下，她转脸看着问话的人。她怎么可能与这两个字相干。问话的人脸上保持着笑意，那是极为善意的一双眼睛。又亮又欢乐。

"为什么这么问呢？"

"你娘家婆家都是拆迁户，有房有老公有健康可爱的孩子，人生应该有的几乎都不缺呀。"

这是一群对性感的身材、男人的搭讪，津津乐道、永不感到厌倦的年轻人，她们一逃开经理的眼睛，就会叽叽喳喳地聊着闲天，仿佛对那些事有着永无止境的兴趣，就跟她六七年前那会儿一个样儿。

如果她们知道王一明已经好几个月没有碰她了，她们会不会大惊小怪？或者性暴力，或者冷暴力，从结婚时起，她就在这两者之间摇摆。现在，她处于被冷暴力的阶段。她们这么年轻，正幻想着艳遇、追星、追随各种时尚博主，哪里能够理解生活的另一种形态！

但显然，这不是年轻人谈话的终点。小姑娘继续说：

"我有时候看你坐在办公桌前，缩着脖子，就好像知道有什么东西随时要砸下来。"

她更惊讶了，疑心自己听错了，她愣了一会儿才说：

"是不是因为我的长相给了你错觉，有的人天生带笑，其实她并没有笑，那么，像我，其实并没有什么要害怕。"

说完，她大口地喝水，以掩饰自己脸上那不能控制的尴尬，她心里简直有点儿惊慌失措。原来在别人眼里自己是这个样子，她昨天还觉得自己打了胜仗，占着上风呢。

三十二岁！她突然想到二十五岁时用圆珠笔写在日记本里的自艾自怜，说什么自己老了，不再像少女那样洋溢着青春的气息了。甚至还和吴利在背后议论过一个"三十岁的老女人"，现在想想，自己的身体不要说少女的气息，就连一丝女性的气息都似乎没有了。她比二十五岁时要瘦，但这种瘦看上去像身体严重缺水，比干燥更干燥。她的言谈举止没有什么攻击性，但也没有多少情愿，就像挂钟上的钟摆，就那么惯性地东一下西一下，不屈不挠、无休无止的样子。她的内里完全是麻痹的状态，她的身体不是处于戒备就是处于戒备之后的疲倦。对生活的向往、对美的敏感、想入非非的春梦，她现在一概没有了。

余文真闭上眼睛，恍然跳到了自己的对立面，全方位地打量起自己来：小小的个头，被刘海遮盖住一半的脸，实在太平凡无奇了，无论是读书时代的校园，后来的办公室，甚至家里的表亲之间，她都是最平凡无奇的那一个。正因为所有人都了然她的平淡无奇，因此她一直小心地踩着点往前走，在人生至关重要的一步踏歪之后，后面的整个方向就发生了偏差，以至于来到了今天这个看似正常，却又空虚而无生气的样子。小姑娘们又展开新的话题了。她们的笑点真是低，就是芝麻大的笑话也乐得直不起腰。她们眼里的余文真，大约就是一个可怜的中年妇女，生来就这么古板，从来没有活跃过，引不起任何注意，没有任何魅力可言。啊，这就是我！她极力想甩掉这个形象，但是这个形象却牢牢地贴在脑门上，她又甩了几下，直到旁边投来异样的目光，这些目光更加坐实了她的判断。她在心里发出了一声重重的呻吟，赶紧起身去洗手间。

在余文真的心灵深处，活跃着千头万绪。她始终相信一切都可能会改变，因为，人到这世上来，不是为了受苦。有失落，有憧憬，有不满足，但都不是眼下的苦熬。如果痛苦像今天这样多，而且是持续地增加，那么，必然有一天，它就会减少，它一直变，就会持续变。就比如这个城市，在开发，在扩建，那么，就说明它曾经是小的，因此也可以预见，将来有一天，它会停滞下来，所有的噪音会停下来，有开始就会有停止。至少到如今来看，余文真已经可以掠过表面的粗糙，看到这图景背后蕴藏的野蛮的力量和不可测的勃勃生机。

她模模糊糊回想着所谓的爱情——她真的无限向往过，好像它跟空气一样重要。此刻，她发现这个东西并不是不可缺少的，在生活的磨损中，它被挤到了一旁，显得可有可无。奇怪，无论她心里怎样五味杂陈，表面上她都能做到按捺不动。她倒是希望有人告诉她自己是什么人，会有怎么样的运命，又怎么样来改进。然而就算有人免费给她指点，她似乎也没有兴致。她没有追求完美的禀赋，没有刚烈的性格，没有当家做主改造男人的热情，甚至现在也没有了抚养儿子的意愿。她像小区门口那一根根沉默的水泥桩，杵在那里，只为了阻止不合法的汽车三轮车进来，可是这根水泥桩阻挡自行车、滑板车，以及行人的踩踢，几年下来，日晒雨淋的，旧了，蒙上了层层叠叠说不清的污垢，变得很刺目。

另外一件事，就是吴利恢复到单身。她分得了一套门面房和一套别墅。每周可以见到儿子一次，也可以是两次。她度过了一段相当不平静的时光，整个人像被用刀截去了一层，但是自从找到了相亲的管道，她便开始振作精神。现在，她每天讲的故事全是一样的开头："昨天遇到一个男的……""前段时间遇到一个男的……""上个月遇到一个男的……"只要她愿意，每天都有新的太阳。可是这些没有或者不想有婚姻束缚的男士，个个都像鱼一样，滑手，游动快。明明遇到一个相当满意的，偏偏人家还有前妻纠缠，还有一个十分符合她心意的，却因为没结过婚，让她在对方父母跟前低了一等。再或者遇上一个风度翩翩的，一交谈，根本就是所谓的"不婚主义者"，只恋爱不结婚。如此种种烦恼，让她每天打扮得花枝招展，用她的话说："男人未得手，不敢老！"看不出她有损伤。

有一次，余文真应约去她的房子里。她到达后，在门口等了十多分钟，吴利才开门放她进去。别墅里的冷气开得很足，一个年轻的男孩子裹在一条薄薄的毛毯里，坐在沙发上，全身只露出一张玩世不恭的脸，吴利去拿水果和茶，他的目光追随着吴利，对余文真视若空气。吴利当着余文真的面亲密地和他挤坐在一起，他们一起大笑，就像身上有什么按钮被启动之后失灵了，简直停不下来。

再过几个月，这个人就会成为历史和闺蜜之间的谈资，但此刻，屋子里全是欢喜和奢靡，吴利把男女关系里最主要的一根"感情"的筋抽掉了，这使所有人都轻松自在。这是生活一种，这是一种生活，但不是我的，模仿不来的。

好不容易那个人从客厅走开，余文真趁机把王一明的彻夜不归的蹊跷告诉吴利。吴利说："你老公外头见女网友了，可网友玩了仙人跳，正在亲热时，人家老公回来，一顿暴揍，写了欠条，扔到马路上，择日还款。"

她差点就信了，吴利又扑哧一笑，表明她在开玩笑。那是她刚刚在微信上看到的一个故事。夫妻玩仙人跳，专门挣那些好色之徒的钱，三年挣了一百多万，够在城东买三室一厅了。

"但你老公这么一个工薪阶层，讹他能讹多少钱。估计也就是网友之间约个免费炮。"

吴利什么都懂，什么事到她嘴里，几乎就能直达本质。余文真明显地感到自己的脸颊抽动了一下。

既然我什么都错，那么，会不会，在理解章东南这个人的时候，至今也仍然是错？城东那些五星级酒店逐一浮上心头。那阔大的玻璃窗、那冰凉丝滑的枕套带来的温柔，那几乎可以说是此生唯一触动过她心灵的暖色了。

快入秋了，单位里新来的领导开始人事改革。单位在城东建立了新的办公楼，但只是把一部分员工挪过去，公司的售后、文宣和新人培训和一部分办公室仍然在主城区。余文真自然而然地留在原地。从公司搬迁开始，单位的新鲜血液开始增多，外地人占了大半，各个省的都有，他们带来不一样的文化特质。有一位同事，得到父母遗传，天生好酒量，三天两头吆喝着约人喝酒，把酒作为增进感情的手段，事实证明，非常有效。也有恰恰相反的年轻人，有相当强的原则性，工作时间之外不与同事接触的信条贯彻始终。有个新同事，从澳大利亚留学回来，光一辆日常代步工具就是她自己五年工资的总和，她家境的殷实一目了然，毫无生存压力的小姑娘，却乐在其中，每天早早来打卡上班。

越来越多的人，中午不去食堂吃饭，拿出来的便当全是沙拉，"瘦成一道闪电"，成了她们的口号，与此同时，奶茶和咖啡的香味，开始弥漫在办公区域，公司里的阅览室，漫画增多，聊天的话语趣味，慢慢变得有点儿听不懂，过去台上坐的是四五十岁年纪的人，现在，那些面孔几乎退出视野，跟余文真一般大的都成了公司顶梁柱，甚至更年轻的都开始掌权。一开始，余文真也没察觉到自己的处境变化。她工作已经九年了，但最近三四年，或者更早一些，早到刚认识章东南之后，她的工作状态就很不好，过去老实巴交的新人形象脱离了她，但精明强干的能人形象也没有跟上来。有一阵子她极度自闭，无法跟人交流，应该在那个时候，她的形象被牢牢地固定住，失去了升迁的机会，等到终于结了婚，又见缝插针地请了产假，即使是产假之前的那一年，她请假的天数在全单位已经位列第一，当时没有开除她，应该是对女员工的保护制度无意中帮了忙。现在的她，一副得过抑郁症的样子，反倒没什么丢饭碗的忧虑，可是，举目一望，她是完全无上升的通道了。突然有一天，年轻的同事们在背后提到她的时候，称她"那个阿姨"，这个词说打扫卫生的保洁员，说食堂里的掌勺的，都毫无冒犯之意，唯独用在她身上，明明白白地暴露出蔑视。

有一个才二十三岁的小陈，进公司的时候喊她"余姑娘"，她纠正说她比他大许多，他说不像，友善亲切地看她，也不改口，三个月后竟然升了职，除了那张一本正经的面孔，没看出他有什么特别的能力，过去也是如此，真正进入管理层的并非优秀突出的人，相反，是举止始终能够保持一本正经和"仿佛"非常有干劲的人，这样的人，能够成为中间派，保持办公室平衡。突然有一天，她听到他喊她"余大姐"，她装着没听见，却在心里生闷气。又过了半年，他们打不着照面了。因为人家有自己的办公室，三天两头出公差，开会的时候坐在会议桌靠着领导边上的位置，她坐在最末的门边。她有时难免会想，如果顶了面，他会不会改口喊她"余婶"。其实和她年纪一样大的，活泼大咧咧的大有人在。因为经历过事，拿得起放得下，经常开黄腔，也不介意男同事嘴上占便宜，这样的人调剂老中青三代人相处的气氛，也是讨喜、有人缘的。她就不一样，虽然她也像自然规律一样，成为办公设备一样的默认存在，她既不是穿着前卫、时尚方面的行家，也不是懂幽默会调节气氛的知心大姐，更不可能是能提供人生有效见解的沧桑老人，甚至也没有拿得出手的离奇古怪经历，大家对她的态度，是很敷衍的。他们不知道，其实她有。但拿五只扳手也撬不开她的嘴。因为她啊，已经没有那种虚荣心了，那代表着年轻的活力和对世界的热忱，她是没有了。

新来的一个健身达人为了上《非诚勿扰》秀一把，每天中午空腹在休息室练郑多燕。健身小组余文真倒是积极参加，给人打气助力，可惜去了电视台四次，四次都坐在替补席，没有上场的机会，更别说展示一字肩和马甲线了，后来她突然慵懒下来了，健身小组就地解散。余文真仅有的为他人出力的机会就此丧失。

这不是个例。她的位置越来越尴尬。除了本职工作，打印复印，做横幅灯箱，本来也是她的事没有错，现在有更年轻的，还有些没有转正的实习生，可是学历都比她高，有一些还在国外留过学镀过金，来这里不过是下基层，走过场，所以不便使唤，只有她，来处一目了然，反倒比之前累。过了年，公司办了一个内刊，所谓内刊，不过是把领导的讲话、总公司的会议精神、公司发展状况统一归拢，排版打印出来，再分发到员工手上。没多久，领导过来找她谈话，让她过去协助管理内刊。可是内刊室只有一间办公室，挨着厕所，里面全是年纪大快要退休的老同志。

余文真打电话给章东南，这次，她没哭没叫也没发脾气，只是详细说了那个内刊的办公室环境。

可是章东南说："去内刊也好，组稿，校校字，也不算压力大，如果有什么拿不准，我帮你把关。"

"你真觉得我应该去？"她的口气本来就不可能友善，又加了个"真"字，他立刻明白了。

"看你自己的意思，如果你觉得不高兴就不去。"

"我为什么不高兴，我本来很高兴，我不高兴是因为你。"她一顿抢白。电话那头出现了意料之中的停顿。

"为什么不说话？"

"如果你不想离开现在的岗位——"

"他们明显在排挤我，还不明白吗？"

"不要担心这个。"

谈话至此为止。

他出面管还是没出面，她也没问，反正后来内刊也没去成，还在原来的办公室，做培训部文员，铁打的余文员，流水的新职工。

岗位虽然保住了，可是她现在又怀疑保住现在这个位置的意义在哪里，如果到内刊，说不定得到些新的工作经验，换些新同事相处，不像在这里，漂亮的姑娘们整天叽叽喳喳，吵得她头疼。她有点儿后悔了，甚至有点儿怪他管得太快，可是隔天，她又怪他管得太少，就不能帮我找一个职位吗？她对自己的反复无常并无内疚感，那些年轻的同事表面上客客气气，兴许对她早就鄙视。她相信他们在背地里已经将她归结到"难缠钉子户"行列，就比如图书馆的张凝，后勤部的陈铮，他们都算是曾经的上进青年或有功之臣，如今却因为婚姻变故或者身体有病等各种原因，没有达成单位，甚至自己预期的目标，由意气风发变得慵懒消极，却也不愿意主动离开，就那么尴尬地坐在原来的椅子上，一天又一天地耗着。余文真时不时拿自己和他们相比，渐渐地有了一种解脱感。被人关注自然是好的，被人忽视也坏不到哪里去啊。即使同事之间变得冷淡和疏远，但这冷淡和疏远却成了另一种安全和温暖，仿佛成了她新的避难所。无人问津的"小留"和人来人往的公司大楼，她现在有了两个避难所。

二十二

吴利的话使余文真留意起王一明。他走路的时候肩膀松松垮垮，即使是和父母儿子走在一起，他也会做出与己无干的架势，看上去就是一个对万物漠不关心、厌世厌人间繁华的人。你很难让人相信他有攻击性，是会捂别人的嘴、掐别人脖子的人。有时候一大家子到什么地方去，他习惯性地闷头朝前，看把一群人丢得差不多了，会停在一棵树前，静静地等着。倒在路边的自行车，他看都不会看一眼，被狂风吹倒的树枝，他也会绕开走。他的眼睛只扫描他的脚尖，其余的一切，他都漠不关心。

有一天，余文真没有回家过夜。第二天傍晚，两个人在客厅里遇见了。余文真带着想吵一架的念头挑衅地问他怎么不问问昨晚她去了哪里。

能去哪里，吴利家呗！

再猜？

你妈家？

再给你一次机会。

像是把他难倒了，他的脸上渐渐露出不悦的表情。好像那完全不属于他管辖范围内的事，好像是额外的工作要求。就是那么个意思。太他妈扫兴了，她转身走开。

他有没有考虑他俩的事如何解决？她在心里发问。他恐怕也想过。离不离？怎么离？离了之后会怎么样？孩子给谁，怎么培养？她没必要开口，因为他必然没有答案。他不会看三米外的景物。他不回顾昨天，也不对未来做任何展望，似乎就是这样，眼下，此刻。他的世界是虚拟的，他可能以为虚拟的也包括他自己。

有几次床上没人，她悄声地起来，站到小房间门口，听里面的动静，鼠标和键盘的节奏此起彼伏，没有间断，没有犹疑。结婚以来，他有许多个夜晚是在小卧室度过的，除非她像现在这样牢牢盯着，否则不为人知的空间永远沉默无语。

她从来没有了解他的欲望。也因此没有走进那个房间，但是很奇怪，余文真不后悔这个过程。因为说到底她并不觉得再给她一个全新的人，她就会变得更有热情。不可能，她想，我不可能再有那样的能力了。不会了。

只有一次，她坐在客厅里，电视开着。他从小卧室匆匆出来，冲到卫生间，她听到耳机里传来叽里呱啦的声音，原来是日语。他马桶都没有冲，就剑一般插进椅子里，门也没来得及关。她听到他的声音，竟然也是日语。她自然不懂，但是听那节奏和语速，也是不假思索、张口就来。她盯着他挤在椅子上的衣领，听着时不时冒出来的"はい、そうです"和"Absolutely"，甚至还冒出一两句韩国男人那硬巴巴地训斥人的腔调。他的脑袋一直往桌前抻，几乎贴着了屏幕，从身后看，他像一只鸵鸟，她站起身，看到了《完美世界》国际版的激战页面。

"喂。"她走到门口，恶作剧似的，突然朝他喊了一嗓子。他打游戏的时候是非常反感有人打扰的，"谁都不行，天王老子都不行"。这会儿，他转身面对她，任屏幕上一片激战，火光四射。

"有意思吗？"她问。

"有意思？"他重复了一句，做出一个匪夷所思的表情。

"有一天，你会不会砸掉键盘，回到现实里。"

"在这个问题上我们一直都有分歧。"

"没有什么事不能好好谈。"她说。

他耸了一下肩膀，把耳机戴上，表示谈话已经结束，她不再受欢迎。

余文真转过身，咬了咬嘴唇，走回到客厅，走回到独自无声的空间。他故意的。他坚固地守在那里，如同将领守护城堡。她想王一明也意识到了：他看到自己的夜不归宿，始终像一只蚂蚁，一直在她心头爬。他就是故意的。既然你不吃我这一套，我也不吃你那一套。他甚至比她更早地明白了一个道理：他们是一家人，但他们的心几乎从来没有真正在一起过，有些人，可以做到人在这里，心完全不在。

她眼前的那层面纱突然被撕开了：她还非常年轻的时候，潜意识里已经为爱情设定了模式——朝夕相处、你中有我、同甘共苦、渐渐变老的过程，但与此同时，她也会觉得爱情就是疯狂刺激、浪漫优雅、没有人间烟火，她几乎从来没有试着把这两种状态糅合在一起过。因为，说到底，她周围的生活没有提供过这两种东西共生的模板，就好像通常人们所说的鱼和熊掌的意思，又或者像一枚硬币的两面，可是，现在，经过了幻想、期待、失望、温柔和愤怒之后，她发现，惩罚即自罚。爱情既是对他人的爱，也是自我的革命，是才智的生成，是意志的成熟，结果不取决于你遇到了谁，结果取决于自我的觉醒和强壮，然后才能识别你一路弯腰捡拾的是石头还是玻璃块——通过手上的老茧或血迹，仅此而已，至于得到其中任何一种，都是万幸。那么，对结果负责的应该是自己，而不是章东南，或者，王一明。

福禄寺巷被开发商抛弃已经板上钉钉。就在几个月前，她还听说测量局都来量过尺寸，户口也都冻住了，再加上周边大片的土地正在建造房屋，这个小巷原本不会成为异类孤零零地存在。那一阵子，她听到老年人说话的声音都加了力气，振奋昂扬。

可是，这天下班，她刚踏进巷口，就听到房东们扎成一小堆在发牢骚。他们围成一个小圈，气氛相当凝重地诅咒个别人的贪婪害了福禄寺巷。余文真冷笑一声，她知道今天这个局面在所难免。一则是期望太高，要价高得离谱；二是在等待拆迁的过程或之前，通过假离婚假结婚让福禄寺巷的人口增加了近一倍，违建房造了一层又一层；雪上加霜的是巷子里的一位老人过世。老人八十有三，本来也算是喜丧。他的家人却说谈判间接刺激到老人，他们原本期望这一点能够增加谈判筹码，好掌握主动权。这下好了，本来开发商就领教了这帮人多么难缠，再加上限购政策要出台的风声四起，负责来谈判的人干脆没了踪影，他们这边代表放下架子，打电话过去，结果对方根本就不接，接了也只喊忙，匆匆挂掉。

许多迹象表明，他们正在重新考虑是否接受这块烫手山芋。

她前一阵子来，他们还喜气洋洋的；她去年来，他们还在搭建，黄沙水泥把巷子口堵得水泄不通；她第一次来租房的时候，必拆的信心使他们的房子有一种随时凭空消失的凄凉美感。可如今，这些房子支离破碎，因为拥有者无心光临，居住者无心打理，使其有一股颓废怪味弥漫。他们自相矛盾，自欺欺人，房子成为他们进攻和防卫的唯一武器。

她清晰地看到他们的痛苦，如同看到他们昔日的傲慢和喜悦。快乐是轻轻巧巧的东西，温和安宁，弥漫出来，对他人没有任何杀伤力，可是痛苦就不一样了，如同刀割、如同棒击。她看见自己身上一股微弱、私密却又如此显而易见的痛苦——其实她身边的人，比她本人更早地看见了。她回想起他们曾经跟她暗示的："你瞧瞧你多瘦呵。"甚至有阵子她频繁请假，那些人睁一只眼闭一只眼，没有过度刁难她，因为有可能也像她如今感受别人的痛苦一样感受到她的。然而，即使大家体会你的痛苦，也没有人将之挪移，将之消除。福禄寺巷的痛苦改变不了旁人，不能改变开发商以及上层的决定——改变他们决定的其实是大的局势，是过去得意时的种种行为，是过高过久的期待。期待需要力气，承受期待落空的痛苦更需要力气，那才是无法自拔的根源。如今的痛苦只能改变以后的方向，而不改变过去已经造成的事实，同样，醒悟也改变不了他人，

264

只能改变苦痛者自己。

有个周末的上午，因为单位发了两张东湖游乐场的券，她决定带着孩子一起去，顺便看一眼今天的城东商业区。

余文真的记忆里，顽固地保留着那些酒店的名字，坐在车里，她甚至有一种错觉，车子一停，就能看到某个酒店的大门和迎宾，但是，从出租车下来，整整溜达了半个钟头，那些仿佛刻在脑海里代表城东的酒店一个也没见到，好像那些酒店从来没有真实存在过，还有更早之前见过的"城东热处理厂""城东制衣厂""城东汽配城"，以及绿色田野全部不见踪影，目及之处全是楼群。高低错落，式样奇特，甚为壮观。

一切都是新的。一切都那么新。没有一件物品超过十年的历史。酒店式公寓，新的；金融中心，新的；整形医院，新的。一切都齐刷刷生于崭新的时辰，像有一个时间的按钮，一按下，一切齐刷刷地上升，整个天地焕然一新。这崭新的时尚的房屋正华丽丽地把自己从城区里撕裂出来。步行街、天桥、购物广场、展览馆、写字楼，全部齐全了。城东开发区的中心地带，是由十来幢高层建筑组成的。这些高楼外立面以铝板加玻璃打造现代简约风，玻璃的通透中又带着金属的质感。每一幢都有大理石组成的弧形条裹住外墙，使其形之柔软，消解石头本质的坚硬。这片如高山流水一般的建筑，连绵起伏，既像梦幻之地，又似未来之城，更奇妙的是，如此与众不同的建筑却又能与周边浑然合契，不显丝毫冒犯。

越过这片商业区，进入一片洁白的纯住宅区，小区外立面是干挂的卡拉麦里金石材和高档真石漆。阳台上没有飘扬的衣物。听说

265

业主入住之前就签过承诺书：任何时候不得在阳台上晾衣服。那么衣服怎么干呢？必须买烘干机！门口的保安看上去既礼貌得体，又庄重严肃。余文真感到眩晕。此处的齐整把南新桥的琐碎对比出来了；这里的朗阔把主城的局促对比出来了。

行至一个圆形小广场，到处是人，多是体面时尚的年轻人，不喧闹，也不沉闷。地面的大理石上有一串串细小的脚印，儿子摇摇晃晃地踩上去，他一次次重心不稳，一次次艰难站住。余文真能感觉他的欢快和紧张，在陌生和朗阔的环境里，他的笑声回音嘹亮。穿过广场，到另一处：开辟的六车道马路，一排排规划好的树木，隐约的歌声从美发沙龙里传出来，楼与楼的罅隙处透出云遮雾障的远方，展示着一种无法名状的可能性。它令人的脚步变得摇摆不定，如入迷宫。这不是我记忆中的城东呀。然而，建筑把记忆遮盖了，一切都在急遽地变化，简直回不过神来。

城东脱离了月城，它令月城变成了两个东西，如同从男人的身体里掰开一根肋骨，做成一个女人，然后，成为男人的伴侣以及——对立面。

一股滞缓、模糊的恐惧朝她袭来，她情不自禁地捏紧儿子的手腕，忐忑地左顾右盼。她不知道这恐惧是什么，突如其来，不可名状，但她确定有什么不寻常的东西要来，隐隐约约，像一块聚拢又散开的云团，悄然接近。直到小孩儿疼得尖叫起来，摆脱掉妈妈，她才缓过神来。

他们在游乐场走儿童索道。那小孩似乎有天生的品位，他挺着小胸脯，认真地观察环境，她以前带他在小区附近的公共游乐场游玩，可从来没有这么严肃过。说是索道，就是比秋千更长更宽一些的两块板。踏上索道前，这孩子轻呼一口气，站得笔直，中间差点失去平衡，快掉下来时，他手脚并用，牢牢捏住绳索。换了以往，他肯定扭头申请妈妈的援助或者干脆哭闹，可是这一次，凭着对新奇之物的敬畏心，十米长的索道，他竟然独自走完了。站在索道的那一头，他额头上沁满汗水，羞涩地看着母亲，但没有高声喊叫。余文真的心里充满着感动。这个男孩，他将走进学校，他将变成少年，他将面临同伴压力、考试压力，他要经历更多的试炼，比眼下这会儿要严苛上千倍的危险……她愿意尽一切所能给他庇护，甚至搭上性命也在所不惜。

回来的时候他们打了辆出租车。司机是个衣着整洁的帅小伙，座椅背面提供抽纸和塑料袋。伴随着司机手机里温柔的女声导航，车子平稳地移动，到红绿灯的时候才微微颠簸。一路过去，从楼宇的玻璃幕墙到各种形态的树、电线杆、汽车广告牌，接近家的时候，各种小店招牌、修电动车的路边摊，一开始，孩子精神抖擞地探头看向窗外，接近熟悉的市区时，伏在妈妈腿上睡着了。

从城东回到"一品苑"，余文真从小区的边门往里走，狭窄的栅栏和步行小道容不下她和孩子从容而过，她不得不停下来侧身而行。进了小区，原本设计成双车道的地方停满了汽车，汽车轮胎边被丢弃的冰淇淋包装纸片在暮色中微微颤动，安置房为了省钱，用了劣质的大理石，才住了几年便裂，进门的大理石都找不到完整无损的。整个小区已经呈现疏于管理的凌乱、草率和将就。

从城东回来后不久的一天，她下了班，刚刚洗了个澡，正在吹头发，婆婆敲门，她没带孩子，空着手过来的。她不等余文真邀请，自顾自抽出餐桌边一把椅子坐下来。餐桌上方的灯没有开，婆婆整个脸隐没在阴影中，余文真静静地等着。一个平时手脚一刻不停，眼珠子不离开孙子的人，今天却主动坐下来，一定有话要说。王一明也情不自禁地走到妈妈身边。

"我想好了，我要在城东给我孙子买一套房。"

"那得多少钱？"余文真惊诧地抬起头，脱口而出。

"我还有一点儿积蓄。付个首付没问题，每个月按揭我也替你们分担一部分。"她豪迈的语气会使不了解她的人以为她积攒了不菲的存款，余文真惊讶地发现，即使最精打细算的退休老人对房子也有着一掷千金的狂热。

余文真和王一明交换了一下眼神，他们从彼此的眼里看得出对方都毫无思想准备。

"不是为你们，是为我孙子。"婆婆的声音提高，都带着点儿悲壮的色彩了，"这个安置小区的学区房很不怎么样，全是附近农民家的小孩子，我孙子在这里上学，可不就输在起跑线了吗！"过了一会儿，余文真以为她说完了，可是她又补充了一句："他应该过更好的生活。"

这就是她新近被激发出来的见识！余文真一声不敢吭。婆婆有这个意识，显得她和王一明呆头呆脑，像在昏睡中醒不过来。

妈妈的话显然让王一明兴奋起来了，他看着妈妈，眼里闪着光，可能他也没有想到，妈妈会下这么一盘大棋。

"不要有负担。我们留着那些钱也没什么意思，放在银行年年贬值，我们的退休金，总是够开销的。"余文真仍然没有说话。她完完全全没有打过婆婆那些存款和退休金的主意。她在想自己怎么也加入了啃老一族竟没感到害臊。

奇怪的局面是，王一明精神振作起来，晚饭时有说有笑。孩子把饭撒了一地，他耐心地蹲下来捡米粒，把粘了米粒的手举在空中，好像在和孩子玩一个"我找到了"的游戏。婆婆在这难得一见的和睦气氛中意识到自己的奉献，她的嘴唇悄悄地哆嗦了一下。她一直兢兢业业，像牛一样为这个家操持，她节俭、奉献，以强大的忍耐心包容着儿子，现在，她以同样的忍耐心包容余文真，全力使这个家维持在正常状态，为此，做多大的牺牲都在所不惜。她的脸上明明白白地写着"我愿意"。现在这个"我愿意"初见成效，她默默地控制住了自己的激动——那正是她期待已久的幸福时刻。不仅是她，余文真的母亲也在上蹿下跳，想等弟弟读研后把工作调到市规划局，这可是眼下最吃香的单位，那么，下一步，等到弟弟结了婚，母亲新的任务是不是也要帮着弟弟带孩子，谋划着在城东买一套房？

没法再否定了。城东不再是月城的犄角，凸出去的一块肉，绝不！城东正在把那轮弯月填满，不，城东已经有独立之势，在月城之上，成为一顶王冠。它像一块磁石，把她的上一代和下一代都牢牢地吸进来了。商机、科技和体面，人们从这里看到的一切，现在她完完全全感受到了。而这一点，章东南在五年前，或者更早的时候就看到了，看到了这个城市现在的面目。

余文真可算一目了然了，就算她二十五岁时抵抗得了，今天，她肯定还会沦陷，像婆婆这样，一把年纪了，还手足无措，被搞得五迷三道，简直不知道自己在图什么。这就是软弱，这就是盲目，这就是城市的迷宫。因为看不清而迷迷糊糊，只能被牵着鼻子走，除此之外，还能怎么样呢？

二十三

2018年格外不洁净。连续数起震惊全国的女性惨剧发生：5月6日，郑州，空姐在搭乘网约车途中被害。8月24日下午，二十岁的女孩被滴滴司机强奸杀害。9月14日傍晚，一个中通快递员工对一名女性客户实施强暴。几乎与此同时，网上爆出某商业大佬在美国涉嫌"犯罪性行为—强暴—既遂"。

……

那一整年，王一明有过三次夜不归宿。他的手机也变得很神秘，洗澡的时候，都会带进卫生间，需要充电的时候，他会蹲在插座边上静静地等着。

一个周末的傍晚，余文真去婆婆家陪儿子做游戏，一直到晚上九点半，王一明既没来蹭饭，也没打电话来。余文真往回走的时候，远远看到自家的窗口一片漆黑，她有一种预感，王一明又会夜不归宿了。直至第二天凌晨，余文真坐在床上，觉得自己比前几次更烦躁，更不安，更魂不守舍。她不能假装他只是和朋友们坐在大排档喝着啤酒谈笑风生，或者喝醉了正在街角呕吐，或者在麻将馆打麻将，这些都不是他的风格。他的风格是阴暗的、混浊的、激烈的、没有语言的，但是，就算他此刻进了门，她也不愿意开口责问他，或者警告，或者谈判。争执也好，咆哮也好，都意味着矛盾进一步激化。她和王一明都不会演戏，不会在人前假装和睦，矛盾如果升级，就要立即做出选择。婆婆已经兑现诺言，以王一明之名在城东买了一个119平方米的三室，排队、选房、申请贷款，折腾了许久，文件签了一大堆，可是离拿到钥匙起码还有两年时间，她那边又开始节衣缩食，要帮儿子省下装修的钱。这个五十岁就退休，一生都在伺候老公、儿子和孙子的老太太自始至终过着平平淡淡、忍气吞声的生活。买房这一举措使她平生第一次找到自信。如果余文真生二胎，无论男女，她一定还会帮着带，带到上小学为止。这话是两亲家聚会时说的。婆婆似乎很喜欢来这一套，如果有什么想法或者要求，她会把大家聚到一起吃饭，无论亲自下厨，还是在馆子里撮一顿，等着大家变得开心、和气，她会大胆地提出自己的想法。

"过去是政策不允许，现在一点儿障碍都没有了，趁年轻多生一个，将来立博有个伴。"她的话得到了沈国芳的积极响应，她表示也愿意尽绵薄之力——所谓绵薄之力，估计真的就是送几只鸡和甲鱼，余文真眼皮都没有抬，继续吃餐后水果。她在心里说：还二胎呢，就她那个啃老的儿子、变态的儿子，生一个已经是最大的错误了！

她从来没有爱过王一明，甚至可以说——她还不了解他，哪怕一起生活了这么久。不是谁都能从谁那里获得成长。"成长"这个词，不是谁都能与之匹配。她之所以能和他结婚，是因为带着失败的情感、浑身的伤痕，像无头苍蝇一样乱撞的时候，他相中了她。他的身上没有露出恶的痕迹——对于未经训练的眼睛来说。他身体里携带着的这种恶，就是藏在袖管里的刀，似乎是看不见的，但也是很容易识别的；这种恶既是他个人的，也是大家的。他的变态会使人误以为仅仅是夫妻关系的问题，是夫妻之间相互的作用。他也绝对不会去看心理医生的。除了那挑衅般的夜不归宿，他几乎是深居简出，而且对父母、儿子都日益心不在焉。除了上班时间，他大大方方地进游戏房，无所顾忌地关上门，沉浸在他自己的世界里，没有什么心理负担，没有任何反省过自己的迹象。他用这些行为明明白白地写着：喂，我不是你想要的那种人，也不可能成为你想要的那一种人！对，就这么个意思。如果单凭这一点提出离婚，有可能父母都不会站在她这边，说不定所有的人都不站在她这边。所以，后面的事怎么样呢？"后来"令她深受其扰，看不到任何自己渴望的东西，也看不到任何愿意抓住的时机。一直到上班，余文真的情绪都在激烈地波动着，血液涌上来，她的面色红得发紫，但同时，她也是格外冷静的，这几年和王一明的朝朝夕夕，她体会到一种无能为力的苦涩。你的男人在干见不得人的勾当！她对自己说，但是她完全没有精力投入一场战斗。无论是周雷，还是章东南，她曾经调动着全身心的能量去造梦，去寻找肉眼不可见的东西，每次约会，她都会把自己收拾得特别干净、漂亮，她读书，忠实地跟从章东南的喜好，试图触摸到她为之倾倒的一切事物的形状，无论如何，她的心里充满着幻想……但是到头来，梦想之塔倒得如此迅猛，像是从脚底把她的筋抽掉了一样，她迅速地萎靡，并且带着这种萎靡进入新的生活，让新的家具里都浸染了这些萎靡……她不能改变他人，只能改变自己。而自己只有今天这个样子：冷淡，落寞，咬牙切齿，死一般的沉寂……她挣扎着去上了班。

傍晚余文真下班回来的时候，在楼梯口遇到送孩子回来的婆婆。婆媳俩逗着小孩儿，说笑着进门，王一明已经回来了，蔫头蔫脑地缩在沙发上发呆。屋子里有浓烈的烟味。她和婆婆异口同声地问王一明是不是病了。

"没有。"

这次的王一明和第一次夜不归宿的王一明已经判若两人。他脸色灰暗，看上去更疲倦，根本不像一个在都市生活的男人，他像从泥塘里出来，又像从车祸现场逃生。他歪躺在沙发上，半天也没有正眼瞧一眼妻子。

婆婆又凑近点儿继续追问儿子："跟人打架啦？"

"没有。"他闷头闷脑地回了一声，把头转过去。

那孩子开始蹲下来拼他的乐高，三两下间，一艘潜艇宣告成功。他正式露出他的聪明，但不轻易开口说话，所有的老年亲戚都大胆预测，他的聪明将胜过他的父母。受到鼓励的孩子用亲切的眼神观望父母——面对这两个被预言将被自己打败的人，他的神情如此庄重，充满着自信。这使余文真常常吃惊。他鼻子嗅嗅，刺鼻的烟味使他来气——那一定是爸爸在抽烟了，他露出生气的表情——

他完全知道什么时候可以生气，如果是厨房里辛辣菜品的气味，他则会表现得非常忍耐。带他出门散步的时候，他甚至表现出懂得识别狗的善恶，完全无视它们的体型，他任自己的直觉靠近或者回避。对于看上去没有危险的小动物，靠近之后，他也能凭自己的直觉决定自己伸手或者不伸手。他尚不知道天地开阔，但是有风吹过的时候，他深吸一口气，去体会。

"我们走吧。"奶奶碰了碰孙子的头，那孩子快速看了一眼父母，放下手里的玩具，快速地套上鞋，跟着奶奶出了门。他一定发现了不能忍受的部分。余文真想。

余文真到厨房转了一圈，厨房的砧板碗筷都还在她昨天放的位置，动也没有动。王一明几乎什么都没吃，屋子里有潮湿的霉味，王一明又点燃一根烟，闷头抽起来，余文真走近他，问他晚上吃什么。他说不吃了。

晚上躺在床上，他脱掉上衣的时候，她看到他胳膊上有青紫，脖子处有划痕，第二天早上，被子下面露出来的脚面上竟然也有一条长长的划痕。

绝不平常的伤，不怀好意的伤，耀武扬威的伤，他自己的伤。

"你究竟在外面干了什么？"到底忍不住，她问了一句。

"没有。"

一种古怪的痛苦涌向余文真的太阳穴，同时像有根圆圆的木质的东西无声而坚定地在她的眼周敲击。

隔天下午，她去"小留"。她常在那张小床上躺几个小时一动不动，听着窗外一切正常或者突如其来的声音，好像这是一种仪式：

躺在这里听夫妻吵架，听楼上邻居走路，听人冲马桶，听家长训斥孩子，听孩子哭闹，好像她要以把这些声音收进黑暗香囊，带进余生为己任。然后才是打电话问罪章东南。这习惯保持好几年了。打电话之前，她打开手机摄像头细细地打量自己：跟婆婆那样因为操劳而憔悴的面容不一样，她鼻翼的法令纹直朝嘴角来，看上去整个人显得很冷漠，带着某种尖刻乃至某种刚强。与过去容易被人忽视的模模糊糊的特质相比，她现在的神态太清晰了，就是一种漠然。这份漠然覆盖了其他的特质，覆盖了她过去的模糊、喜悦和盼望。而且她把"不如意"明明白白地写在脸上，把"惹不得"明明白白地写出来了。难怪婆婆那么迁就她，难怪孩子也不敢走近她。

　　她意识到这么多糟糕的事情全部让章东南来买单是不公平的。如果当初她不冒失地结婚，也不至于遇到王一明，她因为章东南的错误而进入了这个家，过去她只留意到这一节点为止，但她自己的行为，对王一明来说，也是不公平的，王一明固然是被宠坏的啃老一族，甚至是个变态，他的个性或者特殊的癖好跟自己也没有多大关系，这或者是偶然，或者是日积月累，跟他的成长中的某种限制或者某些放纵有关，但，绝不能因此把此刻的不幸一股脑儿揽到自己身上来，绝不。她的错误是：纵然被伤得遍体鳞伤，也不意味着有资格带着这个秘密嫁给他，这就是一个恶性的循环。她不光是失去了爱的能力，在婚姻生活的恶性循环里，她爱的勇气，乃至生活的勇气都连根拔除了。最要命的是她已经从一个饱受折磨的情感受害者，不知不觉变成了一个施害者。如果不拿掉悬在别人头上的那把剑，就腾不出手来处理眼皮底下的事。以放弃生活为代价，去报复别人，最终受损的仍然是自己。王一明并非完全没有优点，他至少从来不做出一副"将来一定有好日子过"的这种普遍存在的思想来干扰她。心底里好像有一根螺丝钉开始松动了。这一切，都是选择的结果，而非从天而降的命运。第一次，她掐掉了正要打出去的电话，离开了"小留"。

儿子王立博几乎全部是公婆在照顾。一日三餐，上学放学，去兴趣班画画，去练习跆拳道，余文真几乎不需要费时费力，王一明也不用，但他更忙了。本来他就缺少锻炼，如今更是从早到晚不离开游戏间。

有时余文真会温和地请他去楼下走一走。她的关心令他意外，等到她再次讲的时候，他回望的目光充满戒备，相当于警惕了。这个深陷自我的人，被转动的椅子背包裹住，他对电脑的沉迷也是萎靡的一种，也许是他自身的，后来又被传染了，大面积扩散。

可是在这样的环境当中，那孩子渐渐长大，变得丰满而好动，他看着父亲的背影——带着试探、好奇的表情，等到他觉得时间足够漫长，而父亲应该站起来却没有站起来搭理他的时候，他在房门口呼喊父亲，用脚踢他的椅子，为了引他注意。王一明停顿了下，面目如同仿真面具——他转脸看向儿子，用他和余文真之间的方法：沉默的进攻和抵抗，王立博尚不解其意，继续摇撼着父亲，很快，王一明牙关紧咬，怒目而视，像有金刚附体，却照旧一言不发。那一刻，余文真感觉到孩子肩膀微缩，脸上茫然无措，她扯过孩子，把他带离阴郁之地。

一直到当年十月，他们一家子去人多的地方玩，繁花盛开，骄阳仍烈，绿色草坪无视秋意，仍碧绿生长，他们找到一株怒放的多色木芙蓉花前站好，请一个路人帮着拍了几张照片。拍完一看，一家三口无一例外伸着剪刀手，她不记得是谁先举起的，总之，三只右手，三支剪刀。因为相机参数不够好，人又站得太远，放大之后，头发到鼻子到嘴巴，几乎全模糊了，只有那三双看着同一个方向的眼睛尚清晰可见。

手机上的这张照片，余文真反反复复地看，一次又一次，直至渐感茫然和不悦。最终，她超脱了那些情绪，变得理智。她觉得，尽管王一明那野兽般的习惯从外表完全看不出痕迹，这些照片仍然极富有象征性，象征他们的内心也像他们的外表一样模模糊糊，难窥其详；象征她的生活自始至终只露出了一点点端倪。但有一点她再次确定，把生活里的不幸全都算到章东南头上，这不公平。可她没人可换。比如王一明，必须是王一明，如果余文真能够模仿父母和公婆，那么，一切问题都能自动随着时间腐烂在婚姻内部，可是，她毕竟见识过不同。她不能了。可王一明是回避争端的好手。只要她摆开开谈的架势，他就躲开。这个喜欢躲开的人，一直让身边人代他受过。他的房子是父母的房子换的，他的婚事是舅舅张罗的，他的儿子，由年事渐高的爷奶照管着。他呢，只管躲开。就算余文真带着百分百的诚意，要把她心里的理想婚姻向他表达出来。她一开口就知道他根本没在听。他不在她的频道里。具体要求仍然可以提，工资交出来，拖把拿起来，到东边去，到西边去，如此等等，至于灵魂改造，免谈。

一股不安和内疚感急速生长，这样的环境里，她的孩子，她不能让他陷入这样的泥潭中，这样不健康，不能一味地损耗下去，无论多难，要变！

自广州一别，她再也没有见过章东南，但是，却又觉得他无处不在，只要她乐意，她可以随时打个电话抱怨一番。摆得上台面的困难，她也会向章东南求助。有一次，弟弟和人打了一架，并没有多么严重，可是逢上面来视察，这些人都从重从严处理，弟弟被喊去问讯，结果一天都没有出来。听说要拘留，还要留案底，沈国芳急得像热锅上的蚂蚁，往年稍有些交情的人，一听是这事，都迫不及待地往回缩，电话打了上百个，竟没人敢揽这个事，谁揽谁要受牵连。余文真情不自禁地拨出那个号码，她又开始了："因为你，我连弟弟都没有一点点关心，现在他犯了错，我一点儿忙都帮不上……"呼呼喘气，蛮不讲理，气急败坏的样子。

"不要着急，我来想办法。"章东南说完挂了电话。

弟弟第二天被放了出来，没有留下案底。章东南怎么办到的，余文真问都没有问，因为如果她一问，他们之间就能形成互动。她不要互动，她不要自己的生活被他发现，她倒不怕他知道，她要的比他知道的更不堪，她就要眼下这种格局：一切主动权掌握在自己手里。还有不久前的一次，婆婆因为心脏病紧急发作，需要立即搭桥，但是市人民医院的床位不够，要等一个多月。余文真打电话给章东南，说一个亲戚要去上海搭桥。她根本没有考虑章东南有没有能力管这事，甚至还可以说，她就是要看看章东南怎么拒绝她的要求。大约一个小时后，章东南发来主治医生的电话，告诉余文真都沟通好了，可以带"亲戚"去住院了。结果到了那里，医生真诚地提议不要花那冤枉钱，可以保守治疗。

事实上，保守治疗是对头的。婆婆恢复得很好。

"要买礼物谢谢帮忙的人吗？"余文真犹豫了半天，发了个微信问章东南。

"你不用做什么。"这事没有再提。

与其说因为自己孤立无援，不如说余文真已经找不到去为难章东南的方法了。明明他是这个世上唯一必须报复、可以咆哮的人，现在的问题是，对方已经不知不觉变成另外的人，他由一个"坏人"变成了一个"好人"，一个言听计从、几乎再没说过"不"的人，甚至，唯一可以肆意践踏的人，这太不合逻辑了。难道他看不出来她的威胁和愤怒差不多已经毫无力量了吗？他从来没有问过她不想说的话，他从来只是"在那里"，无论什么时候，只要她拨打那个电话，他都会在那头，唯唯诺诺，言听计从，从不发作，亦不辩解。

如果他反抗，就那么轻轻一拨，自己就会倒下，因为她已经在日常的磨损中变得像纸片一样单薄了，不再具备任何战斗力。

她第一次从他人的角度来看自己。难道自己就真的无辜吗？不切实际的幻想，以及不自知的虚荣！人就算重来一次，仍然会犯上一次的错误；她容忍他人来侵犯，欢迎别人来侵犯，唯恐别人不来侵犯，后来，她草草结婚，这个决定不是出于爱，也不是出于向前看。这才是婚姻注定失败的关键。在那些严重的问题存在之前，那本质的关于"爱"的问题已经存在了。她的婚姻里没有相濡以沫，没有爱的颤抖，没有猜忌，没有嫉妒；他们的关系停留在那张纸和那个房子里。"在错误的时间遇到了错误的人"，这一点，从她收到那枚戒指的时候起，就像块生铁一样横亘在那里，把她的过去和现在切割成两块。

仿佛头顶的某一重物被卸下：就算看错了人，导致了新的不幸，那也不能全然去自责。抛弃那些自怨自艾吧。人无法完全了解一个人的全部才与他结婚，因为这意味着是对"全部"的洞察和肯定，有的人生活在一起十年，也无法对伴侣了解透彻，完全了解一个人，分辨出"真"与"假"，"好"与"坏"，带着这样的目标去认识一个人，结果也不会更好，也许只会更糟。最重要的是知道问题所在，知道目前的位置所在。

冬天的一场大雪过后，一轮模糊的太阳落寞地挂在头顶，余文真来到福禄寺巷整理旧物。"小留"在内的整条巷子的拆除日期已经确定，终于，在这座城市几乎完全被拆得面目全非之后。就像一阵龙卷风一直在外围绕啊绕啊，有时觉得它快绕进来了，有时它又仿佛在远离。这一回，是真真切切地逼近了。

从她第一次到福禄寺巷来看房，不到十年时间，靠近马路的整排门面房被拆除，原来附近人喜欢逛的商场变成了一所小学，福禄寺巷的东侧原本有一家洗浴中心，每到冬天门庭若市，老老少少花个十来块钱舒舒服服洗个澡，后来，此处变成了一个汽车销售部，而它旁边的早点摊位和小卖部也在一次次规划后消失不见，取而代之的是理发店和房屋中介所。福禄寺巷西侧是个二十世纪九十年代建造的小区，如今，提到它的人简称它为"老破小"，一切都变了，变得不再亲切，不再像它自己了。一阵迷惘袭上心头，余文真心绪不宁地在巴掌大的地方来回走动。两位当年非常顽强地主导谈判的代表已经不在了，其余的人，因为内耗过久，意见分歧扩大，也都精疲力尽，加上赔偿数额没有达到当年的预期，当初设想的喜悦根本没有到来。福禄寺巷的人，他们是真的很气。颤抖是真实的，卧床不起是真实的，绝食也是真实的，一开始是装模作样的，后来变成真的，唯独没人去想一想究竟那么高的期望应该不应该，没有人愿意往回看，他们全被房子绑架了，他们只看想看想要的那一部分。他们的世界除了拆迁还是拆迁，拆迁像一个无限膨胀的气球，飘浮在眼前，遮盖了一切，像是要爆炸……

余文真默默地清理着"小留"里的东西，现在，她已经没有能力再找寻到可以躲避的地方了。福禄寺巷将和清凉寺巷一样，从地图上消失，从导航软件上消失，从人们的记忆里消失，而这种消失每天在各处上演，显得那么顺理成章、无可辩驳。放进"小留"的东西显得无处安放了，包括那些书和陶罐，它们的下场只能是回收站——它们曾经像见证她痛苦的道具，后来成为放弃自己执念的见证，成为防御的武器，随着痛苦全部消失，这些物品也失去了光泽。但它们联着她的过去，贮藏着她的秘密，成了她身体的一部分。她一样一样理出来，擦拭掉灰尘，她割舍它们，丢弃它们，如同抛弃肉身和记忆的一部分。那只陶罐，她是真心喜欢的，但她警惕地看着它，好像它是一个诱饵，把她再次带到一个机关重重的陷阱。她"砰"的一下将它放在垃圾袋的底部，甚至希望听到陶罐破碎的声音。并没有。不到十平方米的地方，她收拾了三天才算彻底清理干净，明知这里不久会开进来一辆推土机，三下五除二，一切都被推成废墟，她还是怜惜地把地上的浮尘清扫掉，窗台和玻璃擦了又擦。最后，她抱着装着洗漱用品的纸箱往公交车站去，她心里一阵轻松。仿佛一块重重的石头从肩膀上被挪开了，她的脚步因此轻快起来，她留意到隐蔽不见的太阳又慢慢从斜前方红绿灯的顶端露出来，看到对面的行人红着鼻子，缩着脖子，可她自己丝毫不觉得冷，相反，浑身都感觉出清爽和活跃，她心里莫名开始感到高兴，就好像心里一团污浊的东西淡化了似的。车子行到红绿灯的时候停了下来。她侧脸去看窗外，就在窗玻璃上，她看到了一张脸，一张淡然、安静的脸，那张脸上有一种自己完全陌生的刚毅和骄傲，她心里知道那是自己，但她不肯相信，不肯相信那种不可冒犯的、复杂的、带着冷漠的脸居然是自己的……

越往郊外，路面越干净，堆积着残雪的行道灌木也露出来，马路上出现了少见的明朗洁净，白色的斑马线也被冲洗得干干净净，一位骑单车的年轻人从她身边经过时吹着清脆的口哨。到处散发着清新的气息。

这几年，许多认识的人们都被挥鞭子一样赶往郊区，那是大而无边的强大力量，慢慢地、悄悄地把人带离熟悉的地方，往远处推移。那些遮天蔽日的灰塌塌的大楼，一群群拔地而起，它们像儿子用乐高组成的战队，又像某个恐怖电影里藏在面具下的恶魔，岿然不动地讥笑着这渺小的、手无寸铁的人类。刹那间，她似乎触摸到了某种本质。隐约有一双眼睛帮着她一起打量发生过的一切。她看到了自己。卑微的、迷惑的、莽撞的、幼稚的、忍耐的，她仿佛站到了半空——她看到了。就好像手持放大镜，放大，挪开，再放大，这座城变得渺小而可怜。她看到了生活过的巷子、学校，郊游过的野外，城市急速的拆和建。她还看到了更多，她看到了整个城市：拆迁现场的愤怒的人群，公交站台浑水摸鱼的小偷，现在差不多绝迹了，因为监控的存在，以及这座城里形形色色的人们，高矮胖瘦，全部挤在一条道上，就像一群被竹竿拢在一起的鸭子，东摇西摆，发出"嘎嘎嘎"的叫唤声，气喘吁吁地向前奔。政府官员、准备离婚的人、理发总监、学舞蹈的小女孩、充满热情的恋人们……有的知道要去哪里，有的根本不明白为什么会跑起来，更多的是被奔跑的人潮吸引，莫名其妙地跟着，与其说他们想发财，不如说他们怕被丢弃了。这里面有打离婚官司打到丧失生活勇气的人，她想逮住其中一位看上去很明事理的问一问，结果人家正跑得起劲，胳膊一摆，差点把她挥倒在地。

与此同时，怀旧成了一种时尚，据说月城有个叫葛文的收藏家在城东有一个老城博物馆，凡是你小时候见过的东西全都在那里：一百岁奶奶穿过的手绣洒花的鞋，一百年前的手推车，九十年前的老照片，用过五十年的收音机、烟斗，烧煤的爆米花机，对抗地震用的老朽帐篷，线装书，月城地方粮票……门票十五元，可以随意拍照，这些东西摆在那里，展示出它们的质地、年代、经历过的雨雪。听说生意不错，一到节假日，网红们都去打卡。

这是激越的时代，一边在奋进，一边在唱挽歌。

听说葛文还在继续奔走，计划把月城所有没来得及拆的巷子保护起来。他称那些才是"生活、烟火、历史、根和归途"……

"只有真正有年代的东西才有价值，它们神秘、隐晦、蕴含着无尽的深意和信念，而新的东西、新的街道虽然干净，但太直白，太物质，太功利，太浅薄，模仿性太强，漂亮的外表下掩藏着粗陋，实在没有生命力。"他执着地带着这个信念去游说投资方，那些资本无一不是从拆除和摧毁中成了今天的商业帝国——真是莫大的讽刺。

前景并不乐观，建筑是凝固的音乐，可是在月城，它是流水席。

这迅猛多端的变化，这洪水一样的大潮，即使没有章东南，她也无法逆行吧！当初顺利嫁给周雷，会怎么样呢？她试着将枕边人换成周雷，回想起那张板起来的脸，立刻再次感到虚弱无着，不用想也知道好不到哪里去。当时以为惊涛骇浪的情绪，在岿然不动的大势之下，不过像蚂蚁眨了一下眼睛。甚至让她领悟到的这个时刻，也必将化作徒劳和一场空，一切都将无声地消散，变成模棱两可的历史和虚无。

就像出生即走向死亡一样，但不能把死怪罪给生，因此没有道理认为一段感情毁了一生，相反，人对待感情的态度就是她的命运，她的命运早就在那里了，章东南，这个虚假的情圣，用"爱情"作戏台，给了她把命运展示出来的契机。那些酒店，那些窗前的风景，那些澎湃的时刻，那些羞耻的感觉……这些经历令她变得复杂，增加了她身上的分量，水分也好，痛苦也好。反正把她变得更有重量就是了。同时附着在她身体里的怨气也荡然无存了。

上了公交车，空荡荡的公交车上只有她一个人，她选择了最后一排坐下来。汽车摇摇晃晃地向前，因为路人和红绿灯，不时地急刹和起步。

　　她突然掏出手机，想也没想地打给章东南。电话接通后，他问她，不开心了吗？

　　这几年的模式一直如此：她打来电话，他接受抱怨、指责或者要求，如果没有可以抱怨指责的人和事，她是不会随便打电话的。他的存在就剩下一个作用，就是平衡她生活里的苦涩，而且，她不需要细说苦涩的缘由，什么都不说，反正不高兴就是了。

　　这回，一直到她要挂电话了，也没有听到对他的指责，他不习惯似的等在那里，她表示话已经说完了。

　　"我放过你了。"她没有说出口，因为她担心自己一旦说出口就会马上后悔，她在心里又轻声地强调了一遍：

　　"从此之后，我生活的好坏与你无关。"

　　挂了电话之后，公交车突然一个急刹，乘客们异口同声发出惊呼。司机赶紧大声道歉，说前面一个电动车突然窜出来。短暂的埋怨之后，车上又恢复了沉闷，只有电子到站播报器机械地响起。车子到达单位附近，余文真从车上下来，她一步一步往前走，好像随着那个急刹，过去的事情只剩下一点点痕迹了，她甚至觉得，章东南在她生活中造成的震动都已经全部结束了。而她自己完全不一样了。对，她知道别人怎么看她：中年妇女，皮肤粗糙，头发未经打理，或者自以为已经很整齐了，却带有一眼就会被看出来是不如意的、无心追求美的人才有的随意举止。但这只是表象。我的脑子里

286

清清楚楚地记住了一切呢。她看见了自己的模样；她看见了时间，看见自己为了跳出一个深渊而跳进另一个深渊；她也看到了深渊底部的结构，一点一滴，一丝一缕，现在，她简直心明眼亮。我的天，我究竟经历了什么呀？她发出重重的叹息。章东南固然是一个不足挂齿的好色之徒：捕猎不费力气可以携带的猎物，把最有用的部分取走，然后弃之。他们身上携带的恶意，并没有什么价值，而自己的迷失，对捕猎者的错位的迷恋则是必然的，就算不是他，是另外的人，她也有可能沦陷。因为她怀揣着一个白日梦，对于舞台的参与的渴望，而这个人生的"舞台"，不停地更换布景，她对这个"舞台"有深切的误解，她对"舞台"的渴望和误解，是成长中的精神事件，是高昂的、难以计量的为青春而付的代价。

章东南在她的心头留下创伤，这创伤不应该是她的耻辱，感到羞耻的应该是恶行恶念，而不是被伤害和被侮辱的人。也许他仍然不感到羞耻，而是把"她"或"她们"当成自己的战果，是自己得意过或者失手过的证明。但是，如果一直以他们的方式惩治他们，那么，"她们"只会变成"恶"的一部分，而不是对立面，更不是善和解脱。

不，事实上她已经是"恶"的一部分。这个念头像一根绳索，带着余文真去向更远的地方：在指责别人道德败坏的时候，似乎完全忽略了自己的恶，比如，她对周雷的背叛，她对章东南的威胁、戏弄，口口声声把聊天记录公布于众，如此等等，她的行为，已经被捆绑在"恶"里，难以剥离了。举起屠刀的动作就是恶，以暴制暴也是恶的一部分。被恶牵着鼻子走，也是恶。恶不会因为别人先作恶，它就变得正当！打着正义的旗号战斗了那么久，最后发现自己也是"敌人"的一部分，重要的部分。

不寒而栗。

终于到站了。她下了车，站到开阔的地面，呼出一口气。如释重负。

二十四

　　年近四十的吴利仍然在恋爱，但一场又一场艳遇令她有点儿疲倦，而且屡战屡败让她似乎变得务实了，年轻和爱不再挂在她嘴里。男人们的"责任感"更令她在意。她想象自己染疾的时刻，有一个人愿意守在床头照看她，这样的设想令她的脸上笼罩着既悲壮又着迷的神情。这会儿，她立志要过"完全自由的人生"，房子和儿子都被收拾得有模有样，今年干脆拍起小视频教人如何购买家居装饰。

　　怀着习惯性的无动于衷，余文真仿佛对于悄然改变的世界无洞察无态度，王一明更甚，从不赞扬什么，也不贬低什么，他的那些出人头地的同学们，开着豪华的车子，走起路来昂首阔步，竭力显示某种尊贵，动不动就搞同学聚会，王一明丝毫不受影响，或者说，受到了影响，又悄然消化了，总之，他坚守固我，不求改变。

　　谢天谢地，父亲的身体渐渐好转，能够料理自己，弟弟违背母亲的意愿，去了上海。对于他在上海的情况，余文真一知半解，只知道他打两份工，白天在写字楼，晚上则走街串巷，很显然，他摆脱家庭的决心相当之坚决。有次余文真和他视频，似乎看到他戴着摩托头盔，他比之前宽阔了许多，曾经温顺、腼腆的面容消失了，取而代之的是黝黑沉默的脸，看不出他开心不开心，因为许多开心并不写在脸上，但他的气质已然大变，只要跟他稍稍聊上一两句，那种胸有大志和自命不凡的神情就会显露出来。很好，余文真想，比我这样子好，好太多了。

2020年春节过后，余文真长了足足十斤，所有的裤腰都太紧，她开始试着在小区里转圈，还买了个瑜伽垫练习瑜伽，发胖使她的下巴圆润起来，同时深重的黑眼圈开始变淡。

房市几乎是在一夜之间冷下来的，似乎现在的人开始思考一个问题，铺天盖地的房子，真有那么多人住吗？小孩越生越少，老人越来越多，就连这群城市底层的人都拥有足量的房子，房子还能卖得出去吗？婆婆这边还沉浸在抢到新房的喜悦中，和人谈起"容积率""得房率""周边配套"等词汇，煞有介事，娓娓道来，她积累的房产知识简直堪称权威，然而，突然就不对劲了。她知其然，却不知其所以然。余文真也是茫然无措，这些超高楼层，十年二十年之后会形成高层建筑劣势，比如，电梯老化，玻璃陈旧，五恒新风系统的设备老化等问题，加上出生人口减少，无法支撑这个体系，可听说市政府还在规划建造地铁。真敢想的一群人。一切都太快，又矛盾又猛烈。如同这场疫情，目前看，远没有到结束的时候，这仗还有得打……

说来奇怪，每当发生了需要判断的大事件，就像现在，总结对这些事件的看法时，她就会情不自禁想到章东南，他的看法会不会比自己高明一百多倍？想到这里，她笑了。这个虚构的专家，到处发表演说，他只能骗骗小地方的人，大地方的人可不吃这一套，然而小地方的姑娘还是太多了，露出她们显而易见的软肋，任他表演。

他的恶似乎在她发起报复后减少了，但她清楚，他的弱不过是在防守，是他的求生手段，是无奈之举。她想象，听到她做一个了断，他一定会如释重负，至于悔改，难说。而自己的生活呢，翻过这一页，也不能算是更新了，纵然如此，她仍然愿意做完全的了断。爱很重要，接受没有爱也很重要，比起这两者，没有恨更重要。她很想当着他的面对他说出来，画一个句号：好与不好，都是我自己的事。

她发微信说想见他一面。

"什么时候？"

"现在，马上，十分钟内。"

从常理上讲，从广州到月城的高铁也得七个钟头，他这么一问，俨然给人一种"难不倒我"的笃定，他的从容顿时激怒了她，她觉得他伪装出来的逆来顺受有点儿过久了——她毫不犹豫地带着讥讽的声音追发了个语音：

"能做到吗？"

"能。你发一个定位。"

"那就城东吧。"

十分钟后，她坐在城东"HOT"咖啡馆内。如果说月城现在是一轮圆月，城东则是这轮月亮上的醒目的桂树。一切都在变化当中，变化是众多选择的结果，每一部分都蕴藏着人们的意愿和幸福。无论是城市先牵制着人加速，还是人先拖拽着城市一起跑。

　　她想着章东南每逢来月城必住城东，如今婆婆也被城东迷得罄其所有，那些在城东赚了钱的，又跑回市中心造博物馆。城东像一个魔术师，翻转着巨大的能量场，人们在这能量中使劲地转圈圈呢。正在此时，咖啡馆东侧，一辆出租车停下来，一个人从出租车上下来，仰面确定咖啡馆的名称，是他！虽然距离初次相遇快十年了，但仍然是他。的确是他。不等他摘下口罩，她就认出了他。她吃惊地张大嘴。他进来了，走过来，站住了，莞尔一笑，没等邀请，径直坐了下来。他还是过去那样的体格，却不再给人结实健康的感觉，他虚胖了。

　　这是一个热带植物咖啡馆，咖啡馆内是本地少见的热带植物盆栽：龟背竹、钻石椰子、桉树、蝙蝠花和象腿树，这些植物在目测高达五米的屋顶下自由生长，为让日照更透彻拱顶，屋顶正中部位留有长长的玻璃用钢条保护着，形成一个通道，顶上灰垢累累，光线仍然通透，照在植物的叶片上，轻轻颤动。

　　是近深秋，屋外的空气已经带着令皮肤瞬间收缩的寒意，屋里的温度则刚刚好。他的灰色立领外套，拥住了本就短粗的脖子，加上下巴上的口罩，令他有一种颇不能呼吸的错觉。她几次清嗓子，想镇定自己的情绪，把视线转向更远处。宽阔的街道上几根巨大的水泥柱上方是无声滚动播放的广告。她听到章东南的鞋底与木地板偶尔摩擦的声响，还有他浓重的鼻音使呼吸深重，这一点，她之前觉得十分特别。不停有人推门进来观赏植物，缓缓移动，大多却又意兴阑珊地推门而去，留下慢慢回归原位的门与门框缓缓触碰。空气里积聚着某种植物精油的香气。

咖啡和点心端了上来。余文真舔了一下嘴唇，与此同时，对方的手也伸向桌面，拿起柠檬水，喝了一大口。

刚刚认识他的时候，他的眼睛里有光，他的面部也有光，无论邪恶的念头潜伏多久，但他浑身散发出来的却是一种光。那是一种稳操胜券的得意洋洋，那时，他对月城充满兴趣，兴致勃勃地试图把周围的一切都收进眼底，包括她。现在，这种得意洋洋不见了，正是这种消失不见的得意，把多年前的得意洋洋映照得更清晰，但此刻，他的眼睛里空空荡荡，像是装不下什么东西，又像是装满之后全部漏掉了。一种可怕的疲惫。

一只拖着绳的宠物狗小心翼翼地走到桌边，对着盘子里的点心左顾右盼。它在打量，寻找出手的机会。余文真什么也说不出来。她仍然处于虚幻不真的震惊当中，这个在她心里安放了多年的人，突然就活生生地出现，令她错愕。她曾经想象过他面目狰狞——因为对她喋喋不休的指责怀有愤怒，或者更胆怯——也是因为她经常性的恫吓。然而不，他两颊的皮肤松弛，憔悴，脸上清晰地保留着一种心服口服的表情。他——脱胎换骨了。余文真惊诧地想。

"了断。"这个念头冲出来。

"你——"她说。

"我怎么在这里？"

293

"对。"

"我妈妈这两年的身体一直不太好，我时常回来看看她。"

"回？"

"我告诉过你我是月城人。"

"所以你妈妈也在月城？"

"对，她过去一直在挽救月城地方戏'月腔'。为了弘扬这个地方戏，她把老房子悄悄卖了，结果这个事还上过电视和报纸……"

"你还真是月城人。"余文真往后靠进椅子里，她看到侧前方的玻璃外，一只鸟"嗖"地滑过。她抿住嘴，再次露出那种讥诮的表情。

章东南沉默不语，他拿起调羹搅拌了一下咖啡，端到嘴边抿了一口。可能咖啡的温度过高，他的脸，顿时皱成一团。对，皱巴巴的，就是一个五十多岁的人应有的那皱巴巴的样子。和她一样，他的鼻翼的双边有两条深深的法令纹。就是那东西，把她的生活暴露无遗的东西，现在，在他的脸上也清清楚楚地看到了。她这样想，但没有表露出任何情绪，没有同情，也没有幸灾乐祸。想到他俩最亲密的那个阶段，在城东的玻璃窗前，在上塘古镇的四合院里，无论在哪里，无论留下些什么，那个时候，他的肢体里都暗藏着终将天各一方的结局。

"你变了。"

"我变了。"他像复读机一样重复了一遍。

"为什么？"他的变，完全不符合她心里的预期。一种本能，不是她造成的。对，我是折磨你了，我是威胁你了，但是，他的样子，像穿越了整个撒哈拉沙漠。

"发生了一些事情。"

不知道为什么，余文真有点儿烦躁，她不太想听他的故事，看到他做出倾吐而出的姿态，她的心脏，微微感到的不适。

他停了下来。等着。

她调整了一下自己的坐姿，表示可以了。他继续。

我以前跟你说过，我有两个儿子，章凌、章晨。从小到大，他们的长相只有细微的身姿和表情区别，一般人难以辨认。即使是自己的爷爷奶奶，也必须要小心谨慎才能不出错。这些区别有的是先天的，有的则是他们发明出来整我们的，比如，他们说话时都喜欢尾音上翘，他们同时把筷子伸向同一道菜，他们同时跑洗手间，这些都是他们日常的乐趣。我对这两个儿子寄予了很高的期望，也有详细的规划。我相信这都是顺理成章的事：他们应该上好的大学，做外交官，做医生，做科学家，做艺术家，做什么都行，但要比我优秀，因为我的生活平台搭建在水泥地上，而他们的平台就是我的肩膀。在他们初中毕业之前的几个月，我把升值最快的一套房子卖掉了，准备供他们上国际学校。他们很早就接受我对他们的规划，每个人都选修了两门外语。从小到大，他们的成绩在班上都是前几名，我始终认为，基因遗传跟后天努力同等重要，我这个做父亲的，能保证收入和家庭稳定，就算是大功告成了。

初中毕业典礼那天是我们家庭的分水岭。一大早，我和他们的妈妈一起去学校参加他们的毕业典礼，那天我们非常开心，拍了许多照片。那天实在太热了，从学校回家的途中，他们的妈妈出现了中暑的症状，感到不适，我们顺道去了最近的一家医院。他们的妈妈进到诊疗室，我们父子三人并排站在门口，透过门上方的玻璃，想看清里面的情况，我们探头探脑，神色有点儿夸张的慌乱，一位路过的医生提醒我们让到一边去，并且安慰我们说，病人一会儿就出来了。

在走廊上等待的那会儿工夫，我们看到一个自杀者从走廊那边被推车推着向急诊室去。没有任何亲友跟随，没有大声喧哗，没有打着点滴的吊瓶，只有两个穿护工服的男人推着推车，无声地向前，惊慌的是推车的轮子，在地面上急速打转。我们贴着墙壁，看不清病人的脸，只看到一缕乌黑的头发垂落下来。不知道过了多久，那辆推车又被从急诊室推了出来，此时，家属还是没有到，仍然是那两个男性护工，不同的是，这次被单把她整个脸都蒙起来了，而且，推车的轮子不再急速地打转，而是直直地轻轻地向前。不一会儿，什么都看不见了，就连那一缕头发也不见了。

旁边有知情者说是一个高中女生，逃课后跳了楼。

那个场面把我惊到了。我的两个儿子也露出了受惊吓的表情，他们紧紧地贴着我，似乎把诊疗室里的妈妈给忘记了。

过一会儿，他们的妈妈从诊疗室出来，她感觉好多了，但是，刚刚我们那眼巴巴担忧的情绪消失了，又或者说，这会儿我们仍然像被吓着了，我们的反应非常迟钝，甚至都没有和她打一个招呼。孩子的妈妈很纳闷地看着这三个很失常的人，也不知道从哪里开始问，四个人闷闷地往回走。

本来我觉得这只是一个插曲，但是不知道为什么，章晨竟然在整个暑假一直比较消沉，过去他比哥哥更活泼一些，他俩若想要什么，往往都是让弟弟开口要。他们都热爱旅行、阅读，莎士比亚、歌德、托尔斯泰，说实话，我儿子们的人文修养已经远远超过他们的同龄人，但是整个暑假，他静悄悄地外出，又静悄悄地回来，他急剧地消瘦，没有胃口，不计划着出国旅游，也不关心自己的成绩和未来的学校。医院那天看到的事我们尽量只字不提。但是，这已经像针一样扎进了他的心里。中考成绩在典礼结束当天就出来了，弟弟的分比哥哥高了三十分，但是，他好像一点儿也不高兴。我按计划让他俩上了同一所高中。

高中第一学期期末考，章晨考了个全班倒数第五的成绩。尽管都很意外，我也没特别担忧。我假装严肃地跟他谈话，问他这个学期的感受，经历了什么——我想表现一个父亲的责任和大度。

他守口如瓶，什么也不肯说。反正就是突然开始厌学。

有一个周末，我去接他回家。因为半道上接一个电话，我耽误了半个小时，到学校的时候，人都走光了。隔着栅栏，我远远地看着章晨在校园里溜达着，手里拿着一只单簧管和一本曲谱。这是高中才学的新乐器，单簧管很长，他小心地举着，曲谱也很厚，他夹在腋下，过一会儿就往上提一下。因为这两样东西的牵制，他的身子有点儿僵硬。我朝他大喊了一声。等他快步朝我走来的时候，我意识到，他已经与他哥哥清晰地区分开了。即使隔着那么远，我也很容易看到他脸上的表情，是那种严肃的、警惕的、带着戒备的神情。弟弟比哥哥忧郁，弟弟比哥哥老成。

我在小儿子身上发现了这个不同寻常的东西，我开始有点儿焦虑,但比起后面真正的焦虑,那简直就是小儿科。

到了高中二年级的时候,他无论是学习成绩还是其他方面,都表现出极不合作的姿态。许多人,包括教育专家都把他的反常当成青春期的叛逆,让我们耐心地等一等。

我们做出了让他休学一个学期的决定,暑假结束,我再次送他到学校,我一直相信以他的智力,即使少上了一个学期,他仍然能够迎头赶上,只要他把态度放端正。

直到有一天,学校打来电话,这小孩从学校的四楼跳了下来。

章东南的声音出现了剧烈的抖动,余文真惊呆了,她的心脏剧烈地加速。"啊!"

"没事,他活下来了。"

章东南伸出手,在他们之间的茶具上方,张开五指,往下压了一压,余文真的神情短时间内没法恢复,直到他的手掌再一次在桌子上方轻轻地向下压。余文真突然意识到,这些事,都是发生在她激烈地报复他的那个阶段。

此时的章东南,一层面罩不知不觉被卸下。他变成了一个很容易感受和评价的人,他的脸上露出了一张脸所能露出的所有情绪:恐惧、忧伤、自责、茫然,不像前几年,他只有风度、知识、腔调和强烈的冲动。

有一盆叫不出名字的小绿植,靠在角落里,最后的叶子已经掉得差不多了,显然,这种来自南方的花卉,远方的花园不适合它们生长,偏偏就有人不信,一次又一次地尝试。余文真的办公室也有许多网购来的绿植,无论来的时候多么精神,到头来都是难免一死了之。这就是生命的习性，余文真心里猜想。

章东南继续说下去——

他奇迹般地生存下来，只有肋骨骨折、尾椎骨受损和大腿骨折等损伤，性命保住了，但是，只要没有人在跟前，他就会拔掉输液的管子，而且拒绝吃饭。在靠葡萄糖维生的那段时间，医生和心理疏导专家都束手无策。我不得已去跟他的同学和他哥哥去了解。结果我发现那次发生在我们眼皮底下令我们唏嘘不已的女高中生跳楼事件，并没有随着我们离开医院就此过去。当天晚上我们全家在一个饭店吃了晚饭，离开饭店的时候，章晨还把学校的奖品落在了饭店，第二天他取回来的时候，高兴地说这个世上还是好人多。根本没有看出那个不幸事件对他造成的震荡和伤害。

但是，据说，之后他在网上搜索那个轻生的女孩信息。他找到了关于她的自杀新闻，顺藤摸瓜找到了那个女孩上学的学校，甚至找到了那个女孩的家。他的电脑里有关于如何找到那个女孩的详细途径，以及一步步寻找带给他的思考，他甚至去了这起诉讼案的现场旁听，见到了这个女孩的父母……因为年纪相仿，他想办法结识了那个女孩的同班同学，他还加入了那个女孩曾经待过的QQ群，关于女孩过去的点点滴滴就这样一点一点走进了他的心灵，在高一的上半学期，他几乎复原了那个女孩的成长轨迹：读过的学校，父母的职业，暗恋的对象，崇拜的明星，他甚至找到了那个女孩的单簧管老师，开始学习单簧管……他发现这是一个极其聪明而且漂亮可爱的女孩。生前的照片显示她是那样娇柔，她同学和朋友的回忆之下的她，那样完美无缺，她似乎并没有非死不可的理由。她的父母没有及时发现她的崩溃，她的闺蜜也没有重视她喊"死"的警告，她的老师在她死之前还责备过她的懒惰，而那个她暗恋的男生，竟然没有参加她的葬礼。

这种代入强化了章晨的悲伤，他无心学习，成绩一落千丈，甚至丧失了活下去的动力。他在日记里写过：未知爱，焉能活？可是，所谓的爱把他拖到了绝望之境。由于强烈的心理暗示，他觉得，"如果有机会在她死之前认识她，甚至只需要相互看上一眼，也许就能避免她后来的命运"。他把对过去未发生之事的想象当成了改变未来的条件，最后，竟然也产生了轻生的念头。幸运的是，他们学校靠院墙的地方种植着一排低矮不起眼的灌木，令他侥幸捡回了一条命。

得到这些信息之后，我急切地凑近他，向他解释人生的意义，试图唤起他心中的光荣和目标，甚至向他解释"他以为的爱情和现实的爱情"的区别。我握住他的手，他的手冰冷僵硬，机械地从我手里挣脱，他不转头看我，对我的话也置若罔闻。在他眼前似乎有一个无形的钟形罩，替他抵挡着我的声音，我就像面对一块玻璃，一片木板，一块石头。

他在医院挣扎了三个多月，我们全家轮流看管，紧密守护，几乎寸步不离。他妈妈可以偶尔跟他远远地说几句话，他哥哥也能凑到他的床，唯独我不能靠近他，我只要往病房门口一站，他感觉到我的存在，立刻表现出不舒服，不自在，异常的烦躁。轮到我看护的时候，我不得不坐在病房外的走廊上，静静地等着。我不能离开。视线离开那扇门，恐惧立刻就会控制我。但我没有反省自己，我不知道父子之间早有意志上的冲突，而我竟然浑然不觉。

我被困在走廊上，困在时间里，如果非要去形容当时的情形，我觉得，就好像被人捆在一棵树上，头顶是一锅滚烫的开水，那锅水随时会从头上倾倒下来的样子……

许多迹象表明，病房里的他并没有摆脱对死亡的执念。像我儿子这么聪明的人，如果他一心求死，就算我二十四小时守护，他也能找到办法……而且他如此沉着、消极地应对着我们，简直令人胆寒。我身边的人，我的同事，我的父母，一切跟我有关系的人都清晰地看到了我的日渐萎靡，看到了这种无端的、很难解释的厄运降临。说实话，我丧失了一切斗志。在单位，被迅速地边缘化。我的妻子，她当时全部的心思都在儿子身上，对我，看也不看一眼。只有一次，唯一的一次，她下了班来医院，那是一个下着雨的深夜，我正坐在医院的走廊上打盹，她从我的身边跨过去，看了看病房里的儿子。等她从病床里出来的时候，我已经醒了，她蹲到我身边，直视着我，对我说：

"你进去告诉他，用你自己的亲身经历告诉他，一个男人，不可能一生只有一次爱情，不，完全不是。有的人一生当中能遇到十个、二十个让他心动的女人，运气好的话，有的人，每年都能遇到。"她的声音没有一点点的愤怒，没有一点点的讽刺，只有一个深爱着孩子的母亲在陈述一个事实。仿佛这个事实如此令人信服，信服到足够让不想活的儿子改变心意。

"对，就现在，你去，去跟他说。"

她的嘴唇绷得紧紧的，她的眼神犀利得可怕，简直到了歇斯底里的程度。你完全不敢想象她过去是一个忍耐、平静的人。

我低下头，不敢回望她的眼睛，简直——无地自容。因为就在那个阶段，我不得不全天二十四小时等着接听你的电话……到那时，我明白过来，我儿子也许并不仅仅因为目睹一个陌生女孩的自杀而崩溃，关于我这个做父亲的一些事，有可能，他比他妈妈知道的还多，少年的敏锐和高洁超过我们的想象……

我独自在儿子病房外度过的那些漫长的白天和夜晚，迷迷糊糊的，觉得外界发生任何事我都会无动于衷，因为我就是一具行尸走肉，但是，只要有片刻清醒，恐惧就会控制住我。我常常半夜大汗淋漓地惊醒，惶恐地看看儿子还在不在床上。恐惧感像影子一样黏着我，我看清了自己最基本的本质：我真的被打败了。我没有任何要求了，能保持住现在拥有的一切，我愿意付出任何代价，任何！

在久别重逢之后，渐渐地，余文真听出来了：章东南发出的是"人"的声音。这声音里包含着真实的情感——即使这不是对她的情感。对，在过去那些年，她沉迷的，是另一个人，而那个人身上最令她困惑不解的，就是缺乏这种真实的情感。他像站在舞台上，自带补光设施，那些经过演练的姿态、口吻和仪表，一俟开场，就牢牢地抓住她的眼球，在它难以描述的魅力前，她多么手足无措呵，丧失了判断，丧失了勇气，只有顺从。现在，当他用"人"的声音说话时，他表露出的真实情感提示她，曾经与其是被他的魅力，不如说被他那表演的艺术吸引。人之所以深陷漩涡，因为所迷之物无从认清。现在，表演的形式脱离了他，这个男人的脸被一种柔软深刻的痛苦全面覆盖住，他的声音停下来的时候，他的五官又慢慢地清晰起来。多么大的误解！可是，他的痛苦比他的表演更让人颤抖。她心里顿时透亮：这才是章东南发生变化的根本原因，不是余文真的恫吓，不是余文真的反抗，是他自己的生活教训。

她的身姿不知不觉向前倾，她直视着章东南的脸。通过他的瞳孔，她看见了此刻的自己。刘海早就没有了，这张脸平静，带着好奇、恍然大悟却又无动于衷的表情，甚至悄然生出了一种崭新的、稍稍有点儿别扭的同情之色，而这，也正是他最初给她的印象。谁说她只是他的猎物？她正在变成他。而在这最后的告别里，她奇迹般地在章东南的脸上看到了自己的影子：急切地要说话，有种被重物撞击着的下坠感，伴随着这种下坠，他却毫无防范意识和反抗意识——正是她当初面向他的样子！

……

章东南没有停止。他继续说："在你告诉我，你要发朋友圈昭告天下的时候，我曾经从儿子的病房外出来过，来了月城。"

"我在月城待了一个星期。这一个星期的时间，可以用度日如年来形容。我无时无刻不拿着手机等你的电话，也无时无刻不在担心听到来自我儿子的坏消息，不，我做好了任何坏消息都会到来的心理准备。等我确定你安然无恙的时候，我回到了广州。不久，我儿子奇迹般地振作了，卧床六个月之后，他表示愿意活了。"

"我没看到过你。"余文真喃喃地说，她的脸上变成了难以置信的惊愕，过了很久才下意识地端起杯子，也不管里面的水是冷是热。

"我没有让你看到我。但知道你的情况。那并不难。我好几次

303

接你的电话就在福禄寺巷边上的'莱迪',还记得那旅馆吧,后来拆了。我也去过'一品苑'。在此后的几年,我又来过几次,看见过你的家人,你的儿子。我看到你,一点一点康复……"

余文真转过脸,不再看他;她重重地喘着气,脸庞好像因为痛苦而扭曲着,为了躲避被看清,她理了理口罩,把仅仅露在外头的前额抵在桌子上,这样,她看到了自己的膝盖,也看到自己的眼泪掉在了自己的大腿上,一滴,一滴,又一滴。

她想起认识他的那个夏天,一场大地震,而时隔十三年,一场世界级的疫情仍在继续。

好半天,余文真抬起眼:

"这么说,你知道了一切。"

"我知道了一切。"

"你今天恰好在这里?"

"我来看妈妈,每年都会来几次,我儿子也来了,在一位老中医的诊所做康复训练。他的腿……"

余文真的眼皮跳了一下,她喃喃地说:"你一点儿月城的口音都没有。"

"那是我上大学做的第一件事,改掉自己的口音,加入校广播站。"

"所以你原来是我的老乡!"她喃喃地说。

"是。"

她回想当年他那副大城市的派头散发着迷人的光彩,而如今一切滤镜全部消失,他恢复成一个清晰可见的人。

"现在你信了？"

"信了。"

他讲这话的时候，口气是亲切的，并不带有任何有可能造成误解的反讽或敌意。

所谓正义，经过这么久，经过这些年的索取和扭曲，已经是一种错觉。使她跌倒的，是她的反抗精神；而打败章东南的，却是他一直以来坚守的生活哲学。多么，多么地一言难尽。

我要走了！她站起身来。

"我——！"他说着，眼睛直视着余文真。

"打住。"余文真做了一个不想听的手势。那手势里没有多余的情绪，就是单纯的早就知道的手势。她起身，拿起自己的手机，她要回家了。

那条蹦来跳去的宠物狗——它的主人就坐在收银台后，先是在余文真和章东南的桌边走来走去，现在又钻进门边摆放雨伞的架子下。它的尾巴在玻璃上蹭来蹭去，玻璃窗外行人们的各种款式的鞋子在它眼前晃来晃去，地面的灰尘在微微颤抖，这一切交织成一种迷人的喧闹。外面的暗色慢慢渗进玻璃，老板意识到了，他打开头顶的灯，这黄色的灯光与白昼的暗淡相比，显得不自量力，无奈而尴尬。但是过一会儿，这灯肯定会是照亮这空间的重要光源。

章东南紧随其后出了门，说了再见，但他们没有握手，默契地走向相反的方向。

光天化日之下的这两个人，他们平平常常分别的样子，完全不像一个曾经的坏人和一个曾经的无辜者那样充满敌意，更不是一个现在的好人和一个现在的坏人相互宽恕，单单就像两个走了很久，风尘仆仆、疲惫不堪的路人擦肩而过。他可能老了，遭遇打击，但他的风度没有变，那是多年积累的东西，已经很难剔除的东西。他的背影逐渐变小，开始混浊不清，不出所料的话，他将混淆在人群中成为一个模糊的点，人们看到的是一个中年大叔，一个平淡无奇的人，一个常见的身影。在他身上，不再有特殊魅力。这样子非但吸引不到什么姑娘，连相同年龄的人也吸引不到吧，你很难想象他曾经散发出那种非一般的难以言说的光辉，说她因为这光辉差点死掉也不为过。她紧紧地盯着这背影。终于，他在一处建筑物前面停了下来，掏出手机打了一个电话，不一会儿，从他面前的房子里走出来一个高大的年轻男孩。远远地看去，那男孩并无异样，等他走两步之后，她立刻明白了他是谁。他们面前停下了一辆出租车，章东南拉开右侧的车门，那男孩钻进去的动作有点儿不流畅，章东南拉住车门耐心地等着，这更加印证了他的腿疾。等儿子进去，章东南才拉开副驾驶的车门钻进去，他的动作也不麻溜，至少不比他的儿子敏捷多少。车子无声地向远方驶去。那幅场景，像一个时光穿梭机，它把余文真看见和没有看见过的时光都包容了进来。他可能从来都不麻溜，也不完美，他心里和身上可能还有其他的暗疾，她到这会儿只能说，她对他并不了解。不了解的世界，却纠缠了这么久。一股深深的怜悯之情涌上心头，她把头抬起来，看向天空。她怜悯包含自己在内的可见的不可见的一切。怜悯是一种新的语言，它使她的心开阔起来了。

　　一切都消失了，口里咖啡的余味，也将很快消失，她将重新产生饥饿感，像她在这个点通常有的生理反应。她琢磨着晚上做点儿什么菜，自从儿子上小学之后，她自觉接手儿子的晚餐。她从网上学着做营养丰富的饭菜，但自己保持着过去的饮食习惯。网络上流行的"吃播"，她常常会在空闲时兴致勃勃地观看。有时看一个农村妇女现场宰杀一只鸡，用半个小时的时间将之清洗，炖熟，吃得干干净净，仿佛她自己也能透过屏幕体验到满满的饱足感。

有人说城东建筑确实精美，因其动用倾城之力，硬要往二线城市的地位靠，为无用的造型而花费高昂，实则过度超前，财力虚掷，跟月城真正的社会地位有落差，这里面渗透着严重的价值扭曲，迷恋形象工程，是文化弱势的表现。

真是荒谬呀：美的建筑已经成形了，也享受过了，却又来一波检讨声，令人难以消化……

儿子一天天在长大，他的眼睛几乎每天都有新的发现：妈妈，你看这个，妈妈，你看那个……

亲人和城市组成了她的栅栏，她的四壁，她的绳索，她的过去和未来……热爱就是本能，热爱也是对活着的探索，热爱并非仅对被爱者有利。施与受共同组成爱的世界，既是统一，也是相对，既是失去，也是意义。

她跟婆婆的相同之处渐渐多起来，因为都对王立博爱得深沉，她们甚至比真正的母女更亲。因为王立博突然对滑冰抱有强烈的兴趣，去年大半年，婆媳俩每周轮流陪他去月城唯一的滑冰场。坐在一排钢制储存箱边上，一坐就是一个小时。滑冰价格不菲，教练费、冰刀鞋租用金、护膝头盔。有时她不放心婆婆骑电动车，有时婆婆不放心她。她俩的微信每天至少有二三十条，关于王立博，关于柴米油盐。婆婆比任何人都更早地看到了余文真的潜质：她将接管婆婆的操心棒，变成一个家的顶梁柱，永无休止地爱着孩子，无论给什么台面，她都能站上去操作，几乎永不缺席……

她突然鼻子发酸——我已经变成别人了，所有人都比我先知道。她看到了过去的自己，孤零零的，走在没有人的街道上；她看到了更远的将来，必定有更多的失望：男人，其他人，自己，这个城市，她不理解的事……

红灯亮起，身侧这一簇车辆和人群在等候红灯的短短几十秒，全部停止不动，但是，交通信号灯计数器上的数字一刻也不停地跳转，天际、楼宇，眼前在夕阳的光辉下构成朦胧安详的景致，突然，一只大鸟，发出一串低低的鸣叫，像一道来历不明的光从幽暗的人群上方倏地划过，一棵柳树的枝条像在回应大鸟的自由，轻轻摆动起来，刚刚还明明暗淡的树木，此刻染上了绚丽的光泽，空气里有一种温厚敦实、难以归类的气味，它们是从人、从大鸟、从汽车，甚或从房子里散发出来的，它们飘浮在空中，包裹住万物。随着红灯数字归向于零，一触即发的人群很快将那条路填满。

并不只有她才犯过错，这天，这地，这断桥，这红灯，这花木，这城市的角角落落，都隐藏着错误。有的已犯下并毁灭，有的被忽略不被警觉，而更多的，只有时间，唯有时间，才能去识别，去警醒，去纠正。对于她个人来讲，有些错误或将伴随一生，但她并没有被这错误打倒，许许多多的人都没有被错误被打倒，因为没有错误的地方，它不是人间，它是天堂吧。

一轮圆月，隐隐露出天际。

这条展示着坚硬无疑的力量，也展示着难以言喻的寂寞的路，它容纳一切人：无耻的人，单纯的人，谨慎的人，悔改的人，带着理想的人，天生就带着恶意的人，从来都不知道忠诚为何物的人……所有的人都走在这条路上，他们脚下的灰混合在一起，他们又四散而去，留下这条路，它吞吐时间，吞吐一切欲望，因对其承载之物的舍弃，而成为它自己，成为自由。余文真低下头，看着自己的脚尖迈出去。

2020年10月—2022年6月